Murat Topal

Das Dach kommt SPÄTER

Roman

atb aufbau taschenbuch

FSC
www.fsc.org
MIX
Papier aus verantwortungsvollen Quellen
FSC® C083411

ISBN 978-3-7466-2856-1

Aufbau ist eine Marke der Aufbau Verlag GmbH & Co. KG

1. Auflage 2012

Redaktionelle Mitarbeit: Mario Savino, Uli Beckers
Umschlaggestaltung und Illustration Mediabureau Di Stefano, Berlin
Satz LVD GmbH, Berlin
Druck und Binden CPI – Clausen & Bosse, Leck
Printed in Germany

www.aufbau-verlag.de

Ja, mach nur einen Plan
Sei nur ein großes Licht
Und mach dann noch ’nen zweiten Plan
Gehn tun sie beide nicht.
Bertolt Brecht, Lied von der Unzulänglichkeit menschlichen Strebens

Auch aus Steinen, die einem in den Weg gelegt werden, kann man Schönes bauen.
Johann Wolfgang von Goethe

Eine frei erzählte Geschichte –
nach leider sehr wahren Begebenheiten.

Inhalt

1. Kapitel
Hadi, hadi, Häusle baue

»Murat, ich bin wieder schwanger.«

»…«

»Murat?«

Die Mitteilung, dass unser zweites Kind unterwegs war, verschlug mir die Sprache. Nicht, weil ich etwas gegen Kinder oder gegen ein zweites Kind im Speziellen hätte, auf keinen Fall. Aber mehr Familienmitglieder brauchen mehr Platz. Kein böses Wort über knapp vierzig Quadratmeter große Zweizimmerwohnungen. Zu dritt wird es dort jedoch schnell eng. Und zu viert könnte man ohne Komfortverlust genauso gut in die letzte Reihe eines Charterfliegers ziehen. Also war klar: Wir brauchten eine größere Wohnung.

»Murat, kannst du bitte aufhören, immer nur über die Wohnung zu reden.«

Ann-Marie, die normalerweise liebenswerteste Ehefrau von allen, war von meiner pragmatischen Herangehensweise schwer genervt.

»Als ich Levin bekommen habe, warst du so wunderbar romantisch. Ständig hast du mir Blumen mitgebracht, mir Komplimente ins Ohr geflüstert und geschwärmt, wie wunderbar unser neues Leben zu dritt wird. Und jetzt redest du andauernd von dieser blöden Wohnung.«

Meine Frau hatte leicht meckern. Als Sohn einer deutschen Mutter und eines türkischen Vaters habe ich doppelt so viele Wertvorstellungen wie andere Menschen vermittelt bekommen. Unter anderem erwarte ich von mir selbst, der Paterfamilias zu sein, die starke Schulter, an die meine Liebsten sich vertrauensvoll anschmiegen können. Je größer die Familie – und damit meine Verantwortung – wird, desto weniger Platz bleibt für Romantik. Als sich drei Jahre vor dem Beginn dieser Geschichte unser kleiner Wildfang Levin ankündigte, war das Leben noch vergleichsweise einfach. Ich war als Polizist verbeamtet, hatte ein zwar bescheidenes, aber regelmäßiges Einkommen und war zuversichtlich, dass die Neuköllner Zweizimmerwohnung, in die Ann-Marie und ich nach unserer Hochzeit gezogen waren, auch für drei Bewohner reichen würde. In der Zwischenzeit war ich jedoch ins Comedyfach gewechselt und hatte den sicheren Beamtenstatus trotz der lautstarken Warnungen meiner Eltern gegen die Freuden – und die Unwägbarkeiten – des freien Künstlerlebens eingetauscht. Das Geld kam seitdem nicht mehr ganz so regelmäßig, und für vier Personen würden die vierzig Quadratmeter definitiv nicht reichen. Das war der Grund, warum ich auf die zweite Schwangerschaft meiner Frau nicht annähernd so entspannt und einfühlsam reagieren konnte wie auf die erste. Aber versuchen Sie das mal einer werdenden Mutter klarzumachen, die gerade im Infight mit ihren Hormonen steckt.

»Lass mich bloß in Ruhe mit deinen billigen Ausreden. Du kannst ruhig sagen, dass du mich nicht mehr attraktiv findest!« Türenknallen, Schmollprogramm, Versöhnungsdatum ungewiss.

Zusätzlich beunruhigte mich die Tatsache, dass wir selbst unsere Neuköllner Kuschelwohnung einst nur über dunkle Beziehungskanäle meines Vaters bekommen hatten. Irgendwie kannte er jemanden, der jemanden kannte, der jemandem einen Gefallen schuldete und deshalb meinem Baba diese Wohnung vermittelte, der sie wiederum großzügig seinem Sohn und seiner Schwiegertochter überließ. Ich weiß, die Geschichte klingt kompliziert, das war allerdings schon die vereinfachte Version. Jedenfalls machte ich mir Sorgen, wie mein Baba auf unseren Plan reagieren würde, das von ihm vermittelte Heim aufzugeben. Er war in solchen Dingen manchmal unberechenbar, selbst bei banalsten Anlässen konnte er sich gekränkt fühlen. Ich verstehe das, denn mein Vater hatte kein einfaches Leben. Schon mit Anfang zwanzig verließ er seine Heimatstadt Bursa, um als einer der ersten türkischen Migranten sein Glück in Deutschland zu versuchen. Er und seine Schicksalsgenossen nahmen den damals gängigen Begriff »Gastarbeiter« noch wörtlich. Sie zogen in die Fremde, weil sie einige Jahre später mit üppigen Ersparnissen als gemachte Leute wieder in ihre Heimat zurückkehren wollten. Doch stattdessen lernte Baba meine Mutter kennen, eine »orijinal jebürtije Balinarin«, und gründete mit ihr in Neukölln eine Familie. Um diese vernünftig über die Runden bringen und seiner türkischen Verwandtschaft trotzdem regelmäßig Geld schicken zu können, schuftete er nicht nur im Akkord, sondern legte auch ständig Sonderschichten ein.

»Euer Vater verlegt die Kabel, durch die der Strom zu uns kommt«, war Mutters Standardantwort auf unsere ständige Frage: »Wo ist Baba?« Die Auskunft fand ich wenig glaubwürdig, denn der Strom kam jahraus, jahrein aus den gleichen Steckdosen – wozu also die ganzen neuen Kabel? Meine Mutter wird seit ihrer Hochzeit übrigens »Melek« genannt, was auf Deutsch »Engel« bedeutet. Für uns Kinder war sie aber immer Anne, das türkische Wort für »Mama«.

Wie viele Menschen, die ihr Leben lang hart gearbeitet

haben und das verständlicherweise gewürdigt sehen möchten, kann mein Vater manchmal etwas barsch werden, wenn er findet, dass ihm der nötige Respekt versagt wird. Dabei achten und lieben wir ihn sehr. Obwohl es anstrengend ist, dass er zu – ungelogen – jedem Thema eine Meinung hat. Insofern haben wir ein enges, aber nicht ganz unkompliziertes Verhältnis – wie so oft bei Vätern und Söhnen der Fall, sind wir uns eben einfach zu ähnlich.

»Murat, Junge«, antwortete er, als ich mir endlich ein Herz fasste und ihm beichtete, dass wir umziehen wollten. »Waren wir sechs Kinder daheim. Und lebten nicht nur mit unsere Baba und Anne, sondern auch mit Baba und Anne von unsere Baba und mit Baba und Anne von unsere Anne. Macht zwölf Leute, und war trotzdem nicht mehr Platz als achtzig Meter im Quadrat. Ist pro Person viel weniger als bei euch.«

»Ja, Baba. Ich weiß, du bist ein Ass im Rechnen.«

Das stimmte wirklich. Als wir zum ersten Mal unsere Verwandtschaft in der Türkei besuchen wollten, ich war damals vielleicht sechs Jahre alt, stellte mein Baba über lange Zeit komplizierte mathematische Berechnungen an. Es ging dabei um den Rauminhalt seines gebraucht gekauften Benz-Kombis in Relation zur Stapelbarkeit und Größe handelsüblicher Umzugskartons. Mit Hilfe eines im Antiquariat günstig erstandenen Mathematiklehrbuchs kritzelte er wochenlang Servietten, Blöcke und alles, was ihm unter die Finger kam, mit abenteuerlich anmutenden Formeln voll. Selbst beim gemeinsamen Abendessen schob er manchmal ruckartig den Teller zur Seite und begann wie ein Besessener auf den Servietten meterlange Zahlenkolonnen und Gleichungen zu notieren. Dabei murmelte er mit fanatisch blitzenden Augen vor sich hin. So übergeschnappt sein Verhalten wirkte: Zwei Tage vor der Abreise führte Baba meiner

Mutter, meinen zwei jüngeren Schwestern und mir voller Stolz seine Pack- und Planungsberechnungen in einer Art wissenschaftlicher Neujahrsansprache vor.

»Genial, perfekt«, nickten wir mitfühlend, als unser Familienvorstand seine so langatmige wie mysteriöse Rede beendet hatte. Für uns war klar, dass sein armer Verstand die komplizierten Formelstudien nicht verkraftet hatte. Wie unrecht wir hatten. Ich weiß bis heute nicht, ob seine krude Theorie kompletter Humbug oder einfach genial war. Aber es war schlichtweg nicht zu glauben, wie präzise sich seine geheimnisvollen Berechnungen erfüllten und welche Unmengen an Kisten wir mit ihrer Hilfe in den Benz gequetscht bekamen.

»Aber die Zeiten, Baba, haben sich geändert. Menschen in unseren Breitengraden wollen mehr Platz zum Leben als früher. Und Schwaben sind von Geburt an gewohnt, in großen Häusern zu leben, die ihnen ganz allein gehören. Es gibt dort seit Urzeiten ein Gesetz, das lautet: Schaffe, schaffe, Häusle baue.«

»Schaffe, schaffe? Was heißt das?«

»Hadi, hadi!«, erklärte ich.

»Hadi, hadi, Häusle baue? Das ist Gesetz?«

»Ist Gesetz, Baba.«

»Schipinnen die, die Schwaben?«

Tja, wer weiß. Habe ich schon erwähnt, dass meine Frau Schwäbin ist? Familie Häberle, Heilbronner Bürgeradel. Schwäbischer geht's kaum. War mein Vater von unserer Umzugsidee deshalb nicht begeistert, weil er unsere Wohnung groß genug fand, so lehnten meine Schwiegereltern unsere Pläne aus anderen Gründen ab.

»Muratle, warum eine größere Wohnung suchen? Da könnt ihr doch lieber glei baue. Schaffe, schaffe, Häusle baue! Weischt?«

Dieser Frontalangriff meiner Schwiegermutter bei einem opulenten Abendessen in Heilbronn kam für mich nicht unerwartet, denn auch meine Frau hatte im Zuge unserer Zukunftsdiskussionen ähnliche Gedanken anklingen lassen. Mit Blick auf unsere schmale Haushaltskasse versuchte ich, Kompromisslösungen ins Spiel zu bringen. Man könnte ja zum Beispiel eine Mietwohnung mit großem Balkon suchen.

»Muratle«, erwiderte meine Schwiegermama kopfschüttelnd. »Was isch a Balkon gege a eigene Garte? Denk an die Kinder. Von einem Balkon kann man rafalle.«

»Von einem Baum auch.«

Ich wusste, wovon ich sprach. Als Polizist hatte ich bei einem Einsatz erlebt, wie eine junge Frau aus noch nicht einmal einem Meter Höhe von einer Zwergmagnolie gefallen war und sich mehrere komplizierte Brüche zugezogen hatte. Wahrscheinlich gab es sogar Menschen, die über Blumenstängel stolperten und sich das Genick brachen. Oder sich mit dem Gartenschlauch erwürgten. Ganz zu schweigen von den Spezialisten, die bei der Gartenarbeit regelmäßig in die Zinken der auf den Boden gelegten Harke traten. Schwiegermama empfand meinen Wunsch, Mieter zu bleiben, dennoch als Angriff auf sich und das Fundament der schwäbischen Wertewelt.

»Muratle, des isch doch kein Leben net. Wenn du immer nur in einer Mietwohnung hauscht, denn stirbscht am End no *zur Miete.*«

»Zur Miete sterben« – ein Ausdruck, den man sich auf der Zunge zergehen lassen muss. Für einen Schwaben ist das in etwa so, als würde man seinen hart verdienten Lebensabend nackt auf einer Parkbank verbringen.

»Na, und weischt, Muratle, statt dem Vermieter dein Leben lang Geld zu schenke, kannsch du nach dem Baue des Geld auf die hohe Kante lege, denk halt mal drüber nach.«

Darüber hatte ich schon mehrfach nachgedacht und platzierte daher einen, wie ich fand, gekonnten Return. »Zugegeben, Gisela, Immobilien sind die klassische Geldanlage. Aber hört man nicht immer wieder von Leuten, die ihr gesamtes Vermögen bis auf Cent und Euro in der Baugrube versenkt haben? Und ist es wirklich erstrebenswert, zum Sklaven einer Bank zu werden? Immer unflexibel sein, jeden Cent fünfmal umdrehen …«

»Gut, des isch halt so, aber des gilt höchstens zwanzig bis dreißig Jahr. Ihr seid noch junge Leut, da kann mer ruhig a paar Momentle die Zähn zusammebeiße«, lautete die Replik meines Schwiegervaters Frank, der normalerweise immer darauf aus war, in Gefahr geratende Harmonie sofort wiederherzustellen. Sein ausgleichendes Wesen vertrug einfach keine Misstöne. Dass er hier die Geduld verlor, zeigte, wie sehr ihm meine ketzerischen Bemerkungen gegen den Strich gingen. Zwanzig, dreißig Jahre als Knecht einer Baufinanzierung zu leben empfand seine schwäbische Seele als »Momentle«. Schwaben haben offensichtlich optimistische Vorstellungen von ihrer irdischen Verweilzeit.

Mich hingegen versetzte diese Aussicht in Panik. »Das meine ich doch gerade! Mein Motorrad, der Jahresurlaub, jede kleine Anschaffung, alles, was das Leben lebenswert macht, wird plötzlich schwierig. So ein Bau, der frisst dir in guten wie in schlechten Zeiten die Haare vom Kopf.«

Ich stutzte und hoffte, dass mein Schwiegerpapa diese Bemerkung mit Blick auf sein lichtes Haupthaar nicht persönlich nahm. Da wusste ich noch nicht, dass ich ein Jahr später viel weniger Haare auf dem Kopf haben sollte als er.

Wie sich an diesem Punkt der Diskussion herausstellte, war meine Frau leider ebenfalls vom schwäbischen Hausvirus infiziert. Sie verließ die neutrale Ecke, in der sie bislang verharrt hatte, und holte zum verbalen Rundumschlag aus.

»Murat, woher stammen bloß deine pubertären Vorstellungen von Freiheit und Abenteuer? Von deinen Eltern sicher nicht, die haben ihr Leben lang Verantwortung übernommen. Solltest nicht auch du dafür langsam alt genug sein? Und deine sozialromantische Abneigung gegen Banken ist einfach nur kindisch. Jeder Mensch, der was leistet, will Geld verdienen. Die paar Prozent Zinsen an die Bank, die tun nun wirklich niemand weh.«

Ann-Maries Eltern begleiteten diese Grundsatzrede mit stolzem Nicken, als wollten sie sagen: »Ist unsere Tochter nicht prachtvoll geraten? Blut von unserem Blut, Holz aus unserem Stamm.« Ich dagegen empfand ihre Einlassung als klaren Fall von Hochverrat. Wozu heiratet man eigentlich einen Menschen, wenn er einem in entscheidenden Momenten nicht den Rücken stärkt, sondern sich auf die feindliche Seite schlägt? Gut, Ann-Marie war sicher nur bedingt schuldfähig. Gegen seine Gene kann man schlecht an. Dennoch war ich tief enttäuscht und keinesfalls bereit, mich geschlagen zu geben.

»Ihr seid unfair und wollt mich unbedingt falsch verstehen. Eben WEIL ich verantwortungsbewusst bin, will ich keine unkalkulierbaren Risiken eingehen. Was ist denn, wenn ich mal länger krank werde und als selbständiger Künstler nichts verdiene? Oder wenn die Zinsen steigen? Dann sagt die Bank: ›Hasta la vista, Familie Topal. Es war schön mit Ihnen, aber wenn Sie Ihren Verpflichtungen nicht nachkommen können, zwangsversteigern wir Ihr Häuschen lieber. Das ist lukrativer!‹ Dann stehen wir vor dem Nichts! Als Mieter ist das Leben viel unkomplizierter. Wenn der Vermieter die Miete erhöht, wechsle ich einfach die Wohnung.«

Den letzten Satz wollte ich in letzter Sekunde noch runterschlucken, aber da war er dummerweise schon draußen.

Ein krasser taktischer Fehler, der der Schwabensippe wie gerufen kam.

»Des mit der Miete, des isch ebä grad der Punkt! Damit hascht nix mehr zu tun, wenn du erscht mal a Häusle hascht!«, posaunte Schwiegermama unter Beifallsbekundungen ihrer Mitstreiter.

»Muratle, des isch auch eine Frage von Ehre und Stolz, dass mer sei schönes Leben lang net in was leben tut, das einem gar net gehört«, ergänzte Frank. »Die Hos, zum Beispiel, die wo du grad anhascht, die magscht du auch net von nem andere Kerl leihe. So was wird eimal im Leben angschafft und fertig, verstehscht?«

Ich kannte zwar niemanden, der sich in seinem Leben nur eine Hose kaufte, sparte mir diesen nutzlosen Konter jedoch lieber. Meine resolute Schwiegermutter setzte zum finalen Dolchstoß an.

»Irgendwo leben muscht eh, Murat, des isch halt so. Und da muscht Prioritäte setze: A Häusle isch dei Sicherheit. Und des von der Ann-Marie und von de Kinder auch, wenn se erscht eimal groß genug sind, werde sie dir's danke.«

Mein Widerstand erlahmte. Was hatte es für einen Zweck, allein gegen eine feindliche Übermacht zu kämpfen? Vor allem, wenn der Feind Teil der eigenen Verwandtschaft war? Ich schwenkte innerlich die weiße Fahne. Es galt allerdings, den Schaden zu begrenzen und das Gesicht als Familienoberhaupt zu wahren. Darum griff ich zum in vielen Schlachten bewährten Mittel des Teilrückzugs und Zeitgewinns.

»Also gut, vielleicht habt ihr in einigen Punkten ja recht. Ich denke drüber nach. Aber bauen ist auf jeden Fall zu aufwendig. Wenn, dann *kaufen* wir ein Haus«, bremste ich die gegnerische Attacke fürs Erste aus.

Mein einlenkendes »Also gut« erwies sich als eine jener

unbedachten Äußerungen, die einen Menschen ohne Umwege vom Paradies direktemang in die Hölle katapultieren. Daher hat sich dieser Abend tief in mein Gedächtnis eingegraben – sofern Abende überhaupt graben können. Manche Bauarbeiter beherrschen diese Kunst jedenfalls nicht. Aber ich will nicht vorgreifen.

In der Nacht nach diesem schicksalhaften Abendessen erwachte ich von Alpträumen geplagt und schweißgebadet. Ich hatte das Gefühl, ein hoffnungsloser Versager zu sein. Ein wahrer Jahrtausendtrottel. Auf mir lag, leise schnarchend, mein kleiner Sohn. Nachts in unser Schlafzimmer zu schleichen und sich auf meinen Bauch zu legen war ein neues Hobby von ihm. Kein Wunder, dass ich Alpdrücken hatte. Doch es war nicht nur sein Gewicht, das mich bedrückte. In meinem Gefühlshaushalt schien sich irgendein Schalter umgelegt zu haben. Bis zu diesem Moment war ich, zumindest was das Wohnen betrifft, ein zufriedener Mensch gewesen. Mein ganzes Leben hatte ich als Mieter verbracht. Nie hatte ich dabei das Gefühl gehabt, etwas zu versäumen. Ganz im Gegenteil: Als Kind liebte ich es, in den Hinterhöfen Neuköllner Mietskasernen herumzutoben und abends in unsere für fünf Personen zwar etwas enge, aber für mich urgemütliche Wohnung in der Sanderstraße heimzukehren. Häuschen im Grünen kamen in meinen Zukunftsträumen, die sich um Freiheit, Abenteuer und Superhelden drehten, einfach nicht vor. Erst mit Beginn meiner Polizeiarbeit änderte sich das insofern, als sich im Kollegenkreis zahlreiche Gespräche um den Hausbau drehten und man dem Thema kaum ausweichen konnte. Wenn sich einer aus unserer Truppe den Traum vom Eigenheim erfüllte, schien ich jedoch fast der Einzige zu sein, bei dem sich keinerlei Neid regte. Mir war meine kleine sturmfreie Junggesellenbude Luxus genug.

In dieser Nacht wurde plötzlich alles anders. Ich verspürte

den Drang, meine Existenz endlich in eine dem Universum wohlgefällige Richtung zu lenken – eine Empfindung, die junge Väter nach Aussage eines befreundeten Paartherapeuten häufig heimsucht. Bei mir richtete sich der Wunsch nach grundlegender Veränderung ausgerechnet auf die eigenen vier Wände. In meinem Inneren vollzog sich das, was einer meiner Polizeiausbilder in seinen langatmigen Vorträgen als Perspektivwechsel zu bezeichnen pflegte. Plötzlich erschien mir unsere Zweizimmerwohnung nicht mehr niedlich, romantisch und kuschelig, sondern winzig, deprimierend und einengend. Von einem Moment auf den anderen kam es mir vor, als wäre jedes Seufzen meines schlummernden Sohnes ein lautstarker Protest gegen seinen verantwortungslosen Rabenvater, der seinem eigenen Fleisch und Blut das im Generationenvertrag festgeschriebene Recht entzog, in besseren Verhältnissen aufzuwachsen als sein Erzeuger. Der ihm stattdessen ein Leben in grauer Stadtteiltristesse aufzuzwingen versuchte, und dies in Räumlichkeiten, die selbst einer Amöbe Platzangst gemacht hätten.

In diesem dramatischen Augenblick wurde mir klar, dass wir eine Familie ohne Raum waren – und dass es mir als Oberhaupt dieser landlosen Sippe oblag, Gattin, Sohn und nicht zuletzt den zukünftigen kleinen Topis Platz, Auslauf und, ja, Eigentum zu verschaffen. Vor meinem geistigen Auge materialisierte sich eine wunderschöne weiße Jugendstilvilla mit drei Stockwerken, deren Garten in etwa die Größe des Berliner Tiergartens hatte. Besonderer Blickfang war ein riesiger S-förmiger See, an dessen Ufern sich unsere gesamte türkische Verwandtschaft zum Grillen niederlassen konnte. Und das Beste: Rechts vom See lag eine eigene kleine U-Bahn-Station, was die vier fetten Garagen links der Villa fast überflüssig erscheinen ließ. Ich meine, wer braucht in einer vom Verkehrsinfarkt bedrohten Stadt wie Berlin schon vier Autos? Zwei fahrbare Untersätze und der private Metro-Anschluss waren allemal ausreichend.

Es war klar, dass ich mich dieser von einer übernatürlichen Macht so deutlich visualisierten Zukunft nicht ernsthaft verweigern konnte. Im Nachhinein denke ich, dass die zum Abendessen servierten Schupfnudeln womöglich nicht nur mit Ochsenbacken, sondern Halluzinogenen serviert wurden. Okay, das ist meine persönliche Verschwörungstheorie. Aber wie soll ich mir sonst erklären, dass ich in jener Nacht ganz gegen meine Natur nicht nur von allen guten Geistern, sondern auch von sämtlichen Bedenken verlassen wurde?

In meinem Rausch stand dem Kauf der Luxusvilla nichts mehr im Weg. Oder bestenfalls eine klitzekleine Kleinigkeit: mein Kontostand. Sofern man bei einem so chronisch dehydriert darniederliegenden Konto wie meinem überhaupt von einem *Stand* reden konnte. Eher vorsichtig veranlagte Freunde pflegten mir gern zu sagen: »Wer knietief im Dispo watet, sollte nicht nach den Sternen greifen.« Zumindest in jenen Stunden des Deliriums sah ich das anders und orientierte mich lieber an der glorreichen Vergangenheit meiner türkischen Ahnen. Niemals wäre das Osmanische Reich mit einer an finanziellen Realitäten ausgerichteten Denkweise zu seiner (zumindest vorübergehenden) Pracht und Größe gelangt. Mein Entschluss war gefasst, und wer mich kennt, weiß: Den Murat in seinem Lauf hält weder Ochs noch Esel auf. Um keine unnötige Zeit zu verlieren, beschloss ich, mich gleich am nächsten Tag dem Duell mit meinem ärgsten Widersacher zu stellen – meinem Bankberater.

Vorsichtig stand ich auf und trug meinen kleinen Jungen in sein Bettchen. Als ich ihn zudeckte, öffnete er kurz die Augen und sah mich nachdenklich an. Dann streckte er die Ärmchen nach mir aus und sagte: »Babi, ich hab dich lieb.«

Ich fühlte mich stark und unbesiegbar.

2. Kapitel
Geld regiert die Welt

Bankberater ist einer dieser Begriffe, die sich in der Umgangssprache eingebürgert haben, aber purer Nonsens sind. Denn diese aalglatten Damen und Herren sollen ja nicht die Bank, sondern deren Kunden beraten. Außerdem beraten sie nicht, sondern verkaufen – und zwar nach Möglichkeit Produkte, für die ihr Arbeitgeber eine hohe Provision kassiert. Mein Kundenschröpfer also war seit den ersten Tagen meiner Berufstätigkeit ein steter Quell des Ärgernisses für mich gewesen. Herr Florian von Feuchtleben, wie er laut seinem Namensschild genannt werden wollte, hatte schon in den ersten Monaten unserer krisengeschüttelten Geschäftsbeziehung entschieden, mich für einen hoffnungslosen Fall zu halten. Als Spross einer Adelsfamilie legte er eine vermutlich genetisch bedingte Arroganz an den Tag, die in eigentümlichem Kontrast zu der Servilität stand, die ihm offenbar während seiner Banklehre eingebläut worden war. Voll ausgefahren locker über zwei Meter groß und mich also um gut zwei Köpfe überragend, versuchte er aus verhandlungstaktischen Gründen hinter seinem Schreibtisch um eben diese zwei Köpfe kleiner zu wirken. Dies gab ihm ein seltsam verknäultes Aussehen. Seine speckig gegelten Haare und der Tick, stets eine, zu allem Überfluss schief hängende, Fliege zu tragen, taten das Übrige.

Eigentlich hätte ich als Polizist und Beamter ein lukrativer Kunde für ihn sein sollen. Dass ich es durch meine relative Gleichgültigkeit gegenüber Gelddingen nicht war, schien ihn persönlich zu kränken. Also liefen unsere Gespräche immer nach demselben Muster ab. Herr von Feuchtleben begrüßte mich im wahrsten Wortsinn von oben herab, erinnerte sich dann jedoch, dass ich Beamter und damit ein potentiell interessanter Fall war, und verknäulte sich schleunigst hinter seinem Schreibtisch. Während seine Fliege unruhig mal nach links, mal nach rechts schwankte, erkundigte er sich dienstbeflissen nach meinem Begehr. Kaum merkte er, dass ich schon wieder all seine todsicheren Anlagetipps in den Wind geblasen hatte und nur einen weiteren Kleinkredit erbetteln wollte, richtete er den zusammengefalteten Oberkörper zu voller Höhe auf und ließ seiner schlecht kaschierten Überheblichkeit freien Lauf.

Nun müsste mir irgendein Weltenkenner bitte erklären, weshalb Banker bei dem Wort »Kleinkredit« reflexartig diesen abschätzigen Blick bekommen, der einem unzweideutig sagt: *Freundchen, du tarnst dich mit einem gepflegten Äußeren. Aber in Wirklichkeit bist du voll auf der Schussfahrt ins Tal und spätestens morgen ein vollwertiges Mitglied des Prekariats.* Verstehe ich da als vermeintlicher finanzieller Analphabet irgendetwas falsch? Ist es nicht so, dass regelmäßig ausgereizte Dispokredite für Banken sichere und lukrative Einnahmequellen sind? Gebührt uns Kleinkreditvieh daher nicht ein wenig mehr Respekt?

Wie dem auch sei, dieses Mal war die Ausgangslage eine andere. Denn zum ersten Mal wollte ich von dem Wächter des zu vergebenden Schatzes nicht nur ein paar mickrige Münzen haben. Um meiner Familie ein würdiges Zuhause bieten zu können, war nach ersten Kalkulationen Geld nötig. Genauer gesagt: ziemlich viel Geld. Angeblich brachten die Krötenschieber ihren Großschuldnern ja eine ganz andere Wertschätzung entgegen als dem riesigen Heer der Minidebitoren. Großschuldner sind halt respektabler und punkten mit einer umfassenden Zukunftsvision, ohne die das kapitalistische System nach allgemeiner Ansicht nicht funktionieren kann. Seit meinem nächtlichen Erweckungserlebnis meinte ich, zum Club dazuzugehören, denn: Ich hatte die Vision. Und ich brauchte das Geld. Dieses Mal also sollte das Gespräch mit Senior Custom Manager Feuchtleben auf einer neuen hierarchischen Grundlage ablaufen.

All dies waberte mir im Vorfeld des Kreditduells durch den Kopf. Noch in der Nacht hatte ich Ann-Marie nach dem kleinen Zwischenspiel mit unserem Kleinen geweckt, was sich wegen ihres komatösen Schlafes als echte Herkulesaufgabe erwies, und ihr von meinem spirituellen Erweckungserlebnis berichtet.

»Schatz, ich werde Kapital beschaffen und dir und unseren Kindern ein wundervolles Heim kaufen. Ich weiß jetzt, dass wir zu Höherem berufen sind.«

Hoffnungsfroh wartete ich auf Lob, rückhaltlose Bewunderung und vielleicht sogar eine kleine zärtliche Belohnung. Aber meine Liebste war mitten in meiner heroischen Rede wieder eingeschlafen. Enttäuscht drehte ich mich auf die andere Seite und versuchte ebenfalls, in Morpheus' Arme zu sinken.

Als mich meine schlafsüchtige Angetraute am nächsten Morgen mit einem zärtlichen Kuss weckte, war das Zutrauen in meine neuen Möglichkeiten leider geschmolzen. Ihre wahrscheinlich aufmunternd gemeinte Begrüßung: »Murat, ich zähle auf dich. Du wirst das Geld schon besorgen«, trug ebenfalls nicht gerade dazu bei, meine Zuversicht zu heben. In mir nagte wieder die übliche Sorge, in den Verhandlungen mit Herrn von Feuchtleben schlecht abzuschneiden. Dieses Mal jedoch beschloss ich, mich von meinen Ängsten nicht ins Bockshorn jagen zu lassen, und begann den Tag zur Stärkung des Selbstbewusstseins mit einem üppigen Frühstück und einigen entspannenden Muskelübungen. Danach spürte ich, wie mein innerer Eisenhans bereit war, den Kampf um die mir vom Schicksal zugedachte Jugendstilvilla mit aller Macht und Zielstrebigkeit wiederaufzunehmen.

Verabredet waren Feuchtleben und ich für halb zwei. Es blieb also noch etwas Zeit, in der ich wie ein Boxer in unserer Miniaturküche herumtänzelte und hochgewachsene imaginäre Gegner mit präzis geschlagenen Haken zu Boden streckte. Kurz nach eins hatte ich von der Wucht meiner Luftschläge Schulter- und Rückenschmerzen. Beim Hinabsteigen der Treppen fühlte ich mich wie Jopi Heesters nach seiner letzten Tanzeinlage und hatte sogar Schwierigkeiten, mich auf meine treue Honda zu schwingen. Auf eine geheimnisvolle Art hatten die K.o.-Schwinger auch den Eisenhans in mir ausgeknockt. Saft- und kraftlos trieb ich mein Feuerross dem Bankgebäude entgegen. Verschärfend fiel mir in diesem ohnehin kritischen Zustand ein, dass der Geldhaus-Von-und-Zu noch gar nicht über die Veränderungen in meinem Berufsleben informiert war. Und dummerweise hatte mein adliger Kiesverteiler bislang stets den Eindruck erweckt, dass das Einzige, was ihm an meinem unscheinbaren Wesen Achtung einflößte, ausgerechnet der Beamtenstatus sei – der inzwischen flöten gegangen war.

Mehr und mehr Zweifel ploppten in meinem Kopf auf und ließen mich immer zaghafter werden. Trotz meines überpünktlichen Aufbruchs wäre ich daher fast zu spät gekommen, was meine Verhandlungsposition mit Sicherheit nicht verbessert hätte. Also stürmte ich durch die Drehtür in den Schalterraum und vergaß dabei, meinen Integralhelm abzunehmen. Die hinter den Schaltern arbeitenden Bankangestellten reagierten auf meinen Auftritt mit panischen Blicken. Erst als ich sah, dass einer von ihnen den Alarm auslösen wollte, wurde mir klar, welche Assoziationen meine martialische Ausrüstung auslöste. Gerade noch rechtzeitig, um einen Polizeieinsatz zu verhindern, riss ich mir den Helm vom Kopf. Allerdings um den Preis, dass er, durch die Schubkraft beschleunigt, genau in den Solarplexus meines in der Schalterhalle vagabundierenden Kundenberaters sauste. Von Feuchtleben klappte zusammen wie ein Schweizer Messer.

Schon lange hatte ich davon geträumt, den hochnäsigen Schnösel eines Tages vor mir im Staub kriechen zu sehen. Allerdings sollte er in meinen Träumen nicht durch einen klassischen K.o.-Schlag, sondern allein durch die intellektuelle Wucht meiner Argumente auf den Marmorboden der Tatsachen gezwungen werden. Und dies sollte vor allen Dingen erst NACH unserem Gespräch passieren.

Dass er nun japsend nach Luft schnappte, bevor ich mein Anliegen überhaupt formuliert hatte, passte mir nicht ins Konzept. Wie jeder weiß, sind angeschlagene Gegner unberechenbar und gefährlich. Darum versuchte ich, das peinliche Missgeschick schnell vergessen zu machen, indem ich übertrieben freundlich tat.

»Servus, Herr von Feuchtleben.« Diesen pseudo-österreichischen Schmäh hatte ich in meiner Jugend in albernen »Graf Bobby«-Filmen aufgeschnappt, die sonntagnachmittags das Niveau der ARD für neunzig glückliche Minuten noch weiter senkten als sonst. »Darf ich Ihnen vielleicht auf die werten Beine helfen?«

Ich streckte ihm ritterlich die Hand entgegen, um ihm klarzumachen, dass er sich nur mit meiner großherzigen Hilfe zurück ins Leben ziehen konnte. Davon versprach ich mir in unserem Gespräch einen kleinen, aber hoffentlich entscheidenden psychologischen Vorteil. Der Lulatsch war jedoch derart ungelenk, dass es einige Minuten dauerte, bis wir uns nach einem grotesk anzuschauenden Pas de deux endlich keuchend gegenüberstanden.

Skurriler hätte der Einstieg in unser Kreditgespräch kaum sein können. Der sichtlich angeschlagene Banknotendompteur gab mir mit einer knappen Handbewegung zu verstehen, ihm in sein Büro zu folgen. Trotz seines derangierten Äußeren fand der Penunzenritter erstaunlich schnell seine Contenance wieder und feuerte, als sei nichts passiert, seine üblichen Dialograketen zum Thema Kundenbetreuung ab.

»Herr Topal, wie ist das werte Befinden?«

»Danke, gut. Herr von Feuchtleben, ich möchte ...«

»Und wie geht es der lieben Gattin?«

»Danke, ebenfalls blendend. Herr von Feuchtleben, ich bin hier, weil ich ...«

»War nicht auch Nachwuchs unterwegs?«

Gut, wenn der Bankheimer jetzt Erkundigungen bis hin zur siebzehnten Verästelung meiner Verwandtschaft einzuholen gedachte, würde ich mein Anliegen nie und nimmer an den Mann bringen. Also galt es, den Pfad der Höflichkeit zu verlassen und, einem Tupamaro gleich, unübliche Wege zur Durchsetzung meiner Interessen zu beschreiten. Ich tat also, als hätte ich seine letzte Frage nicht gehört. »Herr von Feuchtleben. Mein heutiges Anliegen ...«

»Die Eltern sind hoffentlich auch bei guter Gesundheit?«

Jetzt war aber Schluss mit Stuss. Ich schaute mir den Mann genauer an. War er überhaupt ein menschliches Wesen? Oder nur eine hohle Hülle, die in ihrem Inneren einen Sprachcomputer beherbergte? Spulte der Robobanker vielleicht gerade unbeirrt von meinen Antworten das Programm »Konversation für Einsteiger« ab? Trotzdem brauchte ich von dieser Humansimulation unbedingt eine Kreditzusage. Darum versuchte ich, ihn mit ein wenig menschlicher Zuneigung zu stoppen. Die konnte selbst bei einem Kunstgeschöpf wie ihm nicht fehl am Platz sein.

»Herr von Feuchtleben. Ich freue mich wirklich, dass wir endlich wieder einmal zusammensitzen.«

Zu meinem Schrecken sah ich, wie der so warmherzig Angesprochene gerührt zu einer Antwort ansetzte. Hatte ich durch ein unbedachtes Stichwort etwa erneut seinen Einstiegsmonolog aktiviert? Das musste um jeden Preis verhindert werden, der Topalmaro musste ran. Also entschied ich mich für die bewährte Strategie *Keine Atempause – Geschichte wird gemacht.*

»HerrvonFeuchtlebenichbinhierweilmeineFrauundichunswegenderKinderfürdenKaufeinesEigenheimsentschiedenhabenundichmitIhnenüberFinanzierungsmöglichkeitensprechenmöchte.«

Leider ging mir an dieser Stelle der Atem aus, und die Zehntelsekunde des Luftholens reichte aus, um meinen Widersacher zurück ins Spiel zu bringen. »Leben die Großeltern eigentlich noch?«

Himmel hilf!

»Herr von Feuchtleben. Haben Sie verstanden, was ich gesagt habe?«

»Selbstverständlich. Ich dachte schon, Sie würden nie fragen.«

Bitte? Hatte die Menschmaschine meinen Bandwurmsatz als Heiratsantrag fehlinterpretiert?

»Herr Topal. Ich will mal so sagen: Im Grunde muss man mit einer jungen Familie so bald wie möglich versuchen, den Klauen der Miethaie zu entkommen.« Haie? Klauen? Dieses Sprachprogramm war entschieden unausgereift. Aber nicht zu bremsen. »Und obwohl diese Empfehlung im Grunde für jede junge Familie gilt, so zählt sie für Familien junger Beamter natürlich doppelt. Als Beamter kann man gar nicht früh genug in Beton investieren.«

An dieser Stelle wurde mir klar, was Banker und Mafiosi einte: Sie setzten beide auf Beton. Der einzige Unterschied war, dass die Geldinstitute das Vermögen ihrer Opfer betonierten, die Mafia dagegen die Füße. Während ich also zu tieferen Einsichten in die Zusammenhänge des Kapitalismus gelangte, redete der Bankster unbeirrt weiter.

»Nun waren Sie ja in der Vergangenheit eher an konsumtiven Kleinkrediten als an nachhaltigen Investitionen interessiert. Darum freue ich mich wirklich, dass Sie nun doch eine Grundlage der Vermögensplanung verstanden haben: Nur Steine bringen Ihre Finanzen ins Reine.« Er strahlte wegen dieses lächerlichen Kinderreims. Kaum zu glauben. »Auch wenn es manch einer nicht wahrhaben will: Eine Hypothek ist für Ihre Zukunft keine Last, sondern eine Chance.« Er legte eine kurze Pause ein, um dann zum Kern der Dinge vorzustoßen. »An welchen Betrag hatten Sie denn gedacht?«

Da ich dieses Gespräch zu Hause schon mehrfach durchgespielt hatte, brauchte ich nicht zu überlegen: »Dreihundert!«

»Tausend?«

»Nein, Trillionen.«

Der Adelsspross lachte kurz und bitter auf. »Herr Topal, Sie machen Witze.«

Noch ahnte er nicht, wie weit er sich mit diesem Statement an meine ihm noch unbekannte neue Profession herangetastet hatte.

Ich ließ mich von seiner flapsigen Bemerkung nicht aus der Reserve locken und sah ihn an. Schweigend. Mit festem Blick. Aus meinen Erfahrungen mit verstockten Kleinkriminellen, die keine Aussage machen wollten, wusste ich, dass man sein Gegenüber damit nachhaltig verunsichert, und von Feuchtleben war da keine Ausnahme. Nervös entknäulte er seine Gliedmaßen und schraubte sich in volle Höhe.

»Herr Topal, es ist Ihnen doch klar, dass Sie bei einem Hypothekendarlehen dieser Größenordnung Eigenkapital in Höhe von rund dreißig Prozent des Gesamtbetrages einbringen müssen? Haben Sie eine solche Summe denn wirklich zur Verfügung?«

Das war nicht nur eine inquisitorische, sondern zweifellos rhetorische Frage. Aus unseren früheren Kleinkreditverhandlungen war er über meine finanziellen Rahmenbedingungen glasklar im Bilde. Diese Gewissheit und der Umstand, dass er nun endlich wieder von oben herab mit mir reden konnte, verliehen ihm neue Selbstsicherheit. Ich blieb trotzdem bei meiner Taktik des beharrlichen Schweigens. Wenn ich schon wie die Mafia in Beton investieren wollte, konnte ich genauso gut ihre Erfolgsstrategie der *omertà* übernehmen.

Es funktionierte, schon wurde von Feuchtleben nervös. Er ging auf und ab und drehte sich dann wieder zu mir um. »Nun, Herr Topal. Wir sind uns ja sicher einig, dass ein Darlehen dieser Größenordnung angesichts der von Ihnen in der Vergangenheit vorgelegten Verdienstbescheinigungen streng betrachtet unmöglich ist. Es sei denn, Sie hätten inzwischen im Lotto gewonnen.«

Er verzog seine schmalen Griesgramlippen zum Ansatz eines Lächelns, gab diesen kläglichen Versuch jedoch sofort wieder auf. Ihm war ein neuer Gedanke gekommen. »Bei den Schwiegereltern alles im Lot? Oder sind diese womöglich verstorben, und Sie haben geerbt?«

Er sah mich lauernd an. Mir wurde bewusst, dass die zwanghaften Fragen nach meiner Verwandtschaft keine Höflichkeitsfloskeln waren, sondern der Sondierung meiner aktuellen Finanzsituation dienten. Raffiniert. Aber ich musste den Kiesschürfer leider enttäuschen. Meine Schwiegereltern erfreuten sich bester Gesundheit. Er wirkte betroffen, fing sich allerdings schnell.

»Nun denn, wie schon Alexander der Große zu sagen pflegte: ›Nur wer groß denkt, wird auch Großes erreichen.‹« Offenbar hatte die Institutsleitung den Sprachcomputer nicht nur mit schiefen Metaphern, sondern auch mit erfundenen Zitaten gefüttert. »Ich will mal so sagen: Wo, wenn nicht am Beamtenwesen, soll die deutsche Wirtschaft genesen? Ausnahmsweise nicht von Goethe, sondern von Feuchtleben.« Er schnaubte kurz und selbstgefällig, was er anscheinend als Heiterkeitsausbruch gedeutet haben wollte. »Also ist es ja sozusagen im Interesse der deutschen Wirtschaft, Ihnen als verbeamtetem Staatsdiener weitestmöglich entgegenzukommen. Deswegen werde ich dafür sorgen, dass Ihr Antrag besonders wohlwollend geprüft wird.«

Na, das fluppte ja besser als erwartet. Bei meinem Warm-up am Vormittag hatte ich mich auf deutlich längere und härtere Diskussionen eingestellt, quasi auf volle zwölf Runden. Momentan sah es eher nach einem technischen Knockout durch Handtuchwurf des Gegners aus. Wäre da nicht der Wermutstropfen gewesen, der sich noch als K.o.-Schlag für mich entpuppen konnte: Ich hatte nach wie vor die kleine Änderung meines beruflichen Status quo nicht ins Gespräch bringen können.

»Herr von Feuchtleben, ich …«

»Herr Topal, Sie müssen mir nicht danken.« Er hielt kurz inne und sah mich prüfend an. »Die Vettern und Cousinen sind ebenfalls noch fidel und kregel?«

Junge, mir war gar nicht mehr bewusst, wie viele Verwandte man im Laufe eines Lebens ansammelt. Um das Verfahren abzukürzen, war wieder der Topalmaro in mir gefragt.

„HerrvonFeuchtlebenwasSievielleichtnochwissensolltenistdassichvorungefähreinemJahrdenBeamtenstatusaufgegebenhabeundinzwischenalsfreiberuflicherKomikerarbeite.“

Der gerade noch so selbstgefällig gönnerhafte Ausdruck im Gesicht des Krötenknechts wich purer Fassungslosigkeit. »Sie arbeiten als – WAS?«

»Nun«, ich versuchte, möglichst überheblich zu klingen, »in meinem Metier, das heißt, ich meine, in der Medienbranche nennt man das, was ich tue: Comedy. Ich arbeite als Comedian.«

Er schaute mich an, als wollte ich nun ihn den Haien in die Klauen werfen. »Machen Sie Witze?«

»Nein. Beziehungsweise: ja! Ich mache Witze! Genauer gesagt: Ich *arbeite* jetzt als Witzeverwerter, im Volksmund Komiker genannt.«

Das Wort »Witzeverwerter« zauberte unerwartet ein verschmitztes Grinsen in das Gesicht des Knetekneters. Als wäre allein schon die Berufsbeschreibung der beste Witz, den ein Komiker jemals reißen kann.

»Herr Toooopal, ich verstehe«, bei diesen Worten zwinkerte er mich manisch an, so dass ich erste Parkinson-Vorboten befürchtete, »da haben Sie mich ja ganz schön auf den Arm genommen. Sie meinen, Sie sind neuerdings V-Mann und ermitteln verdeckt im Comedy-Milieu! Richtig? Geht sicher mit einer Beförderung einher so ein Auftrag, oder? Kripo, gehobene Laufbahn, nehme ich an? Ich sehe, Sie wollen noch was werden. Da werden wir uns nicht knickrig zeigen und lassen die Hypothek bestimmt ebenfalls was werden.«

»Herr von Feuchtleben. Sie missverstehen mich.«

»Ja, ja. Schon klar, kein Problem. Wir haben verstanden.« Sieh an, man hatte das Sprachprogramm sogar mit alten

Werbeslogans gefüttert. Und schon wieder dieses manische Augenzwinkern. Fehlte nur noch, dass der Kerl mir verschwörerisch in die Rippen boxte.

»Lassen Sie mal gut sein, Herr Topal. Auch wenn das vertrauensvolle Verhältnis zwischen Bank und Kunden größtmögliche Transparenz voraussetzt«, er geriet kurz ins Stocken und korrigierte sich hastig, »größtmögliche Transparenz *von Seiten des Kunden* voraussetzt, müssen Sie dennoch nicht all Ihre Berufsgeheimnisse aufdecken. Aber um Ihnen unser Entgegenkommen zu zeigen: Aufgrund Ihres zwar niedrigen, aber immerhin gesicherten Einkommens können wir Ihnen als Beamten natürlich deutlich günstigere Kreditkonditionen anbieten als zum Beispiel Selbständigen.« Das Wort »Selbständige« schien negative Auswirkungen auf sein vegetatives Nervensystem zu haben und ließ ihn kurz, aber deutlich erkennbar ins Zucken geraten.

Hätte ich nicht gewusst, dass die Sache spätestens bei Vorlage der notwendigen Unterlagen aufgeflogen wäre, hätte ich dem Schlaumeier seinen albernen Glauben an meine Undercover-Tätigkeit im Comedy-Bereich nur zu gern gelassen. Doch es half ja nichts. Lieber das berühmte Ende mit Schrecken als der Nerven schreddernde Schrecken ohne Ende. Aber wie bringt man Leute, die sich in ihrer wirklichkeitsfremden Naivität dem Rest der Menschheit meilenweit überlegen fühlen, zurück in den Schoß der Realität? Nachdem die MP-Salven-Technik nicht gefruchtet hatte, setzte ich diesmal auf die Kraft der Langsamkeit.

»H e r r v o n F e u c h t l e b e n! I c h h a b e i m I n t e r e s s e e i n e r K ü n s t l e r k a r r i e r e d e n B e a m t e n s t a t u s a u f g e g e b e n. I c h b i n i n z w i s c h e n S E L B S T Ä N D I G!«

Offensichtlich hatte ich mit der Zeitlupensprache intuitiv die richtige Möglichkeit gefunden, den Sprachcomputer neu zu programmieren. Ein kurzes schwaches Aufblinken in seinen blassblauen Augen bestätigte den gelungenen Datentransfer. Der Effekt meiner Worte hätte allerdings dramatischer kaum sein können. Vermutlich war es die unscheinbare Buchstabenkombination s-e-l-b-s-t-ä-n-d-i-g, die sein vegetatives Nervensystem attackierte: Unkontrollierbare Krämpfe ergriffen den feuchtlebenden Körper, Schweiß perlte in Sturzbächen von seiner Stirn, während die Pupillen wie wahnsinnig gewordene Billardkugeln ununterbrochen von einer Seite der Augäpfel zur anderen schossen und sich in den Mundwinkeln Speichelfäden bildeten. Dann spie er mit hysterischem Furor aus:

»SELBSTÄNDIG? UND WAS WOLLEN SIE DANN VON MIR?«

Im Auge des Sturms muss Raum für Gelassenheit sein. Ich erhob mich in aller Ruhe von meinem Stuhl und erwiderte mit ausgesuchter Höflichkeit:

»Danke für Ihre Aufmerksamkeit, Herr von Feuchtleben. Ich finde allein hinaus.«

3. Kapitel
Halali

Solche Gespräche hatte ich mehrere.

Irgendwann, da bekommst du echt krasse Phantasien. Du ziehst dir die Skimütze über, besteigst deine Honda und steuerst eine einsam gelegene Bank auf dem Land an. Bei dir die Handfeuerwaffe deines Vertrauens. Du enterst die Schalterhalle und orderst bei der Kassiererin eine *Fremdabhebung* in größerem Umfang ... In Wahrheit kannst du selbst die gute alte »Hände hoch, Geld in den Sack«-Nummer heutzutage komplett vergessen. Noch die MitarbeiterInnen der hinterletzten Waldwiesentupfinger Bankfiliale sind inzwischen so was von geschult, dass sie nix mehr schockieren kann. Unterwürfiger Befehlsgehorsam ist von vorvorgestern. Ein in mühsam antrainiertem Clint-Eastwood-Tonfall rausgehauenes »Flossen hoch, Baby. Schwing die Hufe und hol Bares!« kann dein potentielles Opfer jederzeit mit einer Retourkutsche kontern, die dir jeglichen kriminellen Wind aus den Segeln nimmt:

»Vielen Dank, dass Sie das schweinchenrosafarbene Band des Vertrauens gewählt haben. Mein Name ist Ramona de la Gumpershausen, Chief-Customer-Superintendentin on duty. Meine biometrische Kurzanalyse Ihres aktuellen Brieftascheninhalts diagnostiziert einen akuten Mangel an Cashflow und prognostiziert die akute Notwendigkeit eines *probably too laten* Sofortkredits. Leider sind alle unsere Privatinsolvenz-Berater *urgently busy*, aber unser flatulenzbasiertes *Hot-Air-Waffle-System* stellt für Ihren individuellen pekuniären Crash gern onlinegestützte *useless offers* jeder Provenienz zusammen. Sollten Sie weiteren kalten Kaffee wünschen, bekommen Sie diesen auf Anfrage gern in unserer im zweiten Stock gelegenen *Coffee-to-go-Bar*.«

Nun ist es ja so, dass man als Freiberufler durchaus noch anderes zu tun hat, als in endlosen Verhandlungsmarathons Kreditwächter zu beschwatzen. Meine tägliche Agenda sah neben dem Bespaßen meines Sohnes und den üblichen zeitraubenden Alltagsgeschäften unter anderem vor, Züge zu besteigen, die mich an weit entfernte Zielorte in allen Himmelsrichtungen brachten, um meine Bühnenprogramme aufzuführen. Dazu kamen Auftritte in TV-Sendungen. Und beim Fernsehen gibt es diese merkwürdige Sitte, dass man immer mindestens einen halben Tag vorher da sein muss. Jedes Detail ist mehrfach durchzudiskutieren, angefangen von der Farbe deines Hemdes bis zur Frage aller Fragen: Bei welchem Stichwort siehst du in welche Kamera? Und wenn nach fünf Stunden Sich-im-Kreise-Drehens alles klar zu sein scheint, kommt irgendeine hochgradig nervöse Produktionsassistentin mit Klemmbrett hereingeschneit und fängt an, irre kichernd mit dir über Textkürzungen zu diskutieren, während jemand anderes dein Gesicht pudert und einfärbt, als solltest du der neue Julio Iglesias werden. Dabei hast du der Redaktion die Texte schon Wochen vorher schicken müssen, und alles war angeblich »voll in Ordnung so«. All der Aufwand für Auftritte, die am Ende vielleicht vier Minuten dauern.

Kein Wunder, wenn die eifersüchtige Gattin den Verdacht hegt, dass ihr werter Gemahl sich seine Zeit auf der Frauenpirsch vertreibt. Kaum ist man wieder zu Hause, bekommt man prompt den Sohn in den Arm gedrückt, damit sie »auch mal was Schönes« erleben kann. Da stehst du dann und versuchst, den quengelnden Kleinen zu beruhigen, während dein Schreibtisch unter der kiloschweren Last nicht erledigter Rechnungen, unbeantworteter Post und bestenfalls halbfertiger Szenen für das neue Programm fast kollabiert. Apropos *das neue Programm* – das muss als das hinterhältigste Monster gelten, welches menschliche Phantasie je ersonnen hat. Gerade erst hast du es heldenhaft bezwungen, da löchern dich Management, Veranstalter, Medien und Fans schon wieder mit ihrer Lieblingsfrage: »Hast du was *Neues* in Arbeit?«

Als ob es überhaupt etwas *Neues* unter der Sonne geben könnte! Am Ende deines 24/7-Sklaventages möchtest du nur noch bleischwer ins Bett sinken, doch da ist ja noch deine hinreißende Ehefrau, die – erquickt von ihrem freien Tag – deine ganze Aufmerksamkeit und Begeisterung fordert. Was für dich die Frage aufwirft: Dürfen Männer eigentlich auch mal Migräne haben?

Wer hat da noch Kraft und Lust, regelmäßig Einnahme-Ausgabe-Tabellen vorzulegen und mit herablassenden Bankschnöseln die ewiggleichen Argumente auszutauschen. Nach einem dieser unbefriedigenden Termine machte ich einen Abstecher zu meinen Eltern, um bei einem Tee kurz den Akku aufzuladen. Entspannen war aber nicht im Sinne meines Babas, der sich mal wieder seine Gedanken gemacht hatte und ungefragt begann, mir abenteuerliche Vorschläge zu unterbreiten.

»Murat, ich habe überlegt wegen Finanzierung. Ist ganz einfach das. Kennst du Gottschallik?«

»Wen soll ich kennen?«, fragte ich.

»Na, von *Wetten, dass!* Den Gottschallik.«

»Ach so, na klar. Gottschalk. Der mit den Gummibärchen«, präzisierte ich, ohne die blasseste Ahnung, worauf er eigentlich hinauswollte.

»Das ist springende Punkt, Murat, oğlum. Gummibären von Habori.«

»*Haribo*, Baba. Aber was ist da der Punkt? Soll ich mir ein Haus bauen aus Gummibärchen?« Ich fand die Vorstellung witzig und musste lachen, was mein Vater auf den Tod nicht leiden konnte. Er dachte dann immer, man lache ihn aus.

»Hör auf mit Lachen! Hast du keine Ahnung! Gottschallik hält kurz Bären in Kamera, quatscht bisken so, bisken so, kriegt viel Geld und kann bauen viele Häuser von das.«

Jetzt fiel bei mir der Groschen. Mein treusorgender Vater wollte aus mir einen Werbeträger machen, eine Produktikone. Bedauernd erklärte ich ihm, dass ich im Gegensatz zu »Gottschallik« keine eigene TV-Show mit Millionen Zuschauern hatte und darum als Testimonial wohl eher uninteressant war. Doch Baba fegte meine kleinlichen Bedenken souverän beiseite.

»Hörst du, Murat: Kennst du mein alte Freund Erkan, wohnt an Kottbusser Damm, und hat er, wie du weißt, fast zwanssik Süpermarket in Deutscheland.«

»Langsam, Baba. Die gehören doch nicht ihm.«

»Papplapapp. Gehören nicht ihm, aber Familie. Und jetzt kommt Idee: Du trägst *immer*, also Bühne, Fernsehen, Sseitung, immer T-Shirt von Erkans Süpermarket. Ist gut für alle: Erkan glücklich, Süpermarket erfolgreich, du reich und kannst bauen schöne Haus. Ist gute Idee oder nicht, Junge?«

Am liebsten hätte ich Baba dafür geküsst, dass er sich so viele Gedanken um meine Probleme machte. Aber natürlich war die Idee komplett weltfremd. Um meinen Vater nicht erneut zu kränken, brachte ich ihm so schonend wie möglich bei, dass sein Vorschlag höchst kreativ, aber leider ohne Aussicht auf Erfolg war. Daraufhin zauberte er sofort zwei

Alternativkonzepte aus dem Ärmel. Das eine war ernsthaft durchgeknallt: Ich sollte das Maskottchen seines Vereins werden – mein Vater lief trotz fortgeschrittenen Alters regelmäßig Marathon – und, als Merchandising-Figur vermarktet, eine Menge Kohle einfahren. Das andere dagegen war durchaus pfiffig. Er wollte in der türkischen Verwandtschaft eine »Murat-Aktie« vertreiben, mit der sich die lieben Onkels, Tanten, Nichten und Neffen an der Finanzierung unseres Hauses beteiligen und bei einem etwaigen späteren Verkauf von der Wertsteigerung profitieren sollten. Das war auf jeden Fall einen Versuch wert. Ich sagte ihm, dass er für dieses Konzept von mir freie Hand bekomme. Wenn da was klappte, prima. Wenn nicht, Pech gehabt. Baba strahlte, klopfte mir auf die Schulter und machte sich sofort daran, eine Liste der potentiellen Aktienkäufer zu erstellen.

Ich brach auf zum nächsten Banktermin. Auf dem Weg zur U-Bahn kam mir zum ersten Mal seit langem ein lichter Gedanke. Wozu, fragte ich mich, lernte man als Bühnenkünstler eigentlich, wie und mit welchen Schachzügen man sein Publikum gezielt manipulieren konnte? Doch nicht zuletzt, um diese Fähigkeiten bei Gelegenheit auch im schnöden Alltag anwenden zu können. Sofort begann ich, eine neue Gesprächsstrategie zu entwickeln. Wie ich bei meinen bisherigen Kreditgesprächen gelernt hatte, waren die Sollbruchstellen der Bankiersgedankenwelt immer gleich. Eigentlich musste ich meine Zahlen und Argumente diesen nur anpassen und meine kalkulatorische Beweisführung stärker den Zuschauerzahlen und Einnahmen eines Mario Barth angleichen. Das war durchaus legitim, denn ich wollte ja eine Jugendstilvilla finanzieren, keinen Geräteschuppen.

Die neue Taktik funktionierte perfekt. Die Zahlenknechte ließen sich von dem vermeintlichen Glamour und den noch vermeintlicheren Gagen meiner gelegentlichen Fernsehauftritte blenden, und es dauerte nicht lange, dann hatte ich einen der Hypothekenverteidiger tatsächlich auf die Matte geworfen. Die Konditionen waren in Ordnung, die Summe nicht riesig, aber da Baba wenigstens einige unserer Verwandten vom Kauf der »Murat-Aktie« hatte überzeugen können, schien mir unsere finanzielle Ausgangsposition ganz passabel.

Geld war also da – fehlte nur noch das geeignete Objekt. An einem strahlend schönen Spätsommersamstag wirbelte Ann-Marie trällernd durch unsere klitzekleine Küche, während ich noch müde im Bett lag. Durch den Gesang geweckt, quälte ich mich aus den Daunenbergen und stellte beim Blinzeln durch den halbgeöffneten Schlafzimmervorhang fest, dass die Sonne bereits ihre Mittagsschicht begonnen hatte.

»Wo bleibst du denn?«, flötete es mir entgegen. »Wir haben heute noch viel vor. Du erinnerst dich?«

Wie immer hatte mein Eheweib völlig recht. Für dieses Wochenende hatten wir uns einiges vorgenommen. Nachdem wir in den Tagen zuvor zahlreiche Exposés gesammelt hatten, sollte heute das Material genau studiert und möglichst bald die erste Besichtigungstour organisiert werden. Es galt also, das Halali für die Jagd nach unserem Traumhaus zu blasen.

Widerwillig hievte ich mich aus den Federn und folgte dem Mokkaduft in die Küche, wo Ann-Marie wie ein General vor der alles entscheidenden Schlacht vor einem mit Exposés, Grundrissen und Briefumschlägen übersäten Tisch saß.

»Guten Tag, *chérie*. Hatten wir nicht für heute einen klaren Zeitplan gemacht?«

Ihr zwar homöopathisch dosierter, aber deutlich strenger Unterton weckte mein schlechtes Gewissen.

»Hatten wir?«, fragte ich unschuldig zurück und schenkte mir zwecks Zeitgewinns erst einmal einen Kaffee ein.

»Wie wär's, Liebling, wenn du flugs duschst und wir anschließend gemeinsam dieses Unterlagenchaos sortieren?«, meinte sie.

Ich war bockig. »Duschen kann ich später noch. Gibt für mich ja keinen Grund, dem Makler zu gefallen.«

»So? Und wenn der Makler von seiner blutjungen, umwerfend hübschen Maklerassistentin begleitet wird? Da würdest du dich ungeduscht und müffelnd ganz schön schämen. Ich mich für dich übrigens auch.«

Widerspruch zwecklos. Ich stellte den Kaffee wieder ab und nahm Kurs aufs Bad.

Unser Traum vom eigenen Haus hatte, das muss ich an dieser Stelle leider erwähnen, einen nicht unwesentlichen Geburtsfehler. Als wir uns das erste Mal über die Exposés beugten, bildeten sich bei uns beiden zwar schillernde Traumblasen – dummerweise aber über jedem Kopf andere.

Ann-Maries Vision war eine Art quietschbuntes, knuddliges »Villa Kunterbunt«-Haus mit hölzernen Fensterläden, diversen Obstbäumen und einem verschnörkelten schmiedeeisernen Zaun, der den malerisch verwilderten Dschungelgarten vor fremden Eindringlingen schützt. Natürlich sollte der Fußboden des Hauses aus alten romantisch knarzenden Holzdielen bestehen und der riesige Wohnbereich von einem offenen Kamin beheizt werden. Nicht zu vergessen der »Meerblick« aus dem beim Aufwachen bereits sonnendurchfluteten Schlafzimmer. Dieser bereitete mir angesichts der geographischen Lage Berlins die meisten Sorgen. Nun gut, man weiß ja, dass Frauen von Natur aus verträumt sind und der schnöden Realität mitunter mit Argwohn gegenüberstehen.

Die in meinen Gedanken detailliert entworfene und ja

bereits bekannte Jugendstilvilla war da weitaus wirklichkeitsnäher. Was meine Frau seltsamerweise nicht einsehen wollte. Mit Argumenten war ihr in diesem Zusammenhang nicht beizukommen. Am Ende unserer Debatte landeten wir bei einem dieser windelweichen Kompromisse, die Liebesbeziehungen manchmal so schwierig machen: Wir beide durften abwechselnd ein Haus unserer Wahl zur gemeinsamen Besichtigung vorschlagen.

Um auf dem schwierigen Berliner Immobilienmarkt eine bezahlbare Kreuzung aus verspieltem Pippi-Langstrumpf-Domizil und repräsentativem Jugendstilpalast zu finden, wollten wir uns jener Experten bedienen, die handelsüblich unter der Berufsbezeichnung »Makler« firmieren. Wir sollten erst noch erfahren, dass das Verb »makeln« den Wortstamm »Makel« nicht umsonst beinhaltet. Bei der Sichtung unseres umfangreichen Prospektstapels wurde jedoch schnell klar: Der Berufsstand hatte sehr unterschiedliche Verkaufskonzepte. Da gab es hektisch zusammenkopierte Schwarz-Weiß-Heftchen mit diffusen Angaben ohne jede Gewähr, deren Orthographie offensichtlich einem Zufallsgenerator überlassen worden war. Aber auch telefonbuchdicke Hochglanzmappen mit genau vermessenen Grundrissen aller Etagen sowie umfangreichen Details zu bereits ausgeführten Bau- und Sanierungsmaßnahmen, bei denen selbst Rechnungsnachweise nicht fehlten. Die Heftchenstrategen bemühten sich, mit möglichst unscharfen Fotos und so blumigen wie ungelenken Beschreibungen Käufer zu locken, während die Hochglanzfetischisten das Urteilsvermögen ihrer Kunden mit der exzessiven Nennung von Zahlen und Fakten außer Gefecht zu setzen versuchten.

Hätten meine Liebste und ich damals schon die Erfahrungen gehabt, die wir leider erst noch machen mussten, hätte uns eines jedoch sofort misstrauisch gestimmt: Egal, mit welcher Sorte Bauschuttverkäufer wir erste Gespräche führten, niemand versuchte, uns die groteske Idee eines Pippi-Jugendstil-Zwitters auszureden. Allen war nur wichtig, uns erst einmal in ihre Fänge zu bekommen. Ein in Immobilienfragen unerfahrenes türkisch-schwäbisches Pärchen schien ihnen wohl ausreichend naiv und manipulierbar, um selbst die ruinösesten Ladenhüter und Schrottimmobilien als Traumhaus zu verramschen. Doch ich greife vor.

An jenem Samstag versuchten wir, nachdem ich mich wunschgemäß geduscht und parfümiert hatte und Levin von der Oma zum Karussellfahren abgeholt worden war, eine gewisse Ordnung in den Hausbeschreibungshaufen zu bekommen. Dabei stolperten wir immer wieder über rätselhafte Ausdrücke wie »teilsaniert« oder »Liebhaberobjekt«. Nehmen wir nur einmal den schönen Begriff »teilsaniert«. Bedeutete das, dass ein nicht ganz so perfektionistischer Heimwerker, wie ich es bin, eine Zeitlang an dem Haus herumgepfuscht und dann angesichts seiner immer deutlicher zutage tretenden Unfähigkeit aufgegeben hatte? Oder verlegte ein solcher Kurpfuscher womöglich nicht nur den falschen Teppichboden, sondern verpasste auch den sanitären Anlagen den Standard der frühen Bronzezeit? In dem Fall wäre teilsaniert ein Codewort für die Tatsache, dass der bedauernswerte Käufer den komplett ruinierten Bau mit hohem finanziellem und handwerklichem Aufwand wieder auf den heutzutage üblichen Mindestkomfort zu bringen hatte. Dafür sollte sich ein anderer Dummer finden.

Und was konnte man sich unter einem »Liebhaberobjekt« vorstellen? Ein Haus, das sich vor Liebhabern kaum retten kann? Oder doch eher ein verfallenes Mauerwerk mit einem Zeitwert weit unter den Abrisskosten, das höchstens als Übungsobjekt für die Luftwaffe geeignet war: »Hier

Delta-Bravo neun-zwei-vier. Habe Liebhaberobjekt auf zwölf Uhr im Visier. Erbitte Schussfreigabe«?

Als erfahrene Pauschalurlauber konnten wir dagegen sofort einordnen, was »verkehrsgünstig gelegen« zu bedeuten hatte – waren wir doch in der Vergangenheit oft genug den Reisekatalog-Flunkereien von Hui und Meckermann aufgesessen und wussten darum, dass die »verkehrsgünstige Lage« eines Hotels nur eines bedeutete: endlosen Lärm. Also sortierten wir alle Objekte dieser Art sofort in die Rundablage.

Trotz der anfänglichen Übersetzungsprobleme kristallisierten sich mit der Zeit erste Favoriten heraus. Mein Preis-Leistungs-Champion war eine zweigeschossige Doppelhaushälfte mit Flachdach. Gebaut in den Achtzigern, gelegen in Mariendorf, üppige hundertvierzig Quadratmeter groß und anscheinend in baulich gutem Zustand. Das hatte wenig mit Jugendstil zu tun, passte aber im Gegensatz zu vielen anderen Angeboten immerhin in unseren Finanzierungsrahmen. Denn der erste ernsthafte Marktcheck zeigte vor allem eines: dass unser Budget mit unseren Ansprüchen nicht Schritt halten konnte. Mit viel Fingerspitzengefühl und verkäuferischem Geschick versuchte ich, Ann-Marie die Eighties-Reliquie schmackhaft zu machen. Und erntete als Reaktion nur einen abschätzigen Blick von der Sorte: *Also, Junge, du hast ja nun wirklich gar keine Ahnung.* Dann sprach sie es auch noch aus: »Murat, Schatz, mal ehrlich: Der Kasten hat null Charme. Ich hatte eigentlich nicht vor, in eine Turnhalle zu ziehen.«

Ich gab noch nicht auf. »Ich finde, wir sollten uns das Objekt auf jeden Fall mal ansehen. Vor Ort kommen einem die besten Ideen«, sagte ich, zugleich um Optimismus und Sachlichkeit bemüht. »Das Haus bietet Raum für kreative Ideen – und es hat einen großen Keller!«

Das kam nicht gut an.

»Großen Keller? Damit du deinen Fitness-Gerätepark installieren kannst? Na danke schön. Kannst du ausnahmsweise mal an etwas anderes als deine Hobbys denken? Und wolltest du nicht unbedingt einen See? In diesen Liliputanergarten passt noch nicht einmal eine Pfütze.«

Ihr Gesichtsausdruck sagte mir, dass ich an dieser Stelle besser nicht insistierte. Im Gegenzug präsentierte sie mir ihre Lieblinge, die mich allesamt ins Schwitzen brachten: alleinstehende Hutzelhäuschen und/oder heruntergekommene Bauten von der vorletzten Jahrhundertwende, deren hervorstechendes Merkmal der »Sanierungsrückstand« war, bevorzugt in den abgelegensten Winkeln Brandenburgs gelegen. Gemeinsame Kennzeichen: weder Verkehrsanbindung noch Infrastruktur, dafür ein Riesengrundstück. Denn wie jedes Mädchen aus finanzstarker (westdeutscher) Familie war auch Ann-Marie als Kind geritten – und da wäre es doch schön, Platz für »ein, zwei Pferde« zu haben. Nur falls sie mit dem Reiten »mal wieder anfangen« wollte.

»Pferde?« Ich schnappte nach Luft. »Äh ... Soviel ich weiß, haben wir keine Pferde.«

Meinen kleinlichen Einwand erledigte sie mit einem Lächeln. »Murat, Schatz. Wo bleibt deine Phantasie? Wozu ziehen wir denn aufs Land? Um Raum für Ideen zu haben. Um unseren *Traum* zu leben.«

Die Art, wie sie *Traum* sagte, machte mir Angst. Und dass wir aufs Land ziehen wollten, hörte ich zum ersten Mal.

Während ich noch über eine markige Antwort nachdachte, hatte sie schon das Handy in der Hand und tippte die Nummer des Maklers ein. Keine Viertelstunde später saßen wir im Auto Richtung Brandenburg. Spätestens da wurde mir klar: Ich hatte ein Problem.

4. Kapitel
Raus aus der Stadt

Genau betrachtet hatte ich gleich mehrere Probleme: eine emanzipierte Schwäbin als Ehefrau, die mich nicht als alleiniges Familienoberhaupt akzeptieren wollte, das ich natürlich naturgemäß bin. Die seltsame Idee meiner Frau, dass eine im Neuköllner Dschungel groß gewordene und fest verwurzelte deutsch-türkische Großstadtpflanze wie ich mir nichts, dir nichts aufs platte Land umgesiedelt werden könnte. Und nicht zuletzt die Tatsache, dass ich mit meiner vernünftigen Argumenten nicht zugänglichen Gattin in einen der entvölkertsten Landstriche unseres Heimatlandes unterwegs war. Irgendetwas stimmte hier nicht. Und wenn ich ein wenig nachdachte, würde ich sicher bald herausfinden, was es war.

Bis dahin versuchte ich mich an die Beschreibung der Immobilie zu erinnern, der ich entgegenzuckelte. »Ländliches Idyll in Ortsrandlage, ideal für die junge individuelle Familie. Das Haus befindet sich in baulich gutem Zustand und ist teilsaniert.« Auch wenn ich das gegenüber Ann-Marie nicht einmal unter der Folter zugegeben hätte: Das Dreißiger-Jahre-Häuschen strahlte auf den Fotos einen gewissen Charme aus. Irgendwo im Nirgendwo, aber nahe am Ortsrand von irgendwas im Nirgendwas. Bunte Fensterläden, Obstbäumchen, das komplette Ann-Marie-Ausstattungs-

Wunschprogramm. In Gedanken schlug ich auf den Hauspreis gleich noch die Anschaffungskosten eines Sitzrasenmähers drauf.

Während ich meinen Gedanken nachhing, fiel mir die traurige Geschichte meines alten Kumpels Charly ein. Der hatte als eingefleischter Stadtmensch Berlin vor einigen Jahren in einem Anfall geistiger Umnachtung verlassen und mit seiner schwer esoterisch veranlagten Lebensabschnittsgefährtin Jutta in der Ostprignitz einen vergammelten Vierseitenhof erworben. Und zwar zum Preis eines gestandenen Mittelklassewagens. Allen Warnungen seines Freundeskreises zum Trotz faselte er etwas von »Schnäppchen«, »Neubeginn« und »Leben in der Natur«, als sei in einem alten Metropolentrapper wie ihm plötzlich der Indianer erwacht. Was ihn innerhalb kurzer Zeit sowohl finanziell wie psychisch in den Ruin trieb, war vor allem die maßlose Überschätzung seiner handwerklichen Fähigkeiten, mit denen er die nicht enden wollende Sanierung des wurmstichigen Hofes nicht meistern konnte. Naturgemäß fiel auch seine Beziehung zu Jutta der energiefressenden Immobilie zum Opfer. Vom Landvirus geheilt, wohnte Charly nun wieder als bescheidener Mieter in Berlin. Der Verkauf der Trümmerfarm kostete ihn allerdings nicht nur eine Stange Geld, sondern auch seine komplette Kopfbehaarung. Aber lieber kahl in Berlin als wild behaart in der Tundra.

Da das Navigationssystem unseres Familien-Vans satte fünfundsechzig Minuten Fahrzeit prognostiziert hatte, blieb mir genügend Zeit für solche Reflexionen. Die Warnung meines Elektropfadfinders: »Achtung, Weg beinhaltet unbefestigte Straßen«, verhieß nichts Gutes. Weil ich jedoch keine Alternative parat hatte, beschloss ich, die Warnung zu ignorieren. Wie sich zeigen sollte, keine kluge Entscheidung.

Ann-Marie hatte es in der kurzen Zeit zwischen Anruf

und Aufbruch übrigens geschafft, sich vollständig umzuziehen. Was mich zu der frustrierenden Einsicht brachte, dass Männer Frauen selbst bei Hinzuziehung eines Elektronengehirns von der Größe der Milchstraße niemals verstehen werden. Warum brauchen diese Teufelinnen im Engelskostüm, wenn es eilig und wichtig ist, für jeden Garderobenwechsel quälende Stunden, selbst wenn ihr Outfit am Ende nur mikroskopische Veränderungen aufweist, während sie sich bei jedem unwichtigen Anlass schneller als das Licht komplett neu ausstaffieren können? Ich nenne dieses Phänomen das »Paradoxon des unberechenbaren Wartens«: Das Tempo eines weiblichen Garderobenwechsels steht immer im umgekehrten Verhältnis zu der Wichtigkeit des den Garderobenwechsel veranlassenden Ereignisses, manchmal aber auch nicht.

Jedenfalls hatte sich meine Herzensschwäbin mit ein paar gezielten Handgriffen ratzfatz in Dolly Parton verwandelt. Oder sagen wir: in Dolly Parton mit nicht ganz so tödlichen sekundären Geschlechtsmerkmalen. Holzfällerhemd, Jeans, Gummistiefel: keine Ahnung, wo Ann-Marie diese rustikalen Accessoires in der Kürze der Zeit hervorgezaubert hatte. Mich beschlich der Verdacht, dass die Schwabenmafia die Umsiedlung aufs Land generalstabsmäßig vorantrieb und ich hier womöglich in eine von langer Hand vorbereitete Falle tappte.

Dieser Verdacht besserte meine Laune nicht gerade. Je weiter wir uns von der sicheren Stadt entfernten und einem Kaff mit dem einschläfernden Namen Zschorwitz zustrebten, desto mehr verdunkelte sich mein Gemüt. Klang Zschorwitz nicht wie der Inbegriff der gruseligsten Langeweile? War dieser Vorhof des Nichts überhaupt von den simpelsten Errungenschaften der Zivilisation erreicht worden? Schulen, Apotheken, Bäcker – ganz zu schweigen von der netten Pizzeria um die Ecke? Ich sah mich schon am Schreibtisch unseres vergammelten Hexenhäuschens sitzen und einen philosophischen Exkurs über »Das Nein im Kontext des vollkommenen Gar-Nix« verfassen. Ann-Marie bekam von der allmählichen Verfinsterung meines Gemütszustandes genau dies mit: gar nix. Ihre Wangen glühten vor freudiger Aufregung derart, als wollte sie mit ihnen ganz Brandenburg heizen. Darüber hinaus nervte sie mich in regelmäßigen Abständen mit Landei-Freudenjauchzern à la »Ach wie süß, ein Storchennest« oder »Nein, das gibt's ja nicht: eine echte alte Bockwindmühle«.

Mir wurde dabei nur eines klar: Ich hatte weder Bock auf Bockwindmühlen noch auf ein Leben in dieser elendigen Einöde. Als ich dies Ann-Marie in wohlgesetzten Worten mitteilen will, funkt mir eine strenge Frauenstimme dazwischen: »Wenn möglich, bitte wenden.«

Auch das noch. Ich hatte mich verfahren. Das kommt davon, wenn man als Großstädter sein angestammtes Jagdgebiet verlässt und die Wildnis erkundet. Gut, vielleicht hätte ich zwischendurch lieber auf mein Navi achten sollen, statt mich in meinen Groll hineinzusteigern. Aber wirklich schuld war natürlich wie immer meine Frau. Die davon wie immer nichts wissen wollte. Stattdessen bemerkte sie überflüssigerweise: »Du bist zu weit gefahren, da ging es vorhin rechts ab.«

»Da war nix zum Abbiegen!«, patzte ich zurück. »Oder hast du was gesehen?«

Hatte sie natürlich nicht. Aber sie würde sich eher die Zunge abbeißen, als einen Fehler zuzugeben. Also wechselte sie schlicht das Thema.

»Kann jedem mal passieren.«

»Danke für deinen überbordenden Großmut!«

»Vielleicht fragst du einfach einen Eingeborenen. Früher ist man ja auch ohne Elektronik ans Ziel gekommen.«

Toller Tipp. Als hätte dieser Einödbezirk jemals menschliches Leben gesehen. Ich schaute die endlos lange Allee entlang. Bis zum Horizont nur Bäume und Äcker. Von Eingeborenen weit und breit keine Spur.

»Ich drehe um«, sagte ich zerknirscht und versuchte, den Van auf der engen Straße halbwegs flott um hundertachtzig Grad zu drehen. Als die Navigations-Domina einige Kilometer weiter streng zum Abbiegen mahnte, konnte ich selbst unter Aufbietung meines berühmten Späherblicks nicht erkennen, wo links von uns eine Straße sein sollte. Ratlos trat ich auf die Bremse. Meine Gattin blieb ungerührt.

»Murat, ich glaube, sie meint den Weg da drüben.«

»Was für einen Weg? Ich sehe nur eine Ansammlung von zugeschlammten Schlaglöchern.«

»Ja, und? Wo ein Schlagloch ist, ist auch ein Weg.«

Na prima. Ich sparte mir den fälligen Vortrag über begrenzte Bodenfreiheit und Radlagerschäden und schlug in Gedanken nicht nur den Sitzrasenmäher, sondern auch die Autoreparatur auf den Kaufpreis drauf. Ächzend schaukelte unser Familienlaster durch die Kraterlandschaft wie ein Krabbenkutter auf schwerer See.

»Kannst du nicht ein bisschen reinhauen, Murat? Wir kommen zu spät!«, mahnte meine Countrybraut mit ängstlichem Blick auf die Uhr.

Nun bin ich ja ein durchaus anpassungsfähiger Mensch, aber ein Mann trägt eine gewisse Verantwortung für ihm anvertraute Fahrzeuge. Außerdem hatte ich die Totalschaden-Regelung des Leasing-Vertrages nicht im Kopf. Womöglich hätte ein letaler Zusammenbruch des Vans uns unversehens in den Bankrott getrieben. Darum ignorierte ich die immer hektischer werdenden Anfeuerungsrufe meiner Beifahrerin und blieb eisern in Schrittgeschwindigkeit.

»Wenn das hier die Zufahrt zu unserem Haus werden

sollte«, kommentierte ich fachmännisch, »dann brauchen wir ganz klar ein anderes Auto.«

»Kein Problem, Big Jim. Hast du nicht immer von einem Jeep mit Vierradantrieb und fettem Pipapo geträumt? Wenn wir hier einziehen, kannst du dich austoben.«

Der Kaufpreis des Hauses addierte sich in immer schwindelerregendere Höhen. Was meine Laune keineswegs besserte. Die, um es zurückhaltend zu sagen, dünne Besiedlung der Landschaft schlug mir zusätzlich aufs Gemüt. In dieser Wüstenei konnte man sich nur verloren fühlen.

»Wichtig ist natürlich, dass man in so einer Gegend gute Nachbarn hat«, vermeldete Ann-Marie zu allem Überfluss.

Nachbarn? Inzwischen sah man hier nicht mal mehr Tiere.

Dafür flatterte plötzlich am Wegesrand eine einsam in die Landschaft gerammte Deutschlandfahne. Vielleicht war dieses Brachland ja das Parteitagsgelände der örtlichen NPD-Gruppierung. Die würden sich über einen Halbtürken in ihrer Nachbarschaft sicher freuen. Wenigstens endete direkt hinter der Flagge der knochenschüttelnde Schlaglochparcours und mündete in eine alte LPG-Trasse aus Betonplatten. Wenige Minuten später vermeldete unser Satellitenempfänger in besserwisserischem Tonfall: »Sie haben Ihr Ziel erreicht!«

Ziel erreicht? Na klar. Ich mochte mir vielleicht nicht wirklich über meine Ziele im Klaren sein. Aber dieses Depressionsloch hier gehörte sicher nicht dazu. Außerdem irritierte mich, dass weit und breit kein Haus zu sehen war. Hatten wir uns etwa doch verirrt?

Während ich noch haderte, war Ann-Marie längst aus dem völlig zugeschlammten Wagen gesprungen und verschwand hinter den dichten Büschen. Anscheinend war ihr die heftige Rüttelei der letzten Kilometer auf die Blase geschlagen. Aber statt des erwarteten Plätscherns hörte ich jählings einen Jubelschrei.

»Juhu, Murat. Da ist es!«

Entgegen meiner Einschätzung hatte das Navi seine Aufgabe also doch ordnungsgemäß erledigt.

»Und es sieht noch viel süßer aus als auf den Fotos«, schallte es begeistert aus dem Buschwerk. Ich zog die Handbremse und verschloss den kostbaren Van sicherheitshalber. Wenn sich hier schon ganze Häuser hinter Gestrüpp versteckten, konnten in dem verlassen wirkenden Unterholz auch Banden von Autodieben hocken.

Ein paar Schritte später stand ich dem steinernen Objekt der weiblichen Begierde gegenüber und versuchte, es möglichst unvoreingenommen zu begutachten. Nun gut, einen gewissen Charme konnte man dem Häuschen wirklich nicht absprechen. Niedliche kleine Mansardenfenster, eine alte Tür mit Treppe und die von meiner Frau so heißgeliebten bunten Fensterläden. Und es gab sogar einen Nachbarn. Dessen zünftige Behausung allerdings aus Pappresten zusammengetackert schien. Die Aussicht aus unserem potentiellen Traumhaus bot also nicht ganz den von Ann-Marie ersehnten *Meerblick*. Und ob jemand, der seine Tage und Nächte in einem überdimensionierten Pappkarton verbrachte, der von meiner Frau intensiv beschworene »gute Nachbar« sein konnte? Ich hatte da so meine Zweifel.

Ann-Marie sah im Gegensatz zu mir nur das Positive.

»Das gibt es nicht! Hier steht sogar ein alter Eisenzaun rum, noch top in Ordnung«, hörte ich sie hinter dem Haus entzückt rufen. »Und ein Apfelbaum. Wie wunderbar!«

Erst jetzt bemerke ich rechts von mir im hohen Gras einen recht verlebt aussehenden Scirocco mit Berliner Kennzeichen. Was konnte ein Mensch, der von Berufs wegen heiße Luft produzierte, anderes fahren als ein nach einem

Wüstenwind benanntes Auto? War unser Ansprechpartner der Firma »Butzkow-Immobilien« also schon vor Ort? Um vor der Besichtigung wenigstens noch die gröbsten Schäden zu kaschieren?

Als Ann-Marie, mit sichtlichem Wohlgenuss einen schwer verrunzelten Apfel kauend, wieder hinter dem Haus hervorschlenderte, deutete ich mit lässiger Handbewegung auf den durch die Schlammrallye ebenfalls völlig verdreckten VW.

»Wollen wir mal anklopfen? Herr Schlauchsitz ist schon da.«

»Zauchwitz«, korrigierte sie mich, da sie meine Freude an kindischen Namenswitzen nicht teilte.

Wir enterten die morsche Holztreppe und suchten an der Haustür vergeblich eine Klingel. Aber Pippi Langstrumpf hatte einst auch keine gebraucht, und Klopfen war stromsparend, umweltverträglich und hufefreundlich – man musste ja an unsere zukünftige Pferdeherde denken. Allerdings kamen wir gar nicht zum Anklopfen, da sich die Tür durch den Lufthauch meiner Ausholbewegung wie von Geisterhand gesteuert leise ächzend öffnete. Instinktiv griff Ann-Marie meine Hand. Obwohl mir selbst mulmig zumute war, weckte diese kleine Geste sofort meinen Beschützerinstinkt.

»Murat«, flüsterte sie. »Kann es eigentlich sein, dass ein Angestellter einer seriösen Maklerfirma wie Butzkow ein derart heruntergekommenes Auto fährt?«

Ihre Frage hatte einiges für sich. Denn nicht nur der Wagen schien mir verdächtig. Hätte ein Verkäufer nicht vor der Tür auf seine Kundschaft warten müssen, um unvoreingenommene Begutachtungen des Hauses zu verhindern? Wurden wir vielleicht außerplanmäßige Zeugen eines blutigen Verbrechens? Nicht, dass mich dies geschreckt hätte. Es war ja nicht das erste Mal in meinem Leben, dass ich in eine gefährliche Situation geriet. Bisher hatte ich bei solchen Gelegenheiten jedoch eine Dienstpistole dabeigehabt. Ungeschützt und unbewaffnet, wie ich war, machte ich trotzdem einige vorsichtige Schritte in das Hausinnere.

»Jemand da?«, rief ich mit dünner Stimme. Keine Antwort. Ich drang weiter in den schummrigen Flur vor und zog meine zögerliche Frau zu ihrer eigenen Sicherheit hinter mir her. Als ich todesmutig eine links in Reichweite befindliche Türklinke herunterdrücken wollte, schwang auch diese Tür vom Durchzug der offenen Haustür plötzlich von allein auf. Erschrocken prallte ich zurück und trat Ann-Marie dabei auf den Fuß.

»Aua!«

Sofort presste ich ihr meine Hand auf den Mund und sah sie strafend an. Wegen solch eines kleinen Fehltrittes musste man ja nicht gleich den sicher irgendwo versteckten Serienmörder auf uns aufmerksam machen. Frauen! Immer bereit, sich und andere in tödliche Gefahr zu bringen. Was täten sie nur ohne solch besonnenen Beschützer wie mich?

Mit einer pantomimischen Meisterleistung signalisierte ich Ann-Marie, lieber wieder in den Garten zu gehen. Wie der legendäre geölte Blitz verschwand sie nach draußen. Einen kleinen Aufmunterungskuss hätte sie mir vorher schon noch geben können. Auch Helden brauchen hin und wieder menschliche Wärme und moralische Unterstützung. Aber egal. Wer Großes erreichen will, darf nicht wehleidig sein. Kaum hatte mich diese Latrinenparole ein wenig getröstet, stand meine Frau schon wieder neben mir. Bevor ich ihr großmütig verzeihend meine Lippen zu dem vergessenen Kuss entgegenstrecken konnte, hielt diesmal sie mir den Mund zu.

»Murat«, flüsterte sie mit angstverzerrtem Gesicht. »Er ist hinter dem Haus.«

Ärgerlich schob ich ihre Hand weg. Wenn ich ihren

Mund verschloss, war das eindeutig vorbeugende Fürsorge. Umgekehrt war es unsinnig – jemand, der so versiert im Umgang mit heiklen Situationen war wie meine Wenigkeit, würde niemals unbedacht Lärm machen und damit sich und andere in Gefahr bringen.

»Was soll das?«, fuhr ich Ann-Marie, vielleicht ein wenig zu heftig, an. Verschreckt drückte sie meinen Arm.

»Pssst. Sei doch nicht so laut. Sonst hört er uns noch.«

»Wer ist denn hier laut?«

»Sieh da, habe ich Sie doch noch gefunden.«

In der Tür stand ein Mensch der schrillen Sorte. Pomadisiertes Haar, das wie mit Pattex befestigt an seinem vierkantigen Schädel klebte. Eine karierte Peter-Frankenfeld-Jacke, unter der ein lila Hemd die Augen beleidigte und in unvorteilhaftem Kontrast zu den quietschgelben Schuhen stand. Aus dem aufgeknöpften Hemdkragen quollen Gorillahaare, die vermutlich Männlichkeit und Paarungsbereitschaft signalisieren sollten. Mit der rechten Hand richtete der Papageienmensch sein Smartphone direkt auf unsere wehrlosen Körper. Handelte es sich um eine neue Hightech-Waffe? Eine Knarre in Gestalt eines Mobiltelefons, das auf Knopfdruck tödliche Apps abfeuerte? Ich hatte ja seit Beginn dieses unseligen Trips das Gefühl, dass wir uns niemals aus der sicheren Großstadt hätten entfernen dürfen.

In der Polizeiausbildung war einer der am häufigsten wiederholten Lehrsätze, in bedrohlichen Situationen persönlichen Kontakt aufzunehmen und auf Deeskalation zu setzen. Wenn ich mir den tumben Gesichtsausdruck des Buntvogels besah, hatte ich allerdings nicht den Eindruck, dass sein Hirn auf Subjekt-Prädikat-Objekt-Sätze reagieren würde. Ich unterdrückte den Impuls, einfach mit beiden Fäusten auf meine Brust zu trommeln und Affenlaute auszustoßen. Stattdessen entschied ich mich für den Mittelweg –

also die Art Slang, die auf komplizierte Satzkonstruktionen verzichtet.

»Wir Freund.«

Das schien ihn nicht zu überzeugen. Verwirrt starrte er mich an. Vielleicht hätte ich doch die alte Maxime bedenken sollen: In Gefahr und höchster Not bringt der Mittelweg den Tod.

»Mmmmhhh. Sind Sie nicht Familie Topal?«

»Doch. Topal, genau«, beeilte ich mich zu versichern. »Wir harmlos. Gut Freund.«

»Sprechen Sie kein Deutsch?«

Deutsch war das richtige Stichwort für meine Frau. »Doch. Mei Mann isch nur grod a bissle aufgregt.«

Ich? Aufgeregt? Aufgeregt war eindeutig sie, sonst wäre sie nicht in ihren schwäbischen Dialekt verfallen. Seitdem sie als Frau Topal in Berlin lebt, bemüht sie sich nämlich weitgehend erfolgreich um akzentfreies Hochdeutsch. Aber sobald ihr Adrenalinspiegel über Normalnull stieg, galt der alte schwäbische Leitspruch: Wir können alles. Außer Hochdeutsch.

Der Malkasten-Gorilla ließ sein Smartphone sinken. »Frau Topal! Wir telefonierten. Zauchwitz. Butzkow-Immobilien.«

Offenkundig ein Unternehmen, das keinen gesteigerten Wert auf dezent gekleidete Mitarbeiter legte. Dass ausgerechnet dieser Knapp-und-Zackig-Sprecher es wagte, so hochnäsig über mein Deutsch zu lästern! Kumpelhaft haute er meiner Frau auf die Schultern. Unübersehbar ein Kavalier der ganz neuen Schule. Meine Liebste sah etwas irritiert aus, ließ sich von ihm aber bereitwillig durch die Räume führen. Ich tapste unbeachtet hinterher.

Das Haus hatte durchgehend hohe alte Sprossenfenster, so dass alle Zimmer hell waren. Ein echter Pluspunkt. Anders sah es mit den Dielenböden aus. Sie waren zwar intakt – was Ann-Marie wegen der von ihr ersehnten Knarzromantik wahrscheinlich gar nicht zu schätzen wusste –, aber in Ochsenblutrot lackiert. Oje, dachte ich nur, der ewige Dielen-Abzieh-Spaß. Ich sah mich tagelang die Schleifmaschine durch die Hütte ziehen, gegen den Feinstaub vermummt wie ein Al-Kaida-Kämpfer.

Am Ende der Besichtigung schwelgte Ann-Marie regelrecht in Begeisterung. Jeder ihrer Jubelkommentare verschlechterte unsere Verhandlungsposition. Eigentlich konnte mir das egal sein, hatte ich doch ohnehin nicht vor, mich hier lebendig begraben zu lassen. Andererseits kam es auf meine Meinung augenscheinlich nicht an. Jeder auf Beteigeuze umfallende Sack Reis hätte mehr Aufmerksamkeit erregt als ich. Hilflos muss ich mit anhören, wie der Ödlandhändler meine Frau weiter einzuwickeln versuchte.

»Habe heute mit dem Eigentümer gesprochen. Gute Nachrichten: Beim Preis gibt es noch Spielraum. Nach unten.«

Mit tückisch blitzenden Augen lächelte er meine hingerissene Braut an, die diese eindeutig an seinen pomadigen Haaren herbeigezogene Information anscheinend für einen Wink des Himmels hielt. Sollte unsere Residenzsuche an dieser Stelle tatsächlich schon beendet sein? Und unsere armen Kinder in der Nachbarschaft heimatfixierter Pappenheimer aufwachsen müssen?

An diesem äußerst kritischen Punkt der Besichtigung kam mir der Zufall in Gestalt eines gedrungenen Mannes in Bomberjacke und Camouflage-Hose zu Hilfe. Ganz ohne Zweifel der Pappfanatiker! Mit seinen klobigen Springerstiefeln stürmte er durch die immer noch offenstehende Haustür herein, direkt gefolgt von zwei beunruhigend kräftigen Rottweilern.

»Wotan grüßt! Sind Sie die neuen Mieter?«

Unserem Steppenmakler waren Erscheinung und Grußformel des Götterboten sichtlich unangenehm. »Herr Kotzebue. Habe Ihnen schon mehrfach gesagt, dass das Haus nicht vermietet, sondern verkauft wird. Und Sie nicht unangemeldet in Besichtigungen platzen sollen.«

Die aus seinen Hacksätzen deutlich werdende Sorge ums Geschäft war leicht nachzuvollziehen. Denn selbst meine gerade noch so verzauberte Fee wurde angesichts des sich nun ungeniert in der Nase popelnden und unsicher auf seinen kurzen Beinen stehenden Bierfahnenträgers von ersten Zweifeln heimgesucht.

»'tschuldigung! Thor geht ab!«, lallte der Gescholtene und machte, so gut ihm das seine alkoholgeschwächten Beine erlaubten, auf dem Absatz kehrt. Um wenige Sekunden später wieder einzumarschieren, wobei er diesmal zusätzlich zu der Bierfahne eine mannshohe Flagge vor sich hertrug. Schwarz, rot, weiß. Mit einem Kreuz in der Mitte.

»Was ist das denn für eine Fahne?«, fragte meine Frau konsterniert.

»Die von Hertha BSC jedenfalls nicht«, bemerkte ich trocken. Unserem Immobilienhausierer wurde das nun alles zu viel. Mit Verve riss er die Flagge an sich und schleuderte sie wie einen germanischen Speer in den Garten.

»Herr Kotzebue! Raus!«

Ohne Widerspruch trottete der Runenfan hinaus. Vielleicht kannte er keine weiteren Götternamen mehr. Oder der Pappnazi hatte sich von der Trostlosigkeit der Landschaft infizieren lassen und jeden nationalistischen Schwung verloren. Seine Rottweiler turnten jedoch weiterhin putzmunter zwischen unseren Beinen herum.

»Frau Topal! Entschuldigung! Was sagten Sie vor der Störung?«

»Ich sagte, dass die Zufahrt reichlich holprig ist.«

»Keine Sorge! Bald gibt es eine richtige Straße. Wie in Berlin.«

»Prima. Löcherpisten wie in Berlin sind ein echt verlockender Ausblick«, versuchte ich mich auf humorvolle Art in den Dialog einzubringen. Vergeblich. Leider gab es keinen Spiegel, in dem ich überprüfen konnte, ob ich unsichtbar geworden war.

»Reguläre Abwasserentsorgung kann auf Wunsch installiert werden«, legte der Maklerfuchs einen vermeintlichen weiteren Trumpf auf seinen Kaufargumente-Talon.

Da hatte er aber nicht mit meiner schwäbischen Frau gerechnet. Sofort witterte sie versteckte Zusatzkosten und schlug andere Töne an. »Der Anschluss an die Abwasserentsorgung ist also nicht im Kaufpreis inbegriffen? Darf man fragen, wer das am Ende zahlen soll? Das sind doch bestimmt ein paar hundert Meter Zuleitung, von den Kosten für das Abwasserrohr ganz zu schweigen.«

Herr Zauchwitz geriet postwendend ins Schlingern. »Ja, gut, ich sag mal, je nachdem. Sie wissen ja. Vielleicht wird die Gemeinde … Also, wenn's ein Härtefall ist … Ist ja alles noch Zukunftsmusik.«

»Herr Zauchwitz. Sie müssen sich schon klar positionieren: Wer bezahlt diese Infrastrukturmaßnahmen? Am Ende etwa der Käufer?«

In kein Haus der Welt könnte eine Schwäbin so verliebt sein, dass sie den Kostenfaktor aus den Augen verlieren würde. Ich war stolz auf sie.

»Also, Frau Topal … Wie gesagt, es gibt ganz verschiedene Möglichkeiten … Allenfalls im Worst Case«, bei ihm klang es wie »Wurstkäs«, »sehe ich prozentuale Kostenbeteiligung der Grundstückseigentümer … Kann eventuell durch Rabatt beim Kaufpreis kompensiert werden.«

In den Augen meiner Frau las ich, dass der Herr des Wüstenwindes seinen Kredit verspielt hatte. Ihre Stimme wurde noch eine Spur eisiger. »Gut, Herr Zauchwitz. Danke für Ihre Zeit. Wir besprechen das und melden uns.«

Obwohl der Koofmich auf dem Weg zu unserem Auto noch einige schmierige Floskeln unterzubringen versuchte, wusste er: Das Spiel war verloren. Ich sah seine hoffnungslose Miene und bekam fast Mitleid. Sicher war es nicht einfach, überhaupt Kaufinteressenten in diese entlegene Gemarkung zu locken. Da schmerzte jede Absage doppelt und dreifach.

Als er aber Ann-Marie zum Abschied einen ungelenken Handkuss aufzupressen versuchte, war mein kleiner Anflug von Mitgefühl sofort vorbei. Hier galt es nur noch, Gummi zu geben, bevor der Mann sich in seinem Elend gar noch vor den Van warf und uns als Geiseln nahm. Ein paar Meter weiter sahen wir, dass Herr Kotzebue seine Flagge inzwischen direkt vor seinen Papp-Palazzo gepflanzt hatte.

»Was ist denn das nun für eine Fahne?«, fragte Ann-Marie.

»Die Reichskriegsflagge. Schon lange verboten.«

Auf der gesamten Rückfahrt nestelte meine Liebste schweigend an ihren Haaren herum. Das machte sie immer, wenn sie mit sich und der Welt unzufrieden war. Es war ihr wohl klargeworden, dass ein Landhaus nicht zwangsläufig das Paradies sein musste. Als wir nach fast zwei Stunden über die Schlammwege und Schotterpisten, die man in dieser Diaspora »Straßen« nannte, endlich wieder zu Hause ankamen, nutzte ich die Gunst der Stunde.

»Schatz, ich will nicht meckern. Aber die Bude war ja wohl ein Wort mit x. Nun bin ich dran. Lass uns morgen die Flachdachvilla in Mariendorf ansehen.«

Der Schatz seufzte nur tief. Ich deutete das als Zustimmung.

5. Kapitel
Rein in die Stadt

Natürlich hatte Ann-Marie, sensible Ehefrau, die sie war, nach dieser Zeitverschwendung ein schlechtes Gewissen und meinem Wunsch folglich wenig entgegenzusetzen. Also rief ich Herrn Kosewitz an, den Sachbearbeiter für mein Wunschobjekt, der sich darüber nach eigener Aussage »janz kringlich« freute und mir in einem gefühlte drei Stunden dauernden Monolog ein ums andere Mal versicherte, »welch jroßes Los« ich mit meiner Wahl gezogen hatte.

»So een jemütliches Nest finden Se keen zweetes Mal. Und so zentral jelejen.«

Mariendorf? Zentral? Die Ansicht hatte er zweifelsohne exklusiv. Kurz war ich versucht, den gerade erst vereinbarten Termin sofort wieder abzusagen. Was konnte man von einem Menschen erwarten, der die Wahrheit so schamlos zurechtbog? Aber ich konnte nicht mehr zurück, denn dann hätte ich in unserem innerfamiliären Hausbesichtigungskampf jede Glaubwürdigkeit verspielt. Da musste ich jetzt durch.

Punkt eine halbe Stunde zu spät klingelte es am nächsten Nachmittag um drei an unserer Wohnungstür. Herr Kosewitz hatte wohl für preußische Pünktlichkeit nichts übrig und hielt anscheinend auch nicht viel vom akademischen Viertel. Ich warf mir eine Jacke über und öffnete.

»Kosewitz heiß ick und bin Ihr Führer«, stellte sich der wie ein Schneemann aus drei unterschiedlich großen Kugeln geformte Makler vor. Seine dichten Haare standen stramm zu Berge, als würde er nach dem Aufwachen als Erstes seine Finger in die nächste Steckdose zwängen. Die Frisur erinnerte frappant an den Kabarettisten Urban Priol.

»Topal«, antwortete ich knapp und streckte ihm die rechte Hand entgegen.

»Anjenehm. Und dit is Ihre Anjetrauerte?«

Ann-Marie war hinter mich getreten. Ohne noch einmal zu Wort zu kommen, folgten wir dem mit Dufflecoat, Cordhose und Hornbrille wie ein Erdkundelehrer ausstaffierten Volldampfplauderer zu seinem recht verbeulten Opel Astra.

Noch auf dem Weg zu seinem Parkplatz gab er nicht nur eine profunde Einschätzung der politischen Großwetterlage ab – »eene eenzije Katastrophe, Herr Topas« –, sondern verriet uns auch, dass er heute schon »zwee echt jute Abschlüsse« hatte und noch »alle Krakenarme voll zu tun«. Gleichzeitig versicherte er, es sei ihm »eene riesije Freude« uns eines der »janz wenijen Traumhäuser Balins« zeigen zu dürfen. »Und so zentral jelejen! Sie werden bejeistert sein.«

Ich sah kurz zu meiner Frau hinüber. In ihrem Gesicht war kein Platz für Begeisterung. Meine Befürchtung, gerade einen Fehler zu machen, wuchs sekündlich.

Die Anreise zu dem so ungeheuer zentral gelegenen Schmuckstück der Berliner Immobilienlandschaft dauerte eine geschlagene Dreiviertelstunde. Während der Fahrt fasste ich mir immer wieder an die Ohren und wunderte mich, dass sie angesichts der unaufhörlichen Wortsalven nicht längst bluteten. Kosewitz, der vorgab, »waschechter Köpenicker« und ehemaliger Beamter zu sein, schimpfte sich »Makler aus Überzeujung«.

»Wissen Se, Herr Topas«, den Versuch, meinen Namen

richtigzustellen, gab ich nach dem fünften Anlauf achselzuckend auf, »Wohnen is nich nurn Dach uffm Schädel. Dit is ne sssivisatorische Errungenschaft. Kultur is dit! Aba dazu braucht der Laie nen Mann vom Fach. Eenen, der wie icke die Sssiejeltempel der Welt kennt.«

Sssiejeltempel heißt auf Hochdeutsch übrigens »Ziegeltempel«. Der Berliner hat ja einen todsicheren Instinkt für das Vertauschen von S- und Z-Lauten. Der Sssiejeltempel ist also nicht zu verwechseln mit dem von West nach Ost fließenden »Zzzolidaritätszuschlag«.

»Und mir, Herr Topas, macht deswejen keener mehr Estrich für Beton vor.«

Estrich für Beton? Da der Dauerbeschaller an diesem Punkt seiner Suada an einer roten Ampel stoppen musste, hätten wir die Gelegenheit zur Flucht nutzen sollen. Warum noch weitere Belege seiner furchterregenden Fachkompetenz abwarten? Doch wir waren wie gelähmt. Zweifelsohne eine allergische Reaktion auf den blühenden Blödsinn, der uns ohne Unterlass serviert wurde.

»Und jeda Dummbatz will nur noch Laje. Alle plärren se rum: ›Jröße is mir ejal, Luxus is mir ejal, Preis is mir ejal. Allet, wat ick will, is Laje, Laje, Laje.‹«

Das schien ihn zu empören, denn bei jedem »Laje« haute er mit voller Wucht auf die Hupe. In Tempelhof störte das niemanden. Waren wahrscheinlich alle noch taub aus den Zeiten der Luftbrücke.

»Da könnt ick kotzen. Wenn alle nur Laje wollen, wer kooft denn dann die Lajenhüter? Scherz, Herr Topas, Scherz. Aba jut, der Kunde is King Kong, wie ick imma sache. King Kong wie König, vastehn Se?«, hustete er in die Windschutzscheibe, weil er sich beim Prusten über seinen Hammergag verschluckt hatte. »Aba doof war jestern. Wenn alle ›Laje‹ wollen, biete ick eben nur sssentral jelejene Mörtelburjen.

Citylaje, Citylaje, Citylaje.« Und wieder: tröööt, tröööt, tröööt. Wir konnten uns gar nicht so schnell fremdschämen, wie der Immoprediger seine Peinlichkeiten raushaute. »Und wat der Job für 'n Stressfaktotum is, dit macht sich ja keener klar. Wat ick alleene Tach für Tach an Kilometern abreiße.«

»Wie kommen all diese Kilometer denn zusammen, werter Herr Kosewitz«, hätte ich gern eingeworfen. »Wo doch all Ihre Objekte so zentral gelegen sind?« Aber der Mann holte ja nie Luft. »Ick mach keenen Mörder aus meener Herzensjrube. Wat ick vadiene, reicht grade ma für de Portokasse. Aba ick komm über de Runden. Knapp wie nen Tanga, aba imma noch bessa als nackisch. Oda nich, Herr Topas?«

Ich war begeistert von so viel sozialem Engagement. Besonders, weil ich beim Lesen des Exposés schon einmal die Höhe der anfallenden Makler-Courtage überschlagen hatte. Interessant, wie viel Geld manche Leute für ihre Portokasse brauchen. Während der Sabbelvogel ununterbrochen weiterzwitscherte, erreichten wir unseren Mariendorfer Bestimmungsort. Er quetschte seinen Astra in einem atemberaubenden Manöver in eine Parklücke, die selbst einem Smart zu klein gewesen wäre. Jetzt war mir klar, wie der Opel zu seinen Beulen kam. Rechts von uns stand das Reihenendhaus im besten Eighties-Post-Bauhaus-Design, das wir schon von den Fotos kannten. Auf denen hatte es allerdings nicht ganz so finster und runtergekommen ausgesehen. Die verdreckten Waschbetonplatten der Fassade erinnerten stark an Marzahner Wohnsilos. Auch die aus Rauchglas gefertigte Haustür bot im hellen Tageslicht einen weitaus erschreckenderen Anblick als auf den offenbar stark nachbearbeiteten Bildern. Aus dem Augenwinkel sah ich, dass meine Frau mit einem Ausdruck der Fassungslosigkeit abwechselnd mich und die Waschbetonpretiose anstarrte. Wahrscheinlich sprach sie mir nun endgültig jegliche Geschmackssicherheit ab, genoss insgeheim aber sicher auch ihren Triumph. War doch meine Wahlimmobilie – an dieser Erkenntnis führte leider schon vor der Besichtigung kein Weg vorbei – ein ebenso tiefer Griff in die Jauchegrube wie ihr Einödflop.

Kosewitz steuerte, nachdem er aus dem Kofferraum einen dicken Packen Pläne, Fotos und diverse Schlüssel gezerrt hatte, frohen Mutes auf den Dusterschuppen zu. »Na, zu viel versprochen, Familie Topas?«, tönte er in ungebrochenem Optimismus. »Dit is doch mal ne echte Perle Balina Baukunst. Oda? Sagen Se mal selbst.«

Da Ann-Marie hartnäckig schwieg und der Rekordkrakeeler zum ersten Mal an diesem Nachmittag tatsächlich eine kurze Pause einlegte und eine Antwort zu erwarten schien, stammelte ich aus purer Höflichkeit: »O ja, äh, faszinierend. Das ist schon so ziemlich … fast … in etwa, wonach wir ungefähr gesucht haben ... Also so in die entfernte Richtung, circa auf jeden Fall.« Zum Lohn für diese feige Lüge erntete ich einen verächtlichen Seitenblick meiner Frau.

»Sach ick doch«, posaunte Kosewitz stolz und stapfte über die bemoosten Waschbetonplatten des Vorgartens zur Eingangstür. Nachdem er ununterbrochen schwafelnd so ziemlich jeden seiner tausend Schlüssel ausprobiert hatte, schaffte er es endlich hinein. Mit wenig Enthusiasmus folgten wir ihm durch den Windfang, vorbei an der Gästetoilette und der Garderobe in das Wohnzimmer – eine schreckenerregende Gruft, deren Erbauer offensichtlich vertikal benachteiligt waren, denn die Zimmer waren höchstens 1,80 Meter hoch. Bankier von Feuchtleben hätte hier nur in der gefalteten Version leben können. Trotz Altweibersommer und niedriger Decken waren die Räume eiskalt. Was unserem Gebäudehändler ebenfalls aufgefallen war. »Jut, Herr Topas, de Ölheizung is momentan natürlich außa Betrieb.

Aba keen Problem, bräuchte nur ma wieda ne kleene Inspektion, dit Schätzchen.«

Ölheizung? Offensichtlich war der Kasten noch vor der großen Ölkrise in den Siebzigern aus dem Boden gestampft worden. Und dann war das durstige Teil auch noch defekt. Überzeugende Kaufargumente klangen anders.

»Mit 'n paar neue Terpentin-Fensta kriejen Se de Heizkosten schnell in Griff, wa«, hatte Kosewitz im Wortumdrehen eine Antwort für meinen noch gar nicht erhobenen Einwand parat. Ich rechnete kurz zusammen: der Kaufpreis, das Maklersalär, die sicher sehr schwer zu bekommenden »Terpentin-Fenster« und die Reparatur der Heizung. Warum hatte ich mich eigentlich von meiner schönen Vision der Jugendstilvilla verabschiedet? Die wäre mit Sicherheit günstiger gewesen.

Bis auf den tristen mausgrauen Fliesenboden war das Wohnzimmer übrigens rundum holzverkleidet; ebenso der Flur, die restlichen Zimmer und der Treppenabgang in den Keller. Der Vorbesitzer hatte unübersehbar eine Leidenschaft für Fichtenholz ausgelebt, gepaart mit einem zwanghaften Paneelfetisch. Beeindruckend war auch der Blick durch die kleinste Panoramascheibe der Welt, direkt in den noch mickrigeren Garten. Die Rasenfläche war so winzig, dass man sie auch im Sitzen hätte mähen können, ganz ohne aufzustehen. Die Küche dagegen, und das war nach allen Scheußlichkeiten die erste angenehme Überraschung, stellte einen echten Pluspunkt dar: ein Topdesignerstück, das wie neu aussah. Selbst meiner von der geballten Hässlichkeit des Hauses anscheinend paralysierten Frau zauberte der Anblick ein kurzes Lächeln ins Gesicht.

In den restlichen Zimmern sah es aus, als wären die Bewohner von einem Erdbeben überrascht worden. Überall fanden sich Reste ihres Lebens verstreut, hier umgestürzte

Stehlampen, da Dampfbügeleisen und Nähmaschine, dort ein fleckiges Cordsofa in Giftgrün. Der Keller wiederum war mit gammligen Kisten voller Spielzeug vollgestopft. Das Haus war nicht nur ein Schandfleck der Architektur- und Einrichtungsgeschichte, sondern strahlte auch ein beängstigend schlechtes Karma aus. Empfehlenswert schien es bestenfalls für Psychopathen jeder Façon, deren Obsessionen vermutlich am besten in solch lichtlosen Höhlen gediehen. Eines aber konnte man sich in dem Maulwurfsloch auf keinen Fall vorstellen: ein glückliches, unbeschwertes Familienleben.

Kosewitz störte sich nicht an unserem fehlenden Enthusiasmus. Er redete und redete. Born to schwätz. Inzwischen war er beim Thema Fassadendämmung und Heizkostenoptimierung angelangt. Offenkundig hielt er mich für einen orientalischen Drogenbaron, bei dem Geld keine Rolle spielte. Hin und wieder gibt es in langjährigen Partnerschaften ja diese magischen Momente, in denen ein kurzer Blickwechsel alles sagt – in diesem Fall: nichts wie weg!

In unserem internen Duell »Wer findet die unmöglichste Behausung?« stand es nun zwar 1:1, doch so konnte es nicht weitergehen. Es galt, unser Konzept noch einmal zu überdenken. Ich beschloss, in Ruhe darüber zu schlafen.

6. Kapitel
Fundamentale Fragen

Der hehre Vorsatz, Probleme erst einmal zu überschlafen, führt bei mir immer zu dem gleichen Ergebnis. Von Zukunftssorgen gemartert, wälze ich mich bis zum Morgengrauen hin und her, hinterher keinen Deut schlauer als zuvor. Dabei sagt die Bibel völlig zu Recht: Den Seinen gibt's der Herr im Schlaf. Das müsste doch eigentlich auch für Moslems gelten, gelingt bei mir jedoch nie: Kaum plagt mich irgendein seelischer Wind, kriege ich kein Auge mehr zu. Das Problem zwickt und zwackt mich wie ein kleiner sadistischer Teufel im gesamten Körper. So auch in jener Nacht. Ich warf mich nach rechts. Keine zwei Minuten später wieder nach links. Und wieder nach rechts. Zurück nach links. Zwischendurch legte ich mich zur Abwechslung mit angelegten Armen stocksteif auf den Rücken. Vom Starren in die Dunkelheit bekam ich Beklemmungen und fühlte mich wie lebendig begraben. Also versuchte ich es auf dem Bauch. Da aber war die Nase im Weg, und ich hatte keine Idee, wie ich mein Gesicht betten sollte, um nicht zu ersticken.

Plötzlich stand unser Kleiner in der Tür. »Babi, ich kann nicht schlafen. Du bist so laut.«

Er hatte recht. Denn ich kann nicht nur nicht still LIEGEN. Ich kann auch nicht still SEIN. Wenn mich der Zwickteufel piesackt, kompensiere ich das mit lautstarkem Seufzen und Stöhnen. Sogar meine Frau mit ihrem eigentlich komatösen Schlaf war schon mehrfach daran verzweifelt.

»Murat, grübelst du wieder? Hör BITTE auf.«

Ich kann ihren Ärger verstehen. Wer wäre nicht sauer, wenn einen der Bettnachbar mit Grunzlauten aus dem Tiefschlaf reißt? Ganz schlimm wird es, wenn mich wegen des Schlafentzugs nach einigen Stunden sinnlosen Herumwälzens die ersten Panikattacken heimsuchen. Dann robbe ich schutzsuchend an meine auf der Seite vor sich hin rasselnde Liebste heran, klammere mich fest an sie und seufze ihr in regelmäßigen Abständen meinen Weltschmerz ins Ohr. Als ich mich gerade entsprechend eingelöffelt hatte, kam Levin, um sich über meine Störgeräusche zu beschweren. Zum Glück war es im Zimmer stockfinster – es wäre mir peinlich gewesen, hätte mein Sohnemann mich in dieser Stellung gesehen, die alles andere als heroisch war. Ich wühlte mich aus dem Deckenberg und brachte den Kleinen wieder zurück in sein Bettchen.

»Tut mir leid, Levin-Maus. Babu versucht, jetzt ganz ruhig zu sein.«

Der Vorsatz war aller Ehren wert. Aber kaum hatte ich mich wieder an meine Süße herangetastet und an ihrem trostspendenden Leib angedockt, bekam ich einen heftigen Schlag in den Unterleib.

»Aarghhhh«, röchelte ich so laut, dass sofort wieder der Kurze in der Tür stand.

»Babi, was ist?«

»Nichts«, wimmerte ich und versuchte, den Schmerz durch Autosuggestion zu vertreiben. »Geh schlafen.«

Einen Wimpernschlag lang hatte ich Ann-Marie im Verdacht, mir den Ellbogen absichtlich in die Familienjuwelen gerammt zu haben. Aber ihre regelmäßigen Atemzüge bewiesen, dass sie nach wie vor im Reich der Träume weilte und der Schlag ein reiner Abwehrreflex gewesen war. Zum

Schlafen brachte mich das zwar auch nicht, aber mein sonst eher basslastiges Seufzen tönte in dieser Nacht zwei bis drei Oktaven höher.

Am nächsten Morgen fühlte ich mich, als hätte mich Freddy Krüger in den Krallen gehabt. In meinen Überlegungen war ich keinen Schritt weiter gekommen.

Bei der Eigenheimarie klang in meinen Ohren eine Note ganz besonders falsch: Kann sich nicht jede auf den ersten Blick vernünftig erscheinende Quartierswahl im Nachhinein als grauenhafte Fehlentscheidung entpuppen? Mal stellen sich Nachbarn als Nervensägen heraus, mal gentrifiziert sich der Stadtteil in unangenehmer Weise, mal erweist erst der Alltagstest den ungünstigen Schnitt der Räume oder dass die Heizung selbst bei Nordpoltemperaturen höchstens lauwarm wird und zwischenmenschliche Begegnungen, bei denen eigentlich nackte Haut gefragt ist, nur in Fellstiefeln, Norwegerpulli und Webpelzmantel erlaubt. Als Mieter kann man solche Probleme halbwegs gelassen hinnehmen. Im schlimmsten Fall schnürt man sein Bündel, ärgert sich, dass man schon wieder umziehen muss und die Mietpreise erneut gestiegen sind, richtet sich jedoch bald wieder im Alltag und der neuen Wohnung ein. Als Eigentümer dagegen muss man für alles, was im oder um das Haus herum passiert, die Konsequenzen tragen. Wollte ich das wirklich? Waren Menschen nicht von Haus aus (sic!) Nomaden und der auf Jahrzehnte feste Wohnsitz ein Verstoß gegen ein allgemein gültiges Naturgesetz? Oder schob ich, wie Ann-Marie bei unserer Heilbronner Schupfnudeldiskussion vermutet hatte, nur Panik vor noch mehr Verantwortung? Denn die eigene Immobilie ist eine Entscheidung fürs Leben, so fräsen es uns die Bausparkassen und ihre willfährigen Helfershelfer immer wieder ein. Und wenn schon unbedingt Eigenheim, war es dann nicht vielleicht doch cleverer, selbst zu bauen, statt mit unserem Pygmäenbudget heruntergekommene Bruchbuden in der Diaspora zu kaufen? Und den Rest unseres Lebens mit niemals endenden Renovierungsarbeiten zu verbringen? Fragen, die sich vor mir auftürmten wie einst die Geschenkekartons bei unseren Türkeiurlauben.

Da ich inzwischen restlos verunsichert war, beschloss ich, meine Sorgen und Ängste offen auf den Frühstückstisch zu legen. »Ann-Marie«, begann ich vorsichtig und versuchte, ihre rechte Hand zärtlich zu mir herüberzuziehen.

»Murat, die Marmelade.«

»Marmelade?«

»Zu spät. Du hängst schon voll drin.«

Mist. Ausgerechnet heute hatte ich ein weißes Hemd mit langen Ärmeln angezogen, weil ich nach dem Frühstück zum Finanzamt wollte. Ständig schickte mir diese seltsame Behörde nämlich viel zu hohe Steuerbescheide. Ein Ärgernis, das ich in einem freundlich, aber bestimmt geführten Gespräch mit dem zuständigen Sachbearbeiter ein für alle Mal aus der Welt schaffen wollte. Bei solchen Diskussionen kommt es bekanntermaßen nicht zuletzt auf den ersten Eindruck an, und da war ein Konfitürenfleck am Ärmel kontraproduktiv. Ich stand auf, um mich umzuziehen, und ermahnte meine Liebesmaid im Gehen: »Warte kurz. Nicht abhauen. Ich muss unbedingt mit dir reden.«

»Mmmhh.«

Sie hatte mich bereits ausgeblendet, weil sie unserem Kleinen den Eierlöffel zu entwenden suchte, mit dem er im Stakkatorhythmus sowohl die Teekanne als auch unser Gehör malträtierte. Bei der Gelegenheit stellte ich fest, wie rund Ann-Maries Bauch bereits war. War sie nun im sechsten oder schon im siebten Monat? Vor lauter Stress begann ich, Detailfragen dieser Art aus dem Auge zu verlieren. Aber es musste ja auch Generalisten geben.

Leider bekam ich den Ärmel selbst mit Gallseife nicht richtig sauber, und ein kurzer Blick in den Kleiderschrank zeigte mir, dass der klägliche Rest an sauberer Oberbekleidung aus fünf T-Shirts mit für einen wichtigen Behördenbesuch unpassenden Aufdrucken bestand. Das konnte doch nicht wahr sein. Wieso hatte ich keine saubere Wäsche? War ich denn der Einzige, der in dieser Familie arbeitete? Bevor ich richtig aufdrehen konnte, fiel mir Ann-Maries runder Bauch ein, und ich schämte mich für meine egozentrischen Anwandlungen. Ob das Finanzamt heute oder ein paar Tage später über seine Unfähigkeit aufgeklärt wurde, machte unser Konto nicht fett. Und die Hemden konnte ja auch meine Mutter waschen. Also zog ich als alter Gesinnungs-Neuköllner das Shirt mit der »44« aus dem Schrank. 1000 Berlin 44 war die Neuköllner Postleitzahl meiner glücklichen Jugendzeit gewesen.

In der Küche herrschte himmlische Ruhe, meine Gattin hatte den Eierlöffel in Sicherheit gebracht. Mit der rechten Hand tätschelte sie unseren kleinen Wonneproppen, während sie mit der linken im Immobilienteil der Zeitung blätterte. War sie schon wieder auf der Jagd nach dem rustikalen Glück? Sie blickte nur kurz auf.

»Na, Vierundvierziger, weißt du, was die hier anbieten?«

»Du wirst es mir gleich sagen.«

»Haufenweise Resthöfe. Total günstig.«

»Rest-was?«, fragte ich, in der Hoffnung, mich verhört zu haben.

»Na, Resthöfe. Bauernhöfe!«

Ich fasste es nicht. Sollten wir jetzt unser Glück nicht nur in der Einöde, sondern auch noch in der Schweinemast suchen? Im Maisanbau? Im Biogemüsegarten?

»Ann-Marie!« Jetzt kochte der Ärger über die dreckigen Hemden doch wieder in mir hoch. »Ich kenn mich mit Natur nicht aus. Ich bin ein Stadtkind. Durch und durch! Wenn du glaubst, du hast jemanden geheiratet, der eine Eiche von einem Gänseblümchen unterscheiden kann, dann rat ich dir: Lass dich scheiden.«

»Murat, Schatz.« Sie hatte diesen Kulleraugenblick aufgesetzt, vor dem der Papa in mir jedes Mal kapitulierte. Und sie wusste es. »Entspann dich und setz dich erst einmal hin.«

Wie eine Marionette ließ ich mich von ihr an den Schnüren führen.

»Ich wollte es dir eigentlich gestern schon sagen. Aber da warst du so deprimiert wegen deiner komischen Mariendorfer Turnbude. Es gibt gute Neuigkeiten.«

»Wir ziehen in eine Mietwohnung?«

»Natürlich nicht.«

»Was dann?«

»Erinnerst du dich an Klaus und Dörte?«

»Klaus Dörtebeker?«

»Lass doch mal deine ständigen dummen Witze. Außerdem hieß der Pirat Störtebeker.«

»Ich weiß.« Es gibt nichts Schlimmeres als dumme Witze, die man erklären muss.

»Erinnerst du dich nun an Klaus und Dörte, oder nicht?«

»Kein Stück.«

Jetzt war es an ihr, ärgerlich zu werden.

»Weil du immer nur deine eigenen Sachen siehst. Ich finde das echt frustrierend.«

»Das liegt nur daran, dass in dieser Familie niemand sonst meine Sachen sieht. Zum Beispiel meine dreckigen Hemden.«

Da die zielstrebigste Ehefrau von allen eine klare Strategie verfolgte, ignorierte sie den von mir eröffneten Nebenkriegsschauplatz.

»Klaus und Dörte haben wir in unserem ersten Schwangerschaftskurs kennengelernt. Wir waren mit ihnen sogar essen – vegan, falls du dich daran erinnerst.«

Um ein Haar wäre mir vor Lachen das Marmeladenglas aus der Hand gerutscht und hätte eine weitere Sauerei verursacht. »Du meinst die beiden in Kartoffelsäcke gekleideten Eso-Öko-Spinner?«

»Das waren keine Kartoffelsäcke. Das waren teure Designerklamotten aus Sackleinen.«

»Bitte schick mir eine SMS, sobald du mir nachvollziehbar den Unterschied erklären kannst.«

»Dann waren es halt Kartoffelsäcke. Was spielt das für eine Rolle? Willst du nun wissen, worum es geht? Oder willst du weiter auf meinen Nerven herumtrampeln? Hat dir schon mal jemand gesagt, dass schwangere Frauen Liebe und Rücksichtnahme brauchen?«

Schon wieder die Mitleidsmasche. In ihren Augen schimmerte es sogar feucht. Ich fühlte mich wie das letzte Machoschwein und nahm reumütig ihre Hand. »Nicht weinen, Schatz. Es tut mir leid. Erzähl einfach, was du erzählen willst. Papa hört dir zu.«

Diesen schönen Satz hatte ich eigentlich für meine Tochter einstudiert. Inzwischen wussten wir nämlich, dass in Ann-Maries Bauch ein Mädchen herumturnte. Als wir die Neuigkeit erfuhren, war ich so begeistert, dass ich drei Nächte hintereinander den schlaflos seufzenden Höhlenmenschen gab. Diesmal aus unbändiger Freude. Bei Ann-Marie wirkte der Satz sofort, was mich misstrauisch stimmte. War ihre Trauriges-Mädchen-Masche am Ende nur billiges Schmierentheater? Leider konnte ich diese Spur nicht weiter verfolgen, denn nun fütterte sie mich mit einer Überdosis an Informationen.

»Kann wohl sein, dass die zwei einen etwas komischen Klamottengeschmack haben. Neulich hatten sie beide karottenfarbene Jacken und fliederfarbene Hosen an. Ich bin fast blind geworden.«

»Neulich?«

»Irgendwann letzte Woche. Ich war mit deiner Mutter bei diesem Secondhandladen für Babykleidung, ›Baby Reloaded‹. Da habe ich die beiden getroffen, sie waren gerade auf der Suche nach Strampelanzügen. Dörte ist nämlich auch schwanger. Also haben wir uns über unsere Zukunftspläne unterhalten. Ich habe erzählt, dass wir vielleicht einen Bauernhof kaufen wollen. Da meinten sie, ob wir nicht zusammen was kaufen wollen. Dann wäre die Bewirtschaftung für alle weniger Arbeit. Das ist doch keine schlechte Idee, oder?«

Erwartungsfroh strahlte sie mich an. Obwohl ich gern weiter den verständnisvollen Ehemann gegeben hätte, kam ich gegen meine aufkommende Wut nicht an. Anscheinend wurden meine Wünsche und Vorstellungen vollständig ignoriert.

»Du findest das also eine gute Idee, ja?«

»Eigentlich schon. Dörte ist früher auch geritten. Das heißt, wir könnten eventuell sogar eine Pferdezucht aufmachen.«

»Dann lies bitte Folgendes von meinen Lippen ab: ICH! WILL! KEINEN! BAUERNHOF!«

Ann-Marie sah mich besorgt an. »Murat, alles in Ordnung?«

»Nein. Nichts ist in Ordnung. Ich dachte, wir suchen gemeinsam ein Haus, in dem wir uns BEIDE wohl fühlen. Stattdessen werde ich andauernd mit völlig unrealistischen Hanni-und-Nanni-Phantasien konfrontiert. Bitte nimm endlich zur Kenntnis: Ich will NICHT aufs Land!«

»Gut. Du willst also nicht aufs Land. Was willst du dann?«

»Ich weiß es doch auch nicht. Ich möchte einfach ein schönes Haus in Berlin mit einem Garten für unsere Kinder.

Levin, hör auf damit!« Er hatte diesen verdammten Eierlöffel wieder in die Finger bekommen und schlug nun zur Abwechslung mit voller Wucht auf meine Finger.

»Du meinst so was wie diese Mariendorfer Horrorfilmkulisse, in die du mich gestern geschleppt hast?«

»Komm, das ist unfair. Im Internet sah das Ding nicht schlecht aus. Und bei unserem schmalen Etat gibt es nun einmal nicht so viele Stadthäuser, die in Betracht kommen. Hör endlich auf, Levin!«

»Murat, du leidest an gestörter Wahrnehmung. Ich hab dir schon beim ersten Blick auf die Fotos gesagt, dass das Haus nichts taugt. Und wenn du schon unseren Etat ins Feld führst: Eben weil wir keine Millionen haben, werden wir ein wirklich schönes Anwesen nur außerhalb Berlins finden.«

»Ich lach mich tot. Hast du eine Vorstellung, was es kostet, einen alten Bauernhof flottzubekommen? Also so, dass man nach heutigem Standard einigermaßen zivilisiert darin leben kann? Und wer soll überhaupt die ganze Arbeit machen? Ist dir entfallen, dass dein lieber Mann einen Beruf hat, bei dem er fast zwei Drittel des Jahres auf Reisen ist? Davon abgesehen werden wir selbst in zehn Jahren noch kein Haus gefunden haben, das deinen verworrenen Ansprüchen genügt. Levin, es ist gut jetzt. Das tut Babi weh!«

»Verworrene Ansprüche? Nur weil ich ein paar konkrete Wünsche geäußert habe?«

»Konkrete Wünsche sind völlig in Ordnung. Die Frage ist, ob sie mit der geographischen Realität in Einklang zu bringen sind.«

»Geographische Realität? Wovon sprichst du eigentlich?«

»Ann-Marie! Ich will echt kein Spielverderber sein, aber sieh doch endlich ein, dass es in Berlin und näherer Umgebung kein windschiefes Kunterbunt-Häuschen mit Meerblick geben *kann.*«

»Sei doch nicht immer so negativ. Du hast noch nicht einmal *versucht,* eins zu finden.« Sie holte Luft, hielt dann jedoch inne. Vielleicht, um meine Information sacken zu lassen, die erst jetzt zu ihr durchzudringen schien. Vielleicht, um sich taktisch neu aufzustellen. Denn es folgte der nächste Anlauf. »Hör zu, wenn wir mit Klaus und Dörte zusammenziehen ...«

»Wir ziehen aber nicht mit Klaus und Dörte zusammen. Zumindest ICH ziehe nicht mit Klaus und Dörte zusammen. So weit kommt's noch. Davon abgesehen ist Klaus Informatiker und hat selbst gesagt, dass er nicht mal ein Ikea-Regal zusammenschrauben kann, ohne dass ein Arzt danebensteht. Also würde die ganze Renovierung an mir kleben bleiben. Wach bitte auf, Freifrau von Häberle! Lassie, Fury und du, ihr seid bestimmt ein tolles Trio. Aber wie spricht Murat, der Hirte? Ich bin in eurem Bund nicht der Vierte! Levin, letzte Warnung!«

Meine Frau schnaubte nur verächtlich und torpedierte meine Erziehungsversuche: »Hau Babu ruhig auf die Finger. Er hat's verdient.«

Wenn meine Argumente solch unselige, gewalttätige Allianzen zur Folge hatten, machte ich etwas falsch. Ich versuchte es auf etwas einfühlsamere Weise.

»Überleg doch mal, Liebste. Wenn ich auf Tour bin, sitzt du mit den Kindern mutterseelenallein mitten in der Pampa. Keine Läden, keine Kinos, keine Freundinnen in der Nähe. Im Sommer ist es dort vielleicht lustig. Aber im Winter ist es eiskalt, ihr könnt nicht raus und werdet womöglich eingeschneit. Eines Tages kriegst du den totalen Depri und willst nur noch weg. Und dann bekommen wir das teure Gemäuer nur mit horrendem Verlust verkauft. Levin, ich habe dich gewarnt!«

Ich riss dem Terroristen, der sich als mein Sohn ausgab,

den Eierlöffel aus der Patschhand und warf ihn wutentbrannt Richtung Spüle. Unglücklicherweise saß meine Frau genau in der Flugbahn und bekam das Ding voll an die Stirn.

Ann-Marie blickte mich feindselig an, sagte jedoch nichts. Sofort kam wieder meine größte Schwäche zum Tragen: Ich kann Frauen nicht leiden sehen. Reuig gab ich nach. Zumindest ein wenig.

»Das heißt ja nicht, dass wir keine weiteren Objekte besichtigen können. Aber lass uns die Rahmenbedingungen klären: Keine Bauernhöfe! Kein Klaus Dörtebeker! Und keine Anwesen, die weiter als fünf Kilometer von Berlin entfernt sind.«

»Du bist derart daneben, Murat, dass es nur noch zum Lachen ist.«

Ihr wütender und komplett humorfreier Gesichtsausdruck strafte sie Lügen. Davon abgesehen hatte sie genug damit zu tun, ihren Sohn zu beruhigen, der seiner Waffe hinterherplärrte.

»Wenn du Hobbysultan glaubst, du kannst den Kalif Storch mimen: Vergiss es! Ich werde nicht nach deiner Pfeife tanzen. Und ich lasse mich erst recht nicht von dir erpressen. Aber sieh mal hier«, sie warf mir eine Mappe zu. »Dieses Exposé ist gestern gekommen. Vielleicht genügt es sogar deinen verqueren Ansprüchen.«

Die Bilder zeigten ein rostrotes Holz-Chalet mit Türmchen und Schnitzwerk, eine eigenwillige Mischung aus russischem Landhaus und Villa Kunterbunt. »Exquisites Wohnen in denkmalgeschützter Zwanziger-Jahre-Villa«, las ich. »Stadtnah gelegen. Das Anwesen verfügt über zweihundert Quadratmeter Wohnfläche und einen ausgedehnten Garten. In den oberen Etagen haben Sie freien Blick auf den Kaulsdorfer See, der sich in fußläufiger Nähe befindet. Erfüllen Sie sich Ihren ganz eigenen Traum vom Leben im Grünen!« Abgesehen von der idiotischen Formulierung der »fußläufigen Nähe« war ich schwer beeindruckt. Ich spürte, wie heiße Wallungen meinen Körper ergriffen. Offenbar hatte mich das Jagdfieber gepackt.

»Na gut«, sagte ich betont beiläufig, weil ich nicht den Eindruck erwecken wollte, klein beizugeben. »Da ich dir nichts abschlagen kann: Mach doch einen Besichtigungstermin aus.«

»Längst passiert. Morgen um eins.«

Der Trip nach Kaulsdorf war im Vergleich zu unserer Safari in die Brandenburger Serengeti nur ein Katzensprung. Mitten in einer sympathischen Einfamilienhaussiedlung aus den Anfängen des vorigen Jahrhunderts fanden wir auf einem halbverwilderten Grundstück das kleine Traumschloss. Nachdem wir uns in der Nacht ausgiebig versöhnt hatten, standen wir nun mit leuchtenden Augen Hand in Hand vor dem Gartentor und waren uns auch ohne Worte einig. Sollte es keine unwillkommene Überraschung beim Preis geben, würden unsere Kinder in genau diesem verwunschenen Palais aufwachsen. Erst als der silbergraue A-Klassen-Mercedes der Maklerin anrollte, versuchten wir, unseren Überschwang ein klein wenig zu drosseln. Schließlich wollten wir unsere Verhandlungsposition nicht unnötig schwächen.

»Lisa Mertens, Beta-Immobilien«, stellte sich die grell geschminkte und nur begrenzt attraktive Dame kurzatmig vor und bemühte sich um ein Lächeln. »Tut mir leid, ich bin etwas in Eile. Wenn Sie mir vielleicht folgen wollen?«

Sie öffnete die Pforte, wir machten eine Runde ums Haus und betraten dann das Innere des Holzschlösschens. Innen war alles recht spartanisch: wenig Schnitzwerk, schlichte Türen, dünne Wände. Ann-Marie klopfte kritisch dagegen. Es war nicht zu übersehen, dass sie die harsche Kritikerin geben wollte, um den Preis unseres Traumhauses so weit wie möglich zu drücken. Ich unterstützte sie nach Kräften.

»Das Holz ist ziemlich angegriffen. Und die Farbe blättert«, ätzte ich.

»Die Zimmeraufteilung ist extrem ungünstig, nur Riesenräume«, legte Ann-Marie sofort nach.

»Tut mir leid, dass Ihnen das Objekt nicht gefällt. Wollen wir gehen? Ich habe wirklich viel zu tun.«

War unsere Immobilien-Fachverkäuferin so abgebrüht, dass sie unser Spiel durchschaute? Oder war sie tatsächlich im Stress? Auf jeden Fall schlug sie uns mit unseren eigenen Waffen.

»Können sie uns vielleicht einen Grundriss mitgeben?«, lenkte ich schnell ein, um unser fortbestehendes Interesse zu signalisieren.

»Gern«, sagte sie und gab jedem von uns ein Exemplar.

Ich hakte nach. »Gibt es auch einen Keller?«

»Ja, gibt es, obwohl er nicht groß ist. Und ich will Ihnen nichts vormachen: Es gibt nicht nur einen kleinen Keller, sondern auch ein kleines Problem.«

Sie zückte ein weiteres Dokument, das sie uns ebenfalls in zweifacher Ausfertigung überreichte. »Dies ist ein Gutachten. Darin geht es um den *Bauschwamm* im Keller. Und darum, was eine fachmännische Beseitigung durch eine Spezialfirma in etwa kostet.«

Bauschwamm klingt fast wie Bauschaum, also zunächst einmal ganz harmlos. Aber die Summe am Ende des Kostenvoranschlags ließ mich schlagartig erblassen. »Kleines Problem« war also typisches Maklerdeutsch. Kein Wunder, dass dieses schnucklige Immo-Schätzchen noch keinen Liebhaber gefunden hatte.

Ann-Marie streckte der Meisterin der Verharmlosung die Hand entgegen und meinte trocken: »Vielen Dank, dass wir Ihnen unsere kostbare Zeit opfern durften, Frau Mertens. Und – Schwamm drüber.«

Ich sah meine Frau bewundernd an. Manchmal macht ihre Schlagfertigkeit mich einfach sprachlos.

Auf der Rückfahrt waren wir beide sehr still. Es ist nicht angenehm, seine Träume zu begraben. Erst kurz vor Neukölln fand Ann-Marie ihre Sprache wieder.

»Hättest du gedacht, dass es so schwer wird, ein Haus zu finden, das uns beiden gefällt und das wir uns auch leisten können?«

»Nee, hätte ich nicht. Aber inzwischen glaube ich, dass wir besser beraten sind, wenn wir ein Grundstück kaufen und selber bauen.«

Ann-Marie schwieg nachdenklich. Um das Eisen weiterzuschmieden, hakte ich nach. »Was hältst du von der Idee?«

»Ein Haus zu bauen ist wohl keine *Idee,* auf die du jetzt ein Patent anmelden kannst, oder? Ich glaube, diese sogenannte *Idee* hatten vor dir schon ein paar Milliarden anderer Menschen.«

Ein Problem unserer Beziehung ist zweifellos, dass wir beide immer das letzte Wort haben wollen. Nur manchmal gebietet es die Klugheit, zurückzustecken. So zum Beispiel jetzt.

»Schon klar! Ich wollte nur sagen: Wenn wir ein Haus haben wollen, in dem alles funktioniert und das im Winter warm ist, müssen wir es selber bauen.«

»Warum?« Sie blieb renitent.

»Weil wir mit unserem Schmalhansbudget ein tolles Bad, Fußbodenheizung, große Fenster und anderen Luxus nur im Eigenbau finanziert bekommen. Vor allem, wenn wir in Berlin wohnen wollen. Und nicht in einer Gegend, in der man mit Wölfen und Grizzlybären kämpfen muss.«

Sie sah mich skeptisch von der Seite an. »Hast du mir nicht erst gestern klarzumachen versucht, dass du ständig auf Tour bist und deshalb keine Zeit für Renovierungsarbeiten hast?«

»Ja, und?«

»Für Renovierungen reicht die Zeit nicht, aber für einen kompletten Hausbau schon? Tut mir leid, Murat, aber bei dieser Logik erwartest du hoffentlich nicht, dass ich dein Gerede ernst nehme?«

»Doch. Erwarte ich. Und würdest du mir richtig zuhören, wüsstest du auch, was ich meine. Renovierungen bedeuten nämlich nicht nur einen Haufen Arbeit, sondern erfordern vor allem jede Menge Know-how. Ich bin zwar mit Leib und Seele Heimwerker, aber genau deswegen kenne ich auch meine Grenzen. Du willst ein perfektes Regal? Kein Problem, ich bau dir eins. Tapezieren? Teppich verlegen? Ich bin dein Mann. Aber eine Innenwand durchbrechen und die Decke abstützen? Einen Keller trockenlegen? Oder gar wurmstichiges Fachwerk reparieren? Da sage ich nur: Ich passe! Klar, irgendwie würde ich das alles hinkriegen. Aber das kann doch nicht unser Anspruch sein. Wenn ich etwas mache, dann richtig. Keine halben Sachen. Ich bin Perfektionist!«

Ann-Marie ließ mein Plädoyer mit einer Miene über sich ergehen, die in etwa ausdrückte: *Sprich dich ruhig aus, Junge. Am Ende machen wir sowieso das, was* ich *will.* Dann sagte sie: »Ist ja alles gut und schön. Aber was genau soll nun am Selberbauen besser sein als beim Hauskauf?«

»Hörst du nicht zu, oder warum verstehst du nicht, was ich meine?« Dieser ganze Immobilienquatsch tat unserer Beziehung nicht gut. Nie zuvor hatten wir uns so oft angegiftet. »Besser ist, dass wir für den Hausbau eine Firma engagieren können, die das alles macht.«

»Und das können wir beim Kauf eines Hauses nicht?«

»Nein, das können wir nicht.«

»Und warum nicht?«

»Weil eine kompetente Renovierungstruppe genauso teuer ist wie der Neubau durch eine Baufirma. Wir müssen beim Kauf eines Hauses aber ungleich mehr Geld investieren als beim Kauf eines Grundstücks. Heißt: Renovierungsprofis sind mit unserem Budget nicht drin.«

Meine Frau seufzte und gab mir widerwillig recht. »Also gut, das leuchtet halbwegs ein. Aber solche Hausbau-Fritzen müssen doch überwacht werden. Wer soll das machen?«

»Na, ich.«

»Du? Der Mann ohne Zeit? Wie soll das gehen? Du drehst dir alles so zurecht, wie es dir in den Kram passt. Siehst du nicht, dass deine Argumentation inkonsequent ist?«

»Ich finde sie im Gegenteil sehr konsequent. Sieh es doch mal so: Wir hatten bisher drei Besichtigungen. Zusätzlich haben wir bestimmt schon hundert Exposés durchgewühlt. Und wenn du ehrlich bist, waren die meisten davon Müll. Und was nicht Müll war, konnten wir uns nicht leisten. An dieser Tatsache wird sich nach menschlichem Ermessen in den nächsten Wochen nichts ändern. Das heißt, unsere Chance, beim Hauskauf einen Treffer zu landen, ist extrem klein. Darum finde ich es absolut konsequent, wenn man eine wenig erfolgversprechende Strategie zugunsten einer aussichtsreicheren Taktik aufgibt. Alles eine Frage der Wahrscheinlichkeitsrechnung.«

Das war pures Geschwafel, denn von höherer Mathematik hatte ich weniger Ahnung als eine Kaulquappe von der Relativitätstheorie. Aber zu meinem eigenen Erstaunen zeigte der Nonsense Wirkung. Meine kritische Gattin rang sich tatsächlich dazu durch, mir beizupflichten. Wenn auch nicht ohne Einschränkungen.

»Also gut, kann sein, dass du ausnahmsweise recht hast. Dann lassen wir das mit dem Hauskauf halt und verlegen uns aufs Bauen. Aber, Murat, ich halte ein für alle Mal fest, dass der Vorschlag mit dem Bauen von dir kommt. Du solltest dir also der Konsequenzen dieser Entscheidung bewusst sein. Komm mir später nicht mit Burn-out oder ähnlichen Ausreden. Vor allem werde ich unter keinen Umständen dulden, dass du wegen des Hausbaus deine familiären Pflichten vernachlässigst – als Vater und als Mann. Sollte das der Fall sein, verlasse ich dich. Und zwar ohne jede Diskussion. Das schwöre ich bei den köstlichen Spätzle meiner Oma. Hast du das verstanden, Murat Topal, und bist du dir über diese Folgen deines Bauvorschlages klar? Dann antworte jetzt mit ›Ja, ich habe verstanden‹.«

»Ja, ich habe verstanden.«

Keine Frage, meine Liebste hat einen Hang zum Theatralischen. An ihr ist zweifellos eine gute, wenn auch ein wenig überspannte Schauspielerin verlorengegangen. Ich hätte jedoch gut daran getan, stärker auf die – ernstzunehmende – Botschaft zu achten, die hinter ihrem komödiantischen Brimborium steckte.

Aber wer konnte schon ahnen, dass ihr »Also gut« das zweite verhängnisvolle »Also gut« dieser Geschichte war.

7. Kapitel
Ja, mach nur einen Plan

Es stellte sich schnell heraus, dass wir beide nicht wussten, wie man ein Haus baut und welche Schritte man dafür in welcher Reihenfolge machen sollte. Aber in unserer Familie gab es ja ausreichend Fachkompetenz. Schließlich hatten sowohl meine als auch Ann-Maries Eltern das ganze Procedere vor vielen Jahren schon einmal erfolgreich hinter sich gebracht. Und da meine Schwiegereltern ohnehin darauf drängelten, ihrer Tochter bei der zweiten Entbindung seelisch zur Seite zu stehen, luden wir sie der Einfachheit halber nach Berlin ein. In Anbetracht unserer winzigen Neuköllner Bleibe bedeutete unsere großzügige Geste allerdings, dass meine Eltern ihnen ihr winziges Gästezimmer zur Verfügung stellen mussten. Aber das hatte sich sowieso schon eingebürgert. Zwar waren unsere Erzeuger nie in glühend heißer Liebe füreinander entbrannt, doch im Laufe der Zeit war aus gegenseitigem Respekt eine Art Freundschaft auf Distanz gewachsen. Für ein engeres Verhältnis waren die kulturellen Hintergründe einfach zu unterschiedlich. Was meine Eltern zum Beispiel kirre machte, war die hektische Betriebsamkeit, mit der meine Schwiegermutter bei ihnen von der Küche ins Wohnzimmer und zurück wuselte. Ihrem Verständnis nach war es die vornehmste Pflicht eines Gastes, sich ruhig auf seine vier Buchstaben zu setzen und entspannt bedienen zu lassen. Schwiegermama aber – »Ha noi, Anne, gib halt des Gschirr her, i kann des doch flott abwasche« – brachte sich für ihr Leben gern ins Geschehen ein. Getreu dem Motto: Es gibt immer was zu schaffe! Sie war der lebende Beweis für die These, dass schwäbische Hausfrauen sich nach dem Tod nur zur Hälfte eingraben lassen, damit sie ihr Grab selbst pflegen können.

Besonders strapaziert wurde die interkulturelle Toleranz meiner Eltern durch schwäbische Sparvorschläge, die en passant geäußert wurden: »Braucht es denn für das Essen so viel Gschirr? Des Spüle koscht doch a Menge Strom und Wasser.« Oder: »Was a Glück, dass es in der türkische Küch so viel Gmüs gibt. Isch doch a echt Sparalternative zum teure Fleisch.« Vor allem Baba ließ die andauernde Betonung der bei einer Nahrungsaufnahme anfallenden Kosten ganz fuchtig werden. Eines Nachmittags hörte ich zufällig, wie er erregt zu Anne sagte: »Schipinnen die, die Schwaben? Wenn Geld wäre essbar, würden sie nie auf Toilette gehen.«

Überhaupt kochte das Thema Essen bei unseren Altvorderen langsam hoch und entwickelte sich im wahrsten Sinne des Wortes zu einem Konfliktherd. Während meine Eltern auf türkische oder Alt-Berliner Küche standen, fanden die Häberles beide Varianten ungenießbar. Als urpatriotische Schwaben schworen sie einzig und allein auf ihre einheimischen Rezepte. Bestenfalls konnte man ihnen noch italienische Küche vorsetzen, an die sie sich bei ihren alljährlichen Adria-Urlauben gewöhnt hatten. Baba war definitiv zu stolz für solche Zugeständnisse. Darum hatte es sich im Lauf der Zeit eingebürgert, dass die Häberles bei ihren Berlin-Besuchen zwar bei meinen Eltern wohnten, aber bei uns speisten. Keiner der Beteiligten störte sich daran. Außer Ann-Marie.

»Murat, wir sollten die Eltern wenigstens einmal zu einem gemeinsamen Essen einladen.«

»Warum?«

Mir leuchtete nicht ein, warum wir eine bewährte Praxis aufgeben und dadurch unnötige Scherereien heraufbeschwören sollten. Meine Frau hatte ihren Vorschlag jedoch gut durchdacht.

»Weil wir von ihren Hausbau-Erfahrungen profitieren und gemeinsam mit ihnen eine Strategie entwickeln wollen. Und so etwas funktioniert nun einmal am besten bei einem gemeinsamen Abendessen.«

»Verstehe. Das setzt allerdings voraus, dass es unseren Eltern auch schmeckt. Menschen mit gequältem Magen werden dir keine klugen Ratschläge geben. Bedeutet also, wir müssen ein Menü aus dem Topf zaubern, das die unterschiedlichen Vorlieben unserer Eltern bedient.«

»Na und? Nichts leichter als das.«

Das war nun wiederum eine dieser fatalen Fehleinschätzungen, an denen die Geschichte der Menschheit so unendlich reich ist. Denn schon bald stellte sich heraus, dass unser Vorhaben mindestens so komplex war wie die israelisch-palästinensischen Beziehungen. Tagelang brütete Ann-Marie kulinarische Multikulti-Kreationen aus. Die Ideen, die sie mir abends im Bett präsentierte, ruinierten unser Sexleben nachhaltig. Meist wurde mir schon beim Vorlesen der Rezepte so schlecht, dass ich ins Bad verschwinden musste. Wenn ich dann halbwegs erholt zurückkam, war meine tollkühne Gastro-Chemikerin meist schon eingeschlafen. Hin und wieder hatte sie doch eine Idee im Angebot, die – zumindest theoretisch – halbwegs genießbar klang. Aus diesen Komponenten kreierte sie in der Wohnküche meiner Eltern eine Speisenfolge, die am Ende so aussah:

Vorspeisen:

- *Cacık mit kandierter Laugenbrezel*
- *Türkisch-schwäbischer Vorspeisenteller mit schwäbischem Kartoffelsalat auf Senf-Schnittlauch-Basis mit Sucuk-Streifen*
- *Flädlesuppe, angedickt mit roten Linsen und scharfer Currypaste*

Hauptgang:

- *Grillteller mit Şiş Kebap, Köfte, Currywurst, Erbsen-Lamm-Boulette und schwäbischem Zwiebelrostbraten an Ayran-Humus-Ketchup-Soße, dazu Maultaschen tonnate*

Dessert:

- *Chili-Schupfnudeln an Radieschen-Honig-Pesto, mit Rakı flambiert*

Multikulturelle Bemühungen sind eine feine Sache, aber ich bin mir seit jenem Familienschmaus nicht mehr ganz sicher, ob sich dieser gute Wille auch aufs Kochen übertragen lässt. Bekanntermaßen ist »gut gemeint« ja das Gegenteil von »gut gemacht«. Dass bei diesem Menü kein Beitrag zum anderen passte, erwies sich aber immerhin als treffendes Spiegelbild des gesamten Abends. Dabei hatte ich mir im Vorfeld ernsthafte Gedanken über die Fragen gemacht, von denen ich glaubte, dass wir sie besprechen sollten. Schließlich wollten Ann-Marie und ich aus dem Treffen etwas mitnehmen, nicht weniger als einen Masterplan nämlich, der es uns ermöglichte, unser Haus so schnell wie möglich aus der Phantasie in die Realität zu beamen. Darum hatte ich sogar eine kleine Eingangsrede vorbereitet.

»Liebe Gisela, lieber Frank, liebe Anne, lieber Baba. Wie ihr wisst, wollen Ann-Marie und ich kein Haus mehr kaufen.«

Hier gab es bereits den ersten Zwischenfall, da mein Baba entweder das Wort kaufen überhört oder insgesamt nur mit halbem Ohr gelauscht hatte. Jedenfalls schlug er mit der Faust auf den Tisch und rief: »Kein Haus mehr? Soll Enkelin aufwachsen in Hundehütte?«

Dass er unsere Wohnung als Hundehütte bezeichnete, fand ich allerhand. Hatte er mir nicht neulich noch weiszumachen versucht, unser Domizil könne locker eine sechzehnköpfige Großfamilie beherbergen? Schwiegermama passte Babas Gefühlsausbruch ebenfalls nicht. »I muss doch sehr bitte. Meine Tochter isch a Häberle, und Häberles lebe net in Hundehütte.«

Ein großer Satz, gelassen ausgesprochen. Bevor diese widersinnige Diskussion endgültig eskalierte, legte ich meinem Vater beschwichtigend die Hand auf die Schulter. »Baba, du hast mich falsch verstanden. Natürlich werden unsere Kinder in einem schönen großen Haus aufwachsen.« Mein Vater nickte, auch wenn er keinesfalls beruhigt schien. »Aber, Baba, wir wollen das Haus nicht mehr kaufen, sondern selber bauen.«

»Gut so. Denn so isch es bei uns Schwabe Tradition von alters her«, ließ sich mein Schwiegervater vernehmen.

»Ist auch Tradition in Türkei.« Irgendwie war Baba auf Krawall gebürstet. Dabei ist er von Natur aus eigentlich die Gastfreundschaft in Person. Vielleicht schlug ihm das seltsame Essen aufs Gemüt.

Bei den Vorspeisen hatte allgemein betretenes Schweigen geherrscht. Schon nach den ersten zurückhaltenden Bissen wurde das Besteck aus der Hand gelegt und mit Verweis auf die nachfolgenden Gänge Angst um die schlanke Linie vorgetäuscht. Meine Schwiegermutter war als Einzige etwas direkter. Demonstrativ griff sie sich einen Zahnstocher, pulte akribisch die Sucuk-Streifen aus ihren Zahnzwischenräumen und schnippte sie mit verächtlicher Geste auf den Teller zurück, als würde sie Mietshausbewohnern den ihnen zustehenden Platz in der zweiten Reihe zuweisen. Allein mein immer auf Verbindlichkeit bedachter Schwiegerpapa ließ sich zu einem, wenn auch etwas fragwürdigen Lob hinreißen und meinte zu der Linsenflädlesuppe: »Des isch ja fascht typische Schwabenküche. Und Linse sind zum Glück so billig, fascht gschenkt.« Darauf ertappte ich Baba bei einem Blick, der selbst Stahlbeton wie Butter zerschnitten hätte.

»Ja, es stimmt«, gab ich in der Brauchtumsfrage diplomatisch beiden Vätern recht. »Das traute Eigenheim ist Tradition in Schwaben und ebenso in der Türkei. Und in zahllosen anderen Gegenden sicher auch. Darum geht es aber jetzt nicht. Ann-Marie und ich, wir wollen ein tolles Haus auf einem schönen Grundstück. Mitten in der Stadt, aber doch im Grünen.«

»Ei Muratle, des isch doch mal a tüchtiger Plan. Vielleicht wenn ihr mal den Wowereit fragt, des isch doch a ganz Netter, dass der euch a Stück vom Tiergarte abteilt.«

Meine Schwiegermutter zeigt hin und wieder eine sarkastische Ader. Eine Eigenheit, die ihre Tochter zwar geerbt hat, zum Glück jedoch nur selten auslebt.

»Keine Frage, Gisela, das ist ein hoher Anspruch. Aber nur wer viel verlangt, wird auch viel bekommen.« Eine Weisheit, so wahr wie spontan ausgedacht. Ich beschloss, sie patentieren zu lassen. »Leider haben wir noch keinen Plan, wie wir unsere Träume umsetzen können. Und da ihr, liebe Eltern und Schwiegereltern, all das, was uns noch bevorsteht, erfolgreich hinter euch habt, möchten wir gern von eurer Erfahrung profitieren. Man muss das Rad ja nicht in jeder Generation neu erfinden.«

»Bravo, lieber Murat.«

»Und bravo, liebe Ann-Marie«, warf meine Herzensgattin leicht beleidigt ein.

»Entschuldige, Herzblatt. Bravo euch beiden«, korrigierte sich mein Schwiegervater. »Es zeigt Lebensklugheit, wenn die Jugend von den Erfahrunge des Alters profitiere möcht.«

»In Türkei so üblich«, behauptete mein Vater wider besseres Wissen. »Hat der Junge da gelernt.«

»Dann, liebe Familie«, erwiderte Frank, wie immer friedfertig, »lasst uns auf die kluge türkische Gepflogeheite anstoße.«

»Bevor wir anstoßen, sollten wir erst einmal hören, was die Kinder eigentlich wissen wollen«, mischte sich Anne ein. In protokollarischen Dingen war sie seit jeher konservativ.

Ich ging gleich in die Vollen. »Frage eins: Wie viel Geld sollten wir maximal für das Grundstück verbraten? Wir müssen unser Budget ja auf Grundstück und Hausbau aufteilen.«

»Na ja«, setzte mein Schwiegervater vorsichtig an, »des hängt davon ab, welchen Standard euer Wunschhaus habe soll. Also Größe, Wertigkeit der Baumaterialie et cetera. Und wie viel ihr an eigener Arbeitsleistung inveschtiere könnt. Handwerker sin teuer. Je mehr ihr bei dene einschpart, desto schtärker könnt ihr beim Grundstückskauf klotze. Davon abgesehe dürft ihr auf keine Fall die Nebekoschte aus de Auge verliere.«

»Was für Nebenkosten?« Davon hörte ich zum ersten Mal. Sollte der Spaß etwa noch teurer werden?

»Na ja, Grunderwerbssteuer, Notarkoschte, und net zu vergesse das meischt recht üppige Architektehonorar.«

»Architektenhonorar fällt nicht an«, behauptete ich nassforsch.

Meine Schwiegereltern räusperten sich irritiert. Wahrscheinlich glaubten sie, ich hätte einen schlechten Witz gemacht. Meine Eltern dagegen starrten mich entsetzt an. Sie kannten mich besser und ahnten wohl schon, worauf ich hinauswollte.

»Ich meine das ernst«, erklärte ich. »Was macht ein Architekt denn? Er entwirft den Grundriss, reicht ihn beim Bauamt zur Genehmigung ein und überwacht am Ende die Ausführung. Ich weiß, genehmigen lassen kann ich den Bau nicht. Alles andere aber schon.«

Jetzt starrten mich Ann-Maries Eltern ebenfalls entsetzt an.

»Muratle, Architekte sin net umsonscht hochbezahlte Schpezialischte.« Obwohl meine Schwiegermutter mich zweifellos achtete und liebte, konnte sie in solchen Momenten nicht verbergen, dass sie ihre einzige Tochter lieber an einen Akademiker verheiratet hätte.

Meine Mutter sprang mir zur Seite. »Wisst ihr nicht, dass Murat um ein Haar Bauzeichner geworden wäre?«

»Echt?« Meiner Frau war diese Tatsache genauso neu wie dem Rest ihrer Familie.

»Ja. Murat hat als Kind dauernd Comics gezeichnet. Und mit Lego-Steinen gebaut. Darum hat ihm der Berufsberater empfohlen, Bauzeichner zu werden.«

»Super!« Ann-Marie war aus unerfindlichen Gründen begeistert von dieser neuen Facette ihres Mannes.

»Luschdig«, heuchelte meine Schwiegermutter Erheiterung. »Aber isch Murat net stattdesse Polizischt gworde? Vom Häusle bewache zum Häusle baue isch es noch a ziemlich weiter Weg, find i.«

Der Zweifel an meiner Kompetenz weckte den Ehrpussel in mir. Eigentlich war mein spontaner Vorschlag, die Architektenrolle zu übernehmen, nicht ganz ernst gemeint gewesen. Nun aber konnte ich gar nicht mehr anders, als mit aller Macht darauf zu beharren, dass ich der geeignete Mann dafür wäre.

Schwiegerpapa bereitete die Meinungsverschiedenheit

zwischen mir und seiner Frau offensichtlich noch größere Pein als das Herunterwürgen des inzwischen aufgetischten Hauptgerichts. Außer ihm waren nur Ann-Marie und ich verbissen genug, sowohl das Fleisch als auch die Maultaschen aufzuessen – und ich gebe zu: Meine Geschmacksnerven wurden bis über die Grenze des Erträglichen hinaus belastet. Anne, Baba und Gisela griffen zu der bewährten Ausrede »sehr lecker, aber einfach zu mächtig« und ließen bis auf einen Testbissen alles stehen. Während Frank noch tapfer kaute, suchte er nach einer Kompromisslösung, die die Gemüter beruhigen würde.

»Murat, nur a zugelassener Architekt kann vom Bauamt eine Baugenehmigung bekomme. I denk, das soll Herr Pfleiderer übernehme. Der hat unser Heilbronner Häusle gebaut und praktiziert inzwische in Berlin.«

Mir war nicht klar, worauf er hinauswollte. Also versuchte ich, Zeit zu gewinnen. »Der praktiziert noch? Muss ja inzwischen uralt sein.«

»Hallo? Hältscht du uns für Dinosaurier? Pfleiderer isch knapp über sechzig. Außerdem hat Erfahrung noch niemand gschadet.«

»Also wie nun? Er reicht den Bau zur Genehmigung ein, und ich mach den Rest? Von mir aus gern. Das ist doch genau das, was ich vorgeschlagen habe.«

»I seh des so: Du zeichnescht a Entwurf. Bevor Pfleiderer den einreicht, muss er ihn sowieso auf sachgerechte Ausführung prüfe. Isch dei Entwurf umsetzbar: prima. Isch er es net: Dann muss halt der Architekt ran.«

»Okay, das hört sich nach einem fairen Vorschlag an. Aber wenn mein Plan ohne wesentliche Änderungen durchgeht, dann übernehme ich auch die Bauleitung.«

»Gut. Aber wenn Pfleiderer den Plan grundlegend überarbeite muss, geht die Bauleitung an ihn.«

»Hand drauf«, rief Ann-Marie begeistert. Sie hatte ein Faible für solch kernige Deals. Die fand sie irgendwie männlich.

»Prima, damit sind die Architektenkosten praktisch vom Tisch«, meinte ich. Hätte ich in die Zukunft sehen können, hätte ich die Wette noch im selben Moment rückgängig gemacht. »Bleibt immer noch die Frage, wie viel wir für das Grundstück investieren sollen. Wir brauchen mindestens sechshundert Quadratmeter.«

»Dreißigtausend«, warf mein Baba knochentrocken in die Runde.

»Baba, hast du nicht zugehört? Wir wollen in Berlin bauen, nicht in Anatolien.«

»Dreißigtausend«, wiederholte er ungerührt. »In Berlin. Zentral. Ist versprochen.«

Nun kannte ich meinen Vater schon ein Leben lang, aber er schaffte es immer wieder, mich zu überraschen. Wie kam er auf diesen für Berliner Verhältnisse unverschämt niedrigen Betrag? Baba war kein Spinner. Und erst recht kein Blender. Dass er überhaupt eine verbindliche Summe nannte, war ein deutliches Indiz, dass er bereits etwas Konkretes in Aussicht hatte.

Meine Mutter teilte diese Vermutung offenbar. »Süleyman, alter Schlawiner. Wovon redest du?«

Mein Vater lächelte nur verschmitzt und kratzte sich am Kopf. Kein Zweifel, er stand mit jemandem in Verhandlungen. Oder hatte er sogar schon etwas gekauft? Nein, das hätte er ohne Rücksprache mit mir nicht getan. Dazu war er zu korrekt.

»Schwiegerbaba«, schmeichelte Ann-Marie, »sag schon: Wie kommst du auf dreißigtausend?« Sie sah ihn dabei so bittend an, dass er es nicht übers Herz brachte, uns weiter auf die Folter zu spannen.

»Habe ich neulich in Verein von Hauskauf erzählt. Kollege Robert hat gleich gesagt: Hauskauf dumm, soll Murat besser bauen. Und erzählt von Grundstück gegenüber von sein eigene Haus. Hat er für Sohn gekauft, aber der jetzt nach Amerika gegangen.«

»Aber das ist ja toll, Schwiegerbaba!«, jauchzte Ann-Marie. Sobald meine Frau strahlt, bin ich sofort verliebt wie am ersten Tag. Ich kenne keinen Menschen, der sich so freuen kann wie sie.

»Schön. Aber um was für a Grundschtück handelt es sich genau?«

Von ihrer Mutter hat sie die Fähigkeit zur bedingungslosen Freude sicher nicht geerbt. Die ist eher der grundskeptische Typ.

»Ist mehr als sechshundert Quadratmeter und in Britz.«

»Britz?«

Obwohl meine Schwiegereltern uns nun schon mehrfach in Berlin besucht haben, kennen sie, genau wie viele Berliner, nur die Stadtviertel in der Nähe ihrer jeweiligen Bleibe.

»Britz ist das Zehlendorf Neuköllns«, antwortete ich mit berechtigtem Heimatstolz. Denn Britz ist tatsächlich sehr grün und erinnert zumindest entfernt an einen Nobelvorort. Und liegt dennoch ziemlich zentral. Der Ruinendealer Kosewitz hätte es glatt »Citylaje« genannt.

»Neukölln, mmhh.« Begeistert klang das nicht.

»Murat hat recht«, sprang mir Anne zur Seite. »Außerdem kenne ich das Grundstück. Von dort sind es nur ein paar Meter zum Britzer Garten, ein wirklich schöner Park.«

»Toll!« Ann-Marie hüpfte in die Luft vor Begeisterung.

Ihre Eltern ließen sich nicht so schnell überzeugen. Vor allem wunderten sie sich über den günstigen Preis. Wo denn da der Haken sei?

»Ist kein Haken. Robert hat dreißigtausend bezahlt, will keinen Verlust, also verkauft wieder für dreißigtausend.«

Babas Erläuterung weckte nun erst recht das Misstrauen meiner angeheirateten Verwandtschaft. Da müsse doch etwas grundlegend faul sein. Kein Mensch würde ein günstig erstandenes Grundstück zum Einkaufspreis hergeben. Der Sinn von Handel und Wandel sei nun einmal der Profit. Eine Erkenntnis, die jeder Schwabe schon mit der Muttermilch einsauge.

Nun wurde Baba laut. »Robert kein Schwabe. Robert Berliner. Und Berliner ehrlich. Wie Türken! Machen gern Profit, aber nie mit Freunden«, polterte er. Jetzt schoss mein Vater deutlich über das Ziel hinaus. Auch ich kannte Robert, und er mochte ein herzensguter Mensch sein, war aber bestimmt kein selbstloser Wohltäter. Es war an der Zeit, wieder in die Debatte einzugreifen.

»Baba, Frank und Gisela haben doch nicht ganz unrecht. So wie ich Robert kenne, könnte an dem Angebot schon ein kleiner Haken sein.«

»Was für Haken?« Mein Baba wirkte inzwischen so sauer, dass ich befürchtete, er würde gleich aufstehen und gehen. Das wäre typisch für ihn. Hier galt es dringend gegenzusteuern, was meiner sozial äußerst kompetenten besseren Hälfte auch schon aufgefallen war. »Zeit fürs Dessert«, säuselte sie. In den Gesichtern unserer Tischgesellschaft sah ich statt Vorfreude ernsthafte Besorgnis. Man traute uns wohl keinen lukullischen Befreiungsschlag mehr zu. Ich hatte die Hoffnung ebenfalls fahrenlassen. Doch siehe da: Als die Raki-Schupfnudeln auf dem Tisch standen, dufteten sie überraschend appetitlich. Baba, von Natur aus eine Naschkatze und wegen der vorherigen Zurückhaltung noch sehr hungrig, griff sofort zu und schaufelte einen großen Löffel ohne unnötige Umwege direkt aus der Schüssel in seinen hungrigen Mund. Wohlig seufzend, ja fast schnurrend, lehnte er sich zurück und schloss die Augen, um das anscheinend köstliche Dessert zu genießen. Plötzlich riss er die Augen wieder auf, presste sich panisch seine Serviette gegen den Mund und galoppierte laut keuchend aus der Küche. Wohin auch immer.

Ann-Marie schnappte die Dessertschüssel und kippte den Inhalt kommentarlos in den Mülleimer. »In der Tiefkühltruhe ist noch Eis«, merkte sie an. »Möchte jemand?« Alle Hände schossen in die Höhe.

Anne war so nett, das peinliche Finale unseres Festmahls zu übergehen, und nahm den Faden der Grundstücksdebatte wieder auf. »Ich finde es toll von Süleyman, wie er Kontakte geknüpft und schon ein wenig vorverhandelt hat.« Glücklicherweise waren alle Anwesenden klug genug, meiner Mutter an dieser Stelle nicht zu widersprechen. Verhandelt worden war ja anscheinend nichts. »Das Grundstück ist außerdem wirklich schön gelegen« – »Lage, Lage, Lage«, fiel mir erneut Kosewitz ein –, »und deshalb kann es uns doch völlig egal sein, ob Robert Profit macht oder nicht. Wegen seines guten Drahts zum Bezirksamt hat er sicher weniger als dreißig Mille gezahlt. Na und? Für unsere Kinder ist es trotzdem ein gutes Geschäft. Und Robert ist zwar ein Schlitzohr, aber kein Betrüger. Der würde uns nix verkaufen, was einen versteckten Haken hat.«

»Wäre er sofort raus aus Verein«, grummelte Baba, der, noch etwas bleich im Gesicht, auf unsicheren Beinen in die Küche zurückgeschwankt kam.

»Eben. Ich glaube allerdings, Süleyman, dass ich den nicht versteckten Haken kenne.«

Ich sah, wie mein Vater kaum merklich zusammenzuckte. Meine Mutter hatte ihren Sherlock-Holmes-Blick aufgesetzt, der uns Kindern früher signalisierte: *Ich weiß, was du heute Nachmittag getan hast!* Leugnen war bei ihr völlig zwecklos. Dass meine Schwestern und ich so knochenehrliche Menschen geworden sind, liegt nicht zuletzt an der sensationellen Spürnase unserer Mama. Die in diesem Moment eindeutig Witterung aufgenommen hatte. Falls mein Vater in seiner Geschichte tatsächlich eine Kleinigkeit unterschlagen – oder sagen wir besser: vergessen – hatte, so war jetzt der Augenblick gekommen, dieses Detail nachzureichen. Aber Baba hatte entweder seine Karten auf den Tisch gelegt, oder er glaubte, seine Frau würde ihm nicht auf die Spur kommen. Nach fast vierzig Ehejahren hätte er sie besser kennen müssen.

»Das gesamte Gelände gegenüber Roberts Grundstück war doch früher eine Laubenpieperkolonie, oder?«

Baba nickte.

»Und wurde erst vor wenigen Jahren als Bauland ausgewiesen. Richtig?«

Erneutes, diesmal schon vorsichtigeres Nicken.

»Und als wir letzten Sommer zu Roberts Sechzigstem eingeladen waren, stand da ein massiver Steinbau, den Robert immer ›Gartenhütte‹ nannte. Habe ich das richtig in Erinnerung?«

Plötzlich fiel Baba ein, was er zu berichten vergessen hatte: »Stimmt. Steinbau muss abgerissen werden.«

Mein Schwiegervater fasste sich erschrocken ans Herz. Oder wollte er nur die in seiner Jacke steckende Brieftasche schützen?

»Ha noi, dann relativiert sich der Preis aber. So ein Abriss goht richtig ins Geld.«

Würde der gerade noch zum Greifen nah scheinende Erwerb des Traumbaugrundes durch diese neue Information wieder in weite Ferne rücken? Ein spannender Moment! Solche Alles-oder-nichts-Situationen, in denen das zuvor so mühsam Erreichte krachend einzustürzen drohte, kannte ich zur Genüge aus meinen heißgeliebten Marvel-

Comics. Dies war der Moment, in dem alle Welt nach dem Superhelden schrie. Er allein konnte durch seine übermenschlichen Kräfte das bedrohte Universum vor der totalen Zerstörung bewahren. Hatte ich in den vielen Jahren intensiven Comicstudiums meine Lektion gelernt? Ja! Selbstverständlich! Ohne dass meine für Superhelden unempfänglichen Angehörigen es merkten, warf ich meine »Unscheinbarer Alltagsmensch«-Verkleidung ab und wurde im Cape-Umdrehen zu »Multitool«, dem Mann für alle Fälle. Swoooschhhh, sauste ich mit Schallgeschwindigkeit ins Zentrum des Geschehens und sprach die alles entscheidenden Worte – jene Zauberformel, die uns das beste Grundstück aller Zeiten sicherte:

»Keine Sorge, das wird nicht teuer. Den Abriss erledigen Baba und ich.«

8. Kapitel
Zwei schwere Geburten

Zu behaupten, mein Vater wäre von seiner Zwangsbestellung zum Abrisshelfer angetan gewesen, wäre die Falschaussage des Jahrtausends. Aber der in südlichen Ländern übliche Familienkodex gebietet nun einmal, füreinander einzustehen. Darüber hinaus hatten wir gerade erst ein gemeinsames Extremabendessen überlebt, was – wie man aus dem *Dschungelcamp* weiß – das Zusammengehörigkeitsgefühl enorm stärkt. Deshalb folgte meiner Ansage keine ernsthafte Diskussion. Nachdem Ann-Marie und ich samt Anhang Roberts Grundstück besichtigt und alle Anwesenden es für gut befunden hatten, wurden bald darauf die notwendigen Formalitäten abgewickelt. Pünktlich zu meinem dreiunddreißigsten Geburtstag unterschrieb ich den ersten Grundstückskaufvertrag meines Lebens und war nun also stolzer Eigentümer eines wunderbar gelegenen Stücks Land. Sowie einer sinnlos das Gelände blockierenden und dazu noch grottenhässlichen Ruine. Egal, die Voraussetzung für den Baubeginn war geschaffen, also gab es für mich keine Ausrede mehr. Ich musste kreativ werden und das versprochene Traumhaus entwerfen. Zwar hatte ich mein vorlautes Mundwerk und die mit meinem Schwiegervater geschlossene Wette zu diesem Zeitpunkt sicher schon öfter verflucht als Bushido seinen Bambi, aber Jammern half ja nicht. Es war auch nicht so, dass ich mir den Entwurf nicht zutraute. Schließlich kannte ich als Kind kein größeres Vergnügen, als mit meinen Lego-Steinen neue Städte in die Welt zu setzen. Was sage ich Städte, ich schuf neue Welten; was sage ich Welten, es waren virtuelle Paralleluniversen. Und als die beginnende Pubertät das Lego-Fieber ein wenig senkte, infizierte ich mich mit dem Bastel- und Heimwerkervirus. Mein Jugendzimmer war vier Jahre lang eine einzige Baustelle, ohne Helm nicht betretbar. Mit Helm eigentlich auch nicht. Denn wegen meiner andauernden Basteleien hingen sowohl ein »Betreten verboten. Eltern haften für ihre Kinder«- als auch ein »Umleitung«-Schild an der Zimmertür. Zu meinem großen Ärger hielt Baba sich nie an diese mehr als eindeutigen Hinweise, sondern stürmte in mein Allerheiligstes, wann immer es ihm passte – natürlich ohne anzuklopfen. Wenn ich ihn wütend auf die Schilder hinwies, sagte er lapidar: »Kannst du dich beschweren bei meine Eltern. Haften für mich.« Oder noch alberner: »Schild nicht gültig. Muss heißen: Ümleitung.«

Jedenfalls las ich in dieser Zeit kaum etwas anders als Do-it-yourself-Ratgeber, Hausbau-Magazine, die *Schöner Wohnen* und Architekturführer. Schon bald war mir klar, dass es für mich nur eine einzige Berufung geben konnte – die Architektur. Leider hielten meine schulischen Leistungen mit meinen Ambitionen in keiner Weise Schritt. Insbesondere die Mathematik erwies sich als Achillesferse meines Berufswunsches. Mit sechzehn musste ich mir eingestehen, dass das global agierende Neuköllner Architekturbüro »Topal & Friends« mit seinen Dependancen in Hongkong, Miami, Sidney und dem zentralen »Topal-Tower« am Hermannplatz für immer ein Wunschtraum bleiben würde. Denn ich hatte mich entschieden, der Schule mit Abschluss der mittleren Reife den Laufpass zu geben und mich stattdessen ins schnöde Berufsleben zu stürzen. Im Jobcenter geriet ich an einen bemerkenswerten Stummfisch, der mich stundenlang ohne Rückkopplung von meinen Hobbys berichten ließ und seine Berufsempfehlung in eine avantgardistische Pantomime-Performance verpackte. Ich verstand kein Wort von dem, was er nicht sagte. Von meiner Begriffsstutzigkeit entnervt, schrieb er seinen Vorschlag am Ende einfach auf einen DIN-A4-Zettel, knüllte mir den in die Hand und warf mich raus. Sein Gekritzel war genauso schwer zu entschlüsseln wie seine Mimik. Nach einigen vergeblichen Dekodierungsversuchen tippte ich letztlich auf »Bauzeichner«. Rückschauend betrachtet, war das eigentlich kein schlechter Vorschlag. Damals fand ich die Vorstellung jedoch entsetzlich langweilig. Dauernd Häuser zeichnen? Keine Spinnenmenschen, keine Capes, keine Superschurken, nur – Häuser? Wo sollte da der Spaß sein? Nein, dann doch lieber Karriere als Cartoonist machen. Als ich diesen Berufswunsch eines Abends meinem Baba beichtete, wurde der ernsthaft wütend und schrie: »Kartonist? Habe ich jahrelang geackert, damit Junge wird Lagerarbeiter?« Weswegen ich am Ende bei der Polizei landete. Und seitdem Brad Pitt beneide. Zumindest ein klitzekleines bisschen. Denn natürlich sehe ich besser aus und habe vor allem eine viel liebenswertere und attraktivere Frau geheiratet, die Gott sei Dank auch kein Faible für Massenadoption hat. Aber Mister Pitt hat im Gegensatz zu mir genug Kohle, um neben seinem Hauptjob seiner Architekturleidenschaft zu frönen.

Eigentlich bot die Wette mit Ann-Maries Vater jedoch weitaus mehr als läppische Hobbyaction für gelangweilte Hollywoodstars. Immerhin hatte ich die Möglichkeit, eine Traumvilla nicht nur selbst zu designen, sondern auch real umzusetzen. Ich wusste, dass das eine einzigartige Chance war. Und ebendieses Wissen bescherte mir eine ausgewachsene Kreativblockade. Mir fiel partout nichts ein, was verwertbar gewesen wäre. Jeden Abend warf ich unzählige Entwürfe bereits nach den ersten krakeligen Strichen in den Papierkorb, der bald aussah wie ein Nichtswerthof. Meine Liebste, inzwischen kurz vor ihrer zweiten Niederkunft, wurde immer nervöser und steckte mit ihrer Unruhe die gesamte Familie an. Ständig hatte ich gut gemeinte Nachrichten auf der Mobilbox, die meine Schaffenskraft nur noch stärker hemmten.

»Murat, hier spricht dein Schwiegervater. I weiß, so ein Grundriss entsteht nicht über Nacht. Aber denk dran, dass ihr bald zu viert seid. Deine Familie sollte net in einem Verlies wohne müsse, in dem selbscht Zwerg Nase Platzangst bekomme hätt.«

Piep.

»Muratle, hier isch Gisela. I wollt dir sage, dass i unglaublich stolz bin, so en kreative und begabte Schwiegersohn zu habe. Aber wenn du ein erfolgreicher Comedian bleibe willscht, muscht du dich stärker fokussiere und deine Kräfte bündeln. Deshalb hab i mit Herrn Pfleiderer telefoniert. Er isch bereit, den Planungsauftrag zu übernehme. Ruf mi bitte kurz an, dann geb i dir seine Kontaktdate.«

Piep.

»Murat, Schatz. Wenn du verhindern willst, dass deine Mutter auf ihre alten Tage in den Wahnsinn getrieben wird, dann mach bitte entweder endlich den Plan fertig oder beauftrage diesen Pfleidermann. Deine Schwiegermutter ruft mich täglich zehnmal an, um mir zu sagen, wie verrückt sie deine Idee findet, den Architekten einzusparen. Ich halte das nicht mehr lange aus.«

Piep.

»Murat, oğlum. Wenn du hast Blockade: Baba hilft. Reißen wir nicht nur zusammen Steinhaus ab, sondern auch deine Block.«

Piep.

Die ständigen Anrufe machten mich wahnsinnig. Ich wusste ja selbst, dass wir durch die unnütze Suche nach einem Kaufobjekt schon genug Zeit verloren hatten und höchstes Tempo angesagt war. Also saß ich Abend für Abend und Nacht für Nacht an diesem vermaledeiten Grundriss. Das heißt, sofern meine Frau es zuließ. Denn inzwischen gab es allabendlich Ehekrach. Meist begann dieser ganz harmlos, nämlich mit der Frage, ob ich nicht auch ins Bett kommen wolle.

»In zehn Minuten, Liebling. Ich stehe kurz vor dem schöpferischen Durchbruch.«

»Das sagst du jeden Abend. Du stehst bestenfalls vor einem Blinddarmdurchbruch! Lass endlich den Pfleiderer ran und mich damit in Ruhe. Es ist dir bestimmt entfallen, aber ich bin SCHWANGER! Ich hätte gern einen verständnisvollen Ehemann an meiner Seite, keinen verhinderten Architekten.«

»Mmmmhhh … Komme gleich.«

Und schon waren wir mittendrin in einer Auseinandersetzung, die den Dreißigjährigen Krieg wie einen entspannten Sonntagsausflug aussehen ließ. Doch was hätte ich auf ihre ungerechten und vermutlich hormonell bedingten Vorwürfe sonst antworten sollen? Anscheinend konnte sie nicht verstehen, dass ich in dieser Sache nicht Herr meines Willens war. Ich saß ja nicht aus Jux und Dollerei Nacht für Nacht bis drei oder vier Uhr am Schreibtisch und zeichnete und verwarf und zeichnete neu – für mich ging es um nichts Geringeres als meinen männlichen Stolz. Meine Geschlechtsgenossen hatten zu dessen Verteidigung jahrhundertelang Duelle und gar Kriege angezettelt. Im Vergleich dazu waren meine nächtlichen Zeichenorgien ja nun wirklich harmlos. Trotzdem hätte ich mir eher die Hände abgehackt, als von meiner Wette mit Schwiegerpapa zurückzutreten. War es zu viel von einer Ehefrau verlangt, in dieser Sache ein wenig mehr Einfühlungsvermögen zu zeigen? Ich versuchte umgekehrt ja auch zu verstehen, dass sie halbe Tage lang über der Berechnung des genauen Geburtstermins hockte und ihn in ganz dunklen Momenten sogar auspendelte. Aber zugegeben, ich war noch nie schwanger, und womöglich kann frau in diesem Zustand einfach kein Verständnis für Hahnenkämpfe aufbringen.

Nach ungefähr einer halben Stunde intensiv geführter Wortwechsel, in denen es, sehr verkürzt gesagt, um das Verhältnis zwischen der Bedeutung einer Geburt und dem männlichen Verständnis für dieses einmalige Ereignis ging, fing todsicher Levin zu schreien an. Als ebenso sensibles männliches Wesen wie sein Vater kann er es nicht ertragen, wenn seine Eltern streiten. Also lautete das Schlusswort unseres ehelichen Streitgesprächs meistens: »Levin, Süßer, Babu kommt und kümmert sich um dich.«

Dann musste ich ihn ausdauernd wiegen, während er schluchzte: »Habt ihr euch nicht mehr lieb?«

»Unsinn«, beharrte ich. »Babi und Mama haben sich ganz doll lieb.« Nach der zehnten Wiederholung glaubte ich fast selbst daran. Ärgerlich war natürlich, dass meine Vaterpflichten mich genauso vom Zeichnen und damit der Rettung meiner Selbstachtung abhielten wie die zuvor geführten Dispute mit meiner »Anjetrauerten« – eine Wortschöpfung, die ich aus Kosewitzens Sprachschatz übernommen hatte und im Stillen anwandte, wenn ich so richtig genervt von der Mutter meiner Kinder war.

Eines Montagabends änderte sich alles. Wir hatten unseren inzwischen zur Routine gewordenen Zubettgeh-Disput noch nicht begonnen, da rief Ann-Marie aus dem Nebenzimmer: »Murat, die Wehen!«

Als erfahrener Vater, der zudem in den Tagen zuvor stündlich daraufhingewiesen worden war, dass der Geburtstermin unmittelbar bevorstehe, beunruhigte mich diese Information nicht weiter. Ruhig und souverän bestellte ich ein Taxi, informierte Eltern und Schwiegereltern, griff das von meiner Liebsten bereits vor Wochen gepackte Köfferchen, schulterte unseren Sohn und half meinem vor Schmerzen wimmernden Schatz die Treppe hinunter. Meine Zeichenutensilien steckten in der Seitentasche des Koffers, spürte ich doch instinktiv, dass der schöpferische Durchbruch unmittelbar bevorstand.

Der Taxifahrer hatte anscheinend Angst, als Geburtshelfer missbraucht zu werden. Mit fast hundert Sachen raste er durch den Großstadtverkehr dem Klinikum Neukölln entgegen. Als wir dort ankamen, saßen unsere Eltern schon in der Empfangshalle. Waren sie mit dem Privatjet gekommen? Oder hatten sie die letzten Nächte bereits vorsorglich im Klinikum campiert? Zuzutrauen war ihnen alles.

Kaum sahen sie uns kommen, rannten sie uns so aufgeregt entgegen, als wäre dies die erste Geburt seit den glorreichen Tagen von Bethlehem. Lediglich Baba zog es vor, das Spektakel in meditativer Ruhe aus seiner Sitzecke heraus zu betrachten. Schwiegermama riss in einer ersten Amtshandlung ihren Enkel von meinen Schultern und reichte ihn ihrem Mann weiter, verbunden mit dem Auftrag: »Bring ihn zu Murats Schwester. Kinder habe bei einer Geburt nix verlore. Ann-Mariele, immer schön atme«, empfahl sie gleichzeitig. Ein wertvoller Tipp, vor allem da ihre Tochter ohnehin schon hyperventilierte.

»Ruhig, Leute, ruhig«, mahnte ich eindringlich. »Das ist eine Geburt, kein Notfall.« Niemand hörte auf mich. Alle zogen und zerrten nur an der armen Ann-Marie. Ich war für meine Schwiegermutter nur insofern von Interesse, als sie versuchte, mir auch noch den Koffer zu entwenden. »Moment«, wehrte ich sie ab. »Ich muss erst noch meine Zeichensachen aus der Seitentasche nehmen.«

Gisela war schockiert. Sie vergaß sogar zu schwäbeln. »Murat! Wie kannst du nur? Das ist eine Geburtsklinik! Kein Architekturbüro! Hast du kein bisschen Respekt vor dem Wunder des Lebens?«

»Doch, aber es muss endlich *raus* …« Anscheinend war ich doch nicht mehr so klar im Kopf, wie ich gedacht hatte. Die Situation nahm mich wohl stärker mit als gedacht. Wie im Drogenrausch bekannte ich: »Was ich hier in der Hand halte, wird dem Kind, das jetzt in die Welt tritt, ein Zuhause geben, eine Hütte, ein Heim! Und ob ihr es wahrhaben wollt oder nicht: Ich bin auch *schwanger!* Wegen euch! Wer hat mir denn den *Samen* eingepflanzt von wegen ›Deine Familie braucht ein Haus‹? Das wart ihr! Seitdem bin ich *bauschwanger*. Mit allem, was dazugehört. Beim Aufwachen ist mir hundeübel. Später bin ich plötzlich happy und danach gleich wieder deprimiert, weil ich nicht weiß, wie die ganze Sache finanziell funktionieren soll. Ich nehme ständig zu, und obenrum fallen mir die Haare aus. Untenrum übrigens auch. Und das alles nur, weil in mir seit Monaten dieses *Ding* wächst«, mit fiebrigem Blick reckte ich meinen Zeichenblock in die Höhe, »und ich schon längst über den Termin bin.«

Da hörte mir aber schon keines meiner Familienmitglieder mehr zu. Nur ein paar der vor der Kliniktür stehenden Raucher hatten sich von meiner irrwitzigen Tirade in die Eingangshalle locken lassen und fanden sie anscheinend anregender als die übliche Nikotinration. Eilig hechelte ich meiner Bagage hinterher, denn auf keinen Fall wollte ich Ann-Marie in dieser schweren Stunde alleinlassen. Cool wie Jean-Claude Van Damme enterte ich im Sturmlauf den

Kreißsaal, schaute mir das beginnende Spektakel wenige Sekunden lang an und – sackte ohnmächtig zusammen. So ist das nun einmal mit sensiblen Männern, die Frauen nicht leiden sehen können. Blut, Schweiß und Tränen sind nichts für uns. Wir geben uns mit den Ergebnissen der Prozedur zufrieden.

Als ich wieder zu mir kam, saß ich neben Baba auf einer unbequemen Holzbank rechts neben der Tür zum Kreißsaal. Leider waren Ann-Maries Schmerzenslaute auch hier noch ziemlich klar zu hören. Um mich abzulenken, klappte ich meinen Zeichenblock auf.

Baba, dem das Gezeter ebenfalls deutlich sichtbar an die Nieren ging, ergriff die Chance, auf andere Gedanken zu kommen. »Zeig ma her, Junge«, deutete er auf die Mappe.

Ich reichte sie ihm rüber, und er legte sie auf einen kleinen Schemel vor uns, um den Grundriss, den ich am Abend zu Hause aufs Papier gebracht hatte, aufmerksam zu studieren.

»Was ist das? Hast du erste Etage nur Rand gemacht und Zimmer vergessen!«

Ich musste lachen. »Das ist eine Galerie, Baba.«

»Galerie Kaufhof, oder was? Willst du machen Basar für Hausbezahlung?«

Nahm er mich auf die Schippe? Es sah nicht so aus, denn er wirkte ehrlich verwirrt. »Nein, Baba. Eine Galerie ist ein umlaufender Gang im ersten Stock. Dadurch wird der Innenraum schön hoch. Ich finde das chic.«

»Papplapapp. Schick mick. Verschenkst du kostbaren Platz!«

»Baba, das hat Stil. Das ist sozusagen Luftraum.«

»Luftraum! Bist du Astronaut, oder was?«

In diesem kritischen Moment öffnete sich die Tür zum

Kreißsaal, und Gisela verkündete durch ihren Mundschutz: »Der Muddermund hat sich scho vier Zentimeter göffnet, desch is a guts Zeiche!« Ich nickte erleichtert, während sie sofort wieder verschwand.

Baba brütete immer noch über dem Grundriss. »Oğlum, Eingang auch nicht gut. Wirst du haben große Familie und viele Gäste, brauchst du mehr Platz für Garderobe.«

Da hatte er recht, das war ungeschickt gelöst. Nach längerer Diskussion einigten wir uns auf eine Nische links von der Tür, gegenüber dem Gäste-WC. Die Mauer wurde ein kleines Stück zurückversetzt, und, zack, hatten die Mäntel aller Verwandten Platz. Jetzt war Baba auf den Geschmack gekommen. Ein Änderungsvorschlag jagte den nächsten. Schnell herrschte auf meinem ordentlich begonnenen Plan das pure Chaos, so rasant wie die neuen Ideen entwickelt und wieder verworfen wurden.

Es war wie bei dem guten alten Zauberwürfel: Du drehst hier, und schon stimmt es dort nicht mehr. Wir verschoben die Küche, verkleinerten das Wohnzimmer, durchbrachen da eine Wand, zogen dafür dort eine neue ein, zeichneten, radierten, proportionierten, kamen jedoch zu keiner befriedigenden Lösung.

Auf einmal öffnete sich wieder die Tür zum Kreißsaal. »Jetzt goahts los«, flüsterte Gisela verschwörerisch und warf einen erstaunten Blick auf unser Werk, das in seiner wilden Linienführung inzwischen wie ein Schnittmuster aussah.

»Wir schaffen gerade Platz im Küchenbereich«, erklärte ich, aber sie schüttelte nur verständnislos den Kopf und tauchte wieder ab.

Um unsere etwas darniederliegende Inspiration zu befeuern, holte Baba im Krankenhauskiosk Tee und Kekse. Der Tee half nicht weiter, doch in den Plätzchen schien eine geheimnisvolle Substanz verbacken worden zu sein. Plötzlich bekamen unsere bis dahin reichlich krausen Einfälle eine klare Stoßrichtung.

»Habe ich perfekte Idee«, kicherte Baba.

»Ich auch.«

»Du erst!«

»Nein, du!«

Unsere Begeisterung steigerte sich im gleichen Maße wie unser besessenes Kichern.

»Was, wenn wir das Gästeklo ...?«, rief ich.

»... einfach lassen weg!«, ergänzte Baba kongenial.

Wieder öffnete sich die Kreißsaaltür. Der Mundschutz verkündete stolz: »Der Kopf isch scho halb raus!«

»Prima!«, krähte ich begeistert, woraufhin der Mundschutz die Tür schleunigst wieder schloss. »Wir bauen stattdessen einen Windfang ein!«

»Und kommt man gleich in Wohnzimmer!« Hysterisch gackernd klatschten wir uns gegenseitig auf die Schultern. Was waren wir bloß für ein perfektes Duo!

Als ich ein wenig zu heftig auf dem Plan herumradierte, riss das Papier, das von der vielen Kritzelei mürbe war, ein. Wir konnten uns vor Lachen darüber kaum auf der Bank halten. Mühsam die Balance wahrend, schob Baba die beiden Hälften des Plans zusammen, ich zeichnete in Windeseile den Windfang, und dann ... der Durchbruch und – Lebensraum für meine Familie! Und dazu noch freier Blick auf den Garten.

Breaking News aus dem Kreißsaal: »Der Kopf isch drauße!«

Mich überkommt ein wahnsinniges Glücksgefühl: Gleich haben wir es geschafft! Jetzt noch schnell die Garderobe. Die passt auf einmal tadellos, ein neues Raumgefühl, Großzügigkeit, Luft, Platz ... fertig!

»Es isch a Mädle – und es isch gsund und munter!« Gisela

steht mit Wonnetränen in den Augen in der Tür. Bei Baba und mir sind es Lachtränen – glückselig fallen wir uns in die Arme. Das ist einfach zu viel Freude auf einmal.

In diesem historischen Moment kam Schwiegerpapa um die Ecke gerannt und bremste angesichts des allgemeinen Freudentaumels enttäuscht ab. »Bin ich zu spät?«, fragte er überflüssigerweise.

»Im Gegenteil«, jubelte ich. »Du kommst genau richtig. Hier ist der fertige Entwurf. Bring ihn sofort zu Pfleiderer. Ich habe eine Tochter, eine zu kleine Wohnung und keine Zeit mehr zu verlieren!«

Das sah Frank ein. Er nahm die beiden losen Hälften, legte sie vorsichtig in die Zeichenmappe und machte sich sofort wieder auf den Weg. Männer sind eben pragmatisch – und das ist auch gut so.

9. Kapitel
Eine folgenschwere Entscheidung

Ich war unglaublich stolz auf meine Frau und glücklich über unsere prächtig geratene Tochter. Nicht ganz so glücklich war ich darüber, dass meine Eltern Levin – wahrscheinlich um ihn über den Verlust seines familiären Alleinstellungsmerkmals hinwegzutrösten – eine mit einem kleinen Motor betriebene »Schlummerlampe« geschenkt hatten. Der Name war trügerisch, denn das Motorengeräusch der Lightshow war so laut, dass an Schlummer oder gar Schlaf nicht im Traum zu denken war. Auch deswegen nicht, weil Levin nicht müde wurde, jedes der auf dem Lampenschirm erscheinenden Tiere lauthals beim Namen zu nennen.

»Elefant«, kreischte er selig oder: »Giraffe!«

Ähnlich begeistert war er bestenfalls, wenn er mit meinem Handy herumspielen durfte, was zwar gewisse Risiken mit sich brachte, aber deutlich weniger nervte. Nach fünf anstrengenden Abenden ließ ich die Lampe unter dem Vorwand der Reparaturbedürftigkeit verschwinden. Levin war empört. »Elefant«, kreischte er nun fordernd oder: »Giraffe!«

Ebenfalls empört zeigte sich mein Vater, als er das nächste Mal bei uns zu Besuch war. »Murat, wo ist Schummerlampe?«

»Baba, das ist keine Schlummer-, sondern eine Wachbleiblampe. Wenn ich die wieder hinstelle, kannst du mich in wenigen Wochen in die Nervenheilanstalt bringen.«

Er sah mich an, als wollte er sagen: *Na und? Elefant! Giraffe!* Es war deutlich, dass er andere Vorstellungen von Kindererziehung hatte als ich.

Überhaupt sind bei der Erziehung immer alle mit gut gemeinten Tipps am Start. Was ich zum Beispiel echt nicht mehr hören kann, ist der Satz: »Eure Kinder müssen unbedingt bilingual aufwachsen!« Mittlerweile antworte ich immer: »Warum nur zweisprachig? Von mir lernen sie Türkisch und Berlinisch, von meiner Frau Schwäbisch. Und wenn alles gut läuft, können sie ja später Hochdeutsch als erste Fremdsprache dazunehmen.«

Levin haute schon sehr früh Sätze raus wie: »Günaydın Babacığım, hascht gut gschlafe? Ick ooch. Gehscht benimle heut in Park?«

Abgesehen vom alltäglichen Erziehungsdilemma hatte ich noch ein ganz anderes Problem: Ich wartete nervös auf die Stellungnahme des Architekten. Würde der von einem Amateur gezeichnete Grundriss vor den Augen eines Profis Gnade finden und ich damit meine Wette gewinnen? Amateur ist übrigens, wie manchmal in Vergessenheit gerät, das französische Wort für »Liebhaber«, und als eben solcher verstand ich mich: Ich war ein Liebhaber der Baukunst. Drei Tage nach der Geburt vibrierte mein Handy.

»Herr Topal, hier Pfleiderer. Der Herr Häberle hat mir Ihren Entwurf zur Begutachtung gegeben.« Sofort schrumpfte mein Ego auf die Größe eines Sandkorns. Angeben ist leicht. Sich gegenüber einem Crack zu behaupten, der in seinem langen Berufsleben, wie ich im Netz recherchiert hatte, ungezählte Bauten entworfen und realisiert hatte, war ein ganz anderer Schnack.

»Herr Pfleiderer, hallo«, versuchte ich, meine Nervosität hinter einer gelassenen Begrüßung zu verbergen. »Wie geht's?«

»Danke, gut. Herr Topal, wann haben Sie Zeit für einen Termin?«

Herr Pfleiderer klang nicht nur wie jemand, der keine Zeit zu verlieren hat, sondern war unüberhörbar gewohnt, klare Antworten zu bekommen. Ich tat ihm den Gefallen.

»Morgen, fünfzehn Uhr?«

»Perfekt. Bis morgen, Herr Topal.«

Uff. Wie durfte ich denn diesen kurz angebundenen Ton verstehen? Bezeugte er Respekt vor der genialischen Leistung eines hochbegabten Amateurs? Oder sollte er mich schon vorab auf einen erbarmungslosen Verriss einstimmen? In der Nacht schlief ich nicht nur schlecht, sondern wurde auch von wirren Träumen geplagt. Ein Zauberdrache setzte sich an den Tisch unserer klitzekleinen Puppenhausküche und überredete meine wunderbare Tochter zu einem Ausflug. Gerade wollte ich noch fragen, wohin es denn gehen solle, da entflog der Drache mit unserer Kleinen schon durch das offene Küchenfenster. »Ann-Marie, der Drache fliegt mit unserer Tochter aus«, schrie ich empört.

»Was regst du dich auf«, zuckte sie nur mit den Schultern. »Er hat doch gesagt, sie machen einen Aus*flug.*«

Während dieses bekloppten Dialogs klingelte es an der Wohnungstür. In der Hoffnung, unsere Tochter zurückzubekommen, öffnete ich, stand stattdessen aber einem fast zwei Meter großen Gartenzwerg gegenüber.

»Hoi, hoi, hoi, bischt du der Topal?«, gackerte er von oben herab. »Du bischt ja kloiner als der kloinschte Schwoabenzwerg.«

»Du bist doch gar kein Schwabenzwerg, du Angeber. Du bist ein Gartenzwerg. Und ein viel zu großer obendrein«, sagte ich.

»Hoi, hoi, hoi, alle Gartenzwerge sind Schwoabenzwerge. Und alle sin mir größer als ihr mickrige Türkenkrummbeine.«

»Was redest du denn da, du rassistischer Riesenzwerg«, protestierte ich.

»Hoi, hoi, hoi, halt dei Gosch, du Atatürk. I bin der Pfleiderer, und solch unfähige Flachpfeife wie di verspeis i grad zum Frühstück.« Und noch während der freche Unsympath das sagte, zog er tatsächlich Messer und Gabel aus der Zwergenkappe.

Glücklicherweise stürmte in diesem Moment meine Frau in den Flur und rief erleichtert: »Murat, der Zauberdrache hat angerufen. Er sagt, unsere Kleine sei in Sicherheit. Sie ist in dem Land, in dem Väter keine einstürzenden Häuser entwerfen dürfen.«

Zu meiner Erleichterung hatte Herr Pfleiderer, als er mir am nächsten Nachmittag persönlich die Tür zu seinem Büro öffnete, keine Ähnlichkeit mit dem unangenehmen Gigantenzwerg. Das heißt, er war schon ein Zwerg, aber eben ein normaler Zwerg. Seine geschätzt 1,55 Meter reichten gerade so an meine Schultern heran. Ansonsten wirkte er mit seinen wirren langen weißen Haaren und seiner an einer Goldkette um den Hals hängenden Nickelbrille wie das Klischeebild eines zerstreuten Professors. Sein Händedruck und seine Stimme waren jedoch fest und bestimmt.

»Herr Topal. Hatten wir nicht fünfzehn Uhr gesagt?«

»Entschuldigen Sie, Herr Pfleiderer. Meine Frau brauchte Hilfe. Sie ist noch etwas geschwächt von der Geburt unserer Tochter.«

»Gut, Entschuldigung akzeptiert. Folgen Sie mir bitte. Vorsicht vor den Türschwellen. Die sind höher als gewöhnlich. Nicht, dass Sie sich verletzen und mich hinterher verklagen.«

Der Mann schien nicht viel von seinen Mitmenschen zu halten. Vielleicht war es schlicht die Überheblichkeit des doppelt Diplomierten, der sich dem Rest der Welt überlegen dünkt. Verblüfft hatte ich an der Haustür nämlich entdeckt, dass Pfleiderer nicht nur als Architekt, sondern auch als Anwalt praktizierte. Ich bin zwar ein Mensch, der in seinem Leben schon viel ausprobiert und durchaus einiges erreicht hat. Trotzdem schüchtern mich akademische Karrieren ein. Natürlich beruht dieser Minderwertigkeitskomplex ebenso sicher auf meinem – im Nachhinein immer wieder bereuten – frühen Schulabbruch, wie der Ehrgeiz von Pfleiderer auf das Napoleon-Syndrom kleiner Männer zurückzuführen war. Eine Erkenntnis, die mir in dieser Situation leider keinen Deut weiterhalf, denn das Wissen um seine Doppelbegabung machte mich ihm gegenüber noch unsicherer, als ich es ohnehin schon war. Und das wollte einiges heißen. Pfleiderers kräftiges Organ riss mich aus meinen Gedanken.

»Whisky, Herr Topal? Ich habe einige exquisite Single Malts vorrätig.«

»Danke, ich trinke keinen Alkohol.«

Er sah mich verdutzt an, kommentierte meine Ablehnung nicht weiter, bot mir jedoch auch kein anderes Getränk an. Stattdessen wies er mich zurecht: »Bitte nicht auf DIESEN Stuhl setzen, Herr Topal. Ich habe meinen festen Sitzplatz und mag es nicht, wenn ich den Kopf zu weit drehen muss. Nehmen Sie doch den Stuhl hier links. Herr Topal, eins vorweg: Ich hasse unnötige Höflichkeitsfloskeln.«

Dass er keinen gesteigerten Wert auf blumige Schmeicheleien legte, war nicht zu überhören.

»Sie sehen die vor mir liegende Mappe. In der Mappe befindet sich der Entwurf, den mein alter Freund Häberle zur Begutachtung abgegeben hat. Er behauptet, dieser Entwurf stamme von Ihnen. Stimmt das?«

»Ja, das ist richtig.«

»Herr Topal. Darf ich Ihnen dazu einige Fragen stellen?«

Der Anwalt in ihm hatte offenkundig die Gesprächsführung übernommen. Solche Verhörsituationen kannte ich eigentlich nur aus meiner Polizeizeit.

»Sicher.«

»Könnten Sie bitte die Kaffeetasse nicht so nah an den Tischrand stellen? Ich möchte nicht die Reinigungskosten Ihrer Hose bezahlen müssen.«

O Mann. War das die Berufskrankheit von Architekten, die in steter Angst lebten, für irgendetwas in Regress genommen zu werden? Oder sprach auch hier Pfleiderer zwei, der Anwalt, der in der Vergangenheit so viele Schadensersatzprozesse geführt hatte, dass er alles nur noch unter dem Aspekt von Fiasko und Wiedergutmachung sehen konnte?

»Sie haben das also gezeichnet. Darf ich fragen, welche Qualifikation Sie dazu mitbringen.«

»Tja, eine Qualifikation im juristischen Sinne habe ich nicht« – das Absurde an Anwälten ist, dass man im Gespräch mit ihnen sofort ein schlechtes Gewissen bekommt –, »aber ich habe als Kind viel mit Lego-Steinen gebaut. Und seit meiner Jugendzeit viel im Haus herumgewerkelt und alles gelesen, was mir an Fachlektüre in die Hand kam.«

»Lego-Steine. Ich verstehe. Sie halten das für eine ausreichende Voraussetzung zum Entwerfen eines Hauses? Ich präzisiere: zum Entwerfen eines Hauses, das nicht beim ersten Sturm wie eine schwangere Auster in sich zusammenfallen soll?«

»Nun, ich bin mir nicht sicher. Deswegen haben wir Ihnen den Entwurf ja zur Begutachtung vorgelegt.«

»Beantworten Sie bitte einfach meine Fragen.«

»Tut mir leid. Offen gesagt denke ich, dass meine Voraussetzungen ausreichend sind.«

Herr Pfleiderer räusperte sich ungläubig. Was mir in diesem Schlagabtausch eine dringend nötige Verschnaufpause brachte. Er stand auf und klappte eine Ecke seines Bücherregals auf. Dahinter befand sich eine verspiegelte Bar mit unzähligen Whiskygläsern und mindestens fünfzig verschiedenen Whiskyflaschen. Aus einer goss er sich ein Glas ein und schob die Bücherwand wieder an ihren Platz.

»Herr Topal. Das ist hoffentlich nicht Ihr Ernst.«

»Herr Pfleiderer, ich sage nur, warum ich geglaubt habe, einen halbwegs fachgerechten Grundriss zeichnen zu können.«

»Warum Sie geglaubt haben oder immer noch glauben?«

Das war eine schwierige Frage. Eigentlich war ich nach wie vor der festen Überzeugung, dass mein Plan den fachlichen Anforderungen genügte. Aber sein Fragekreuzfeuer verunsicherte mich von Sekunde zu Sekunde mehr. Ich beschloss, alles auf eine Karte zu setzen. »Ich glaube das nach wie vor.«

Dieses Statement veranlasste Herrn Pfleiderer erstmals, seine Nickelbrille aufzusetzen. Über den Rand seiner Gläser hinweg schaute er mich forschend an. »Herr Topal. Ganz ehrlich: Ich komme nicht dahinter, ob Sie ein Genie oder ein Idiot sind. Nur ein Idiot würde sich mit Ihren sogenannten Kenntnissen an einen solchen Entwurf wagen. Folgerichtig ist Ihr Plan unorthodox. An manchen Stellen auch dilettantisch. Jedoch, und hier komme ich zur Frage des Genialischen, ist er im Großen und Ganzen nicht nur originell, sondern in den wesentlichen Punkten korrekt und vor allen Dingen: umsetzbar.«

Das hatte ich mir in meinen Phantasien anders vorgestellt. Aber Lob blieb Lob, egal, unter welchem Deckmantel es daherkam. Und »umsetzbar« klang eindeutig positiv.

»Sie werden den Grundriss also in dieser Form beim Bauamt zur Genehmigung einreichen?« Eigentlich sollte die Frage lässig klingen, aber ich konnte meine Erleichterung nicht ganz verbergen.

»Jubeln Sie nicht zu früh. Ich werde den Entwurf in vielen Details nacharbeiten müssen. Aber letzten Endes wird das Haus in allen entscheidenden Punkten Ihre Ideen widerspiegeln. Ehrlich gesagt, hasse ich es, wenn Laien in unserem Gewerbe herumdilettieren. Trotzdem muss ich zugeben: Sie sind ein Naturtalent, an Ihnen ist womöglich ein großer Architekt verlorengegangen. Schade. Dennoch Glückwunsch zu Ihrer gelungenen Arbeit!«

Junge, das war eine Eloge, die meine kühnsten Phantasien übertraf. Es war mir hochnotpeinlich, aber ich konnte nicht verhindern, dass mein Gesicht rot wie eine Hagebutte anlief.

»Herr Pfleiderer, wie kann ich Ihnen bloß danken?«

»Es reicht mir, wenn Sie beim Hinausgehen wieder auf die Türschwellen achten. Verkannte Genies sind ja häufig so Hans-guck-in-die-Luft-Typen. Und ruck, zuck hab ich die Schadensersatzklage am Hals.«

»Ich werde mein Bestes tun«, versicherte ich und wollte mich erheben.

»Ich finde, Sie haben mit dem Entwurf bereits mehr als Ihr Bestes getan. Vermeiden Sie den typischen Anfängerfehler und überschätzen Sie sich nicht!«

»Wie meinen Sie das?«

»Ihre Schwiegermutter meinte, Sie wollen die Koordination der Gewerke selbst übernehmen. Davon rate ich dringend ab. Sollen Ihre Kinder Sie immer nur am Rande des Nervenzusammenbruchs erleben? Ich empfehle unbedingt eine erfahrene Firma, die den Hausbau in all seinen Facetten kennt, die nötigen Subunternehmer an der Hand hat und diese in Ihrem Auftrag professionell koordiniert. Oder noch klüger: Beauftragen Sie einen erfahrenen Architekten, der das für Sie übernimmt.«

Die Schwabenmafia! Da war sie wieder und wollte mich aus dem Spiel drängen. Offenbar konnte sie nicht verknusen, dass ich meine Wette gewonnen hatte, und versuchte auf diese heimtückische Art, die Niederlage nachträglich in einen Sieg umzumünzen. Wer glaubten diese Spätzleschaber zu sein – Al Pacino in *Der Pate?* Um mich auszuhebeln, bedurfte es schon anderer Kaliber als dieser Ochsenbackenbande. Ich ließ mir meinen Ärger nicht anmerken.

»Ihre Fürsorge ehrt mich, lieber Herr Pfleiderer«, liebedienerte ich. »Türken gelten zwar nicht als Meister der Organisation, aber ich darf für mich in Anspruch nehmen, die Ausnahme von der Regel zu sein. Da Sie in dieser Angelegenheit sozusagen das Sprachrohr meiner Schwiegereltern sind, richten Sie doch bitte Folgendes aus: Ich weiß, was ich tue. Mag sein, dass ich auf Ihren Rat hin eine Hausbaufirma einschalte, dennoch gilt: Dieses Haus wird unter meiner Regie entstehen oder gar nicht!«

Entgegen meiner großmäuligen Aussage wusste ich selbstverständlich NICHT, was ich tat. Sonst hätte ich sicher erst einmal über den Erfahrungshintergrund des ein oder anderen deutschen Sprichwortes nachgedacht, wie zum Beispiel: Hochmut kommt vor dem Fall.

10. Kapitel
Mein Feind, der Baum

Einige Tage lang konnte ich das Hochgefühl, das mir der von Pfleiderer erteilte architektonische Ritterschlag gab, konservieren und schwebte auf der berühmten Wolke sieben. Viel zu schnell wurde ich von der klaustrophobischen Realität unserer beengten Wohnverhältnisse und den unaufhörlichen Mahnungen meiner Eltern und Schwiegereltern auf den ebenso berühmten Boden der Tatsachen zurückgeholt. Ann-Marie versuchte zwar tapfer, mir eine solidarische Gattin zu sein, aber oft genug riss ihr der Geduldsfaden. Dann flammten kurze, heftige Auseinandersetzungen zwischen uns auf, die mich von Tag zu Tag mehr bedrückten. Immerhin trieb Herr Pfleiderer Bauantrag und Genehmigungsverfahren zügig voran, nicht zuletzt dank stetigen Drucks meiner Schwiegermutter. Eines Nachmittags jedoch hatte er leider eine sehr unangenehme Überraschung für mich parat.

»Herr Topal, ich versuche Sie seit heute Vormittag telefonisch zu erreichen.«

»Tut mir leid, Herr Pfleiderer. Mein Sohn hat sich hinterrücks das Handy unter den Nagel gerissen und wusste dann nicht mehr, wo er es gelassen hat.«

»Wenn ich Ihrer Schwiegermutter glauben darf, wohnen Sie derzeit in einer Art Verschlag. Ich glaube nicht, dass man da das Läuten eines Telefons überhören kann.« Schon wieder voll im Kreuzverhörmodus, der gute Herr Pfleiderer.

»Danke für den Hinweis. Es ist nur so, dass ich in der Öffentlichkeit klingelnde Handys nicht leiden kann. Und weil ich dauernd unterwegs bin, stelle ich fast immer den Vibrationsalarm an. Weshalb wollten Sie mich denn sprechen? Gibt es Probleme?«

»Ich sage es nicht gern, aber: ja!«

»Bitte nicht. Davon habe ich schon mehr als genug. Neue Probleme brauche ich so dringend wie eine Axt im Schädel.«

»Verstehe ich. Aber Schwierigkeiten gehören nun einmal zum Leben.«

War er nicht nur Architekt und Anwalt, sondern auch Psychoklempner? Ich wollte es gar nicht wissen und ging daher nicht auf seine therapeutische Binsenweisheit ein. »Also gut, machen Sie es kurz und schmerzlos. Was gibt's?«

»Sie erinnern sich an die schon etwas verwitterte Eiche, die auf Ihrem Grundstück steht?«

»Ist ja wohl kaum zu übersehen.«

»Die muss weg. Anordnung vom Bauamt.«

»Was? Sind die verrückt? Warum?«

»Steht zu nah an Ihrem geplanten Neubau. Der Stamm ist wohl morsch, weshalb die Sesselpupser Umsturzgefahr sehen und um Leib und Leben der Familie Topal fürchten.«

»Morsch? Dieser Koloss? Der ist ein Sinnbild ewigen Lebens. Wie soll der auf unser Haus fallen? Selbst wenn ich eine Familie von Bibern ansiedeln oder Chuck Norris engagieren würde, diesen Baum kriegt man nicht weg. Den kann man nur sprengen.«

»Tja, Herr Topal, das kann ich als Außenstehender nicht beurteilen. Ich bin lediglich der Überbringer der schlechten Botschaft. Sie wollten ja unbedingt den Hut aufhaben, also nehmen Sie das Ganze einfach als eine der von Ihnen herbeigesehnten Herausforderungen. Bitte entschuldigen Sie mich jetzt, ich muss auf die Baustelle eines Auftraggebers.«

Eine Zehntelsekunde später hörte ich nur noch das Freizeichen. Böse Falle! Was für »herbeigesehnte Herausforderungen«? Mir schwante, dass dies eine im Schwabenkreis abgesprochene pädagogische Maßnahme war, die mich überfordern und gefügig machen sollte. Oder steigerte ich mich langsam in einen Verfolgungswahn hinein? Egal. Aus den alten Kung-Fu-Filmen, die ich mir in entspannten Junggesellenzeiten dutzendweise reingezogen hatte, wusste ich: »Was mich nicht umbringt, bringt mich voran.« Pfleiderers durchsichtiger Versuch, mich kleinzukriegen, würde letzten Endes auf ihn selbst zurückfallen. Die Eiche, das Sinnbild ewigen Lebens, sollte gefällt werden? Nun gut, dann würde ich ihr eben ein für alle Mal den Garaus machen. Ich wählte die Nummer meiner Eltern. Schon nach dem ersten Klingelton hatte ich Baba am Apparat.

»Oğlum, was gibt? Hast du Baugenehmigung?« Das war in unserer Familie inzwischen die Standardfrage. Hast du Baugenehmigung? – Dagegen waren Hungersnöte, Kriege oder Flugzeugabstürze Nachrichten vierter Klasse. Hätte ich geantwortet: »Baba, ich habe eine unheilbare Krankheit«, hätte er sicher gesagt: »Schade, dachte, ist Baugenehmigung.«

Ich erklärte ihm, dass wir, sozusagen als Generalprobe für den Abriss des Steinquaders, gemeinsam einen Baum zu fällen hatten.

»Baum fällen? Kein Problem, hab ich in Türkei oft gemacht.« Er schien geradezu begeistert. Schön, wenn man seinem Vater auf die alten Tage noch eine Freude bereiten kann.

Baba kündigte an, eine Kettensäge zu besorgen und zur Unterstützung seinen rüstigen und unerschrockenen Vereinskumpel Gerd mitzubringen. »Ist guter Mann, der arbeitet aus Leidenschaft.«

Na, prima. Ein fanatisches Arbeitstier war genau das, was wir brauchten. Als Trio infernale würden wir die widerspenstige Eiche schon zur Strecke bringen.

Drei Tage später standen wir vollzählig und pünktlich auf dem Grundstück, um die »Aktion« zu starten. Baba und ich in derbsten Arbeitsklamotten, denn die Komplexität der Aufgabe musste natürlich auch optisch unterstrichen werden. Ich hatte im Keller eine ziemlich stumpfe Axt gefunden, mit der ich mich irgendwann einmal zu Halloween gezeigt hatte. Babas Kumpel Gerd erschien zu meinem Erstaunen in voller Motorradkluft, inklusive Lederhandschuhen und Sturzhelm. Keine Ahnung, wo er die Sachen aufgetrieben hatte, denn er war mit einem fliederfarbenen Renault Twingo gekommen, einem Geschenk seiner frauenbewegten Gattin zur silbernen Hochzeit. Und Baba hatte, wie versprochen, über seine vielfältigen Kontakte eine Kettensäge besorgt. Eher zu meinem Bedauern, wäre ich doch lieber in den Baumarkt meines Vertrauens gefahren. Denn es ist ja so: Der Nestbau für die Familie mag viele Schattenseiten haben, wie zum Beispiel nervige Kreditverhandlungen und unfähige Makler, aber es gibt auch eine hell strahlende Sonnenseite, die einen für alles Ungemach entschädigt. Und das ist – der Baumarkt. Nennen wir die Sache ruhig beim Namen: Ich bin ein Baumarkt-Junkie. Wann immer ich von dort komme, bringe ich eine neue Maschine mit nach Hause, die meine Frau entsetzt fragen lässt: »Wofür ist die denn?«

»Keine Ahnung, Schatz, war im Angebot. Und wenn wir die brauchen, haben wir sie schon.«

Schon das erhabene Gefühl, samstagvormittags mit diesem Tieflader von Einkaufswagen in die heiligen Hallen einzufahren, ist kaum zu toppen. Und erst der unvergleichliche Geruch, diese Duftmischung aus Farbe, Klebstoffen und frisch gesägtem Holz. Hat die Natur Besseres zu bieten? Ich glaube nicht. Ebenso beglückend sind für mich die Lautsprecherdurchsagen mit den aktuellen Sonderangeboten. »Beachten Sie bitte unsere preisreduzierten Akku-Spax-Bohrmaschinen: Wenn Sie heute vier Stück kaufen, gibt es eine umsonst!«

Im Baumarkt werde ich wieder zum Kind, ich kehre heim ins Lego-Paradies: links und rechts von mir die gigantischen, bis zur Hallendecke prall gefüllten Regale und in mir diese Stimme, die sagt: *Murat, du bist König, jetzt bau dir eine Stadt!*

In Begleitung der Familie ist dieser Kick leider nur von kurzer Dauer. Spätestens nach zehn Minuten wird Levin ungeduldig und quengelt oder Ann-Marie beginnt das Nörgeln: »Murat, kannst du dich bitte beeilen. Wir haben heute noch anderes vor.« Aber sich im Baumarkt zu beeilen ist wider die Natur. Selbst Gott brauchte sechs Tage, um unsere Welt zusammenzubasteln. Und wie wir inzwischen wissen, hätte er sich ruhig etwas mehr Zeit nehmen sollen. Um mir daher auch an Familieneinkaufstagen zeitlichen Spielraum zu verschaffen, habe ich eine clevere Strategie ausgeklügelt. Meine Frau wird in die riesige Deko-Ecke gelockt, unser Sohn in der Zooabteilung geparkt. So kann ich das Sortiment in Ruhe scannen, habe jedoch leider auch erhebliche Zusatzkosten zu tragen. Meine Frau hat plötzlich zehn Vorhänge im Einkaufswagen – »Murat, Vorhänge muss man hin und wieder auch mal abnehmen und waschen« –, und mein Kleiner appelliert schamlos an mein weiches Vaterherz – »Schau doch, wie süß der guckt« –, bis er einen Hasen samt Stall, Streu und Futter mitnehmen darf.

Also gilt es im Interesse der Haushaltskasse, Möglichkeiten zu finden, wie man allein und ohne Zeitlimit in den sündigen Hallen herumstromern kann. Ein guter Trick, der Familie klarzumachen, dass Papa schon wieder zum *Dealer* muss, ist ein unscheinbarer, offen in der Küche ausgelegter Einkaufszettel. Darauf vermerkst du ein, zwei Pöstchen banalen Krempels, der im Haushalt immer benötigt wird, etwa eine Dose Lack und ein paar Achter-Dübel. Für den Baumarktsüchtigen genügt das schon als offizielle Krankschreibung. Hat der Vorwand seinen Zweck erfüllt und ist Mann in seinem Himmelreich angekommen, müssen solche Banalitäten selbstverständlich warten. Denn Lack oder Dübel sind harmloser Kinderkram und taugen allenfalls zur Einstiegsdroge in diese Welt voll technischer Wunderwerke und metallener Schätze, die Frauen bekanntlich gleichgültig lässt. Wichtig ist, sich vollständig vom Alltag zu lösen und die euphorisierende Wirkung der Umgebung auf sich wirken zu lassen. Es gilt, alle zivilisatorischen Zwänge abzustreifen und gemeinsam mit den anderen Do-it-yourself-Addicts die verschiedenen Abteilungen gleichsam im Rausch zu erspüren. Restposten und reduzierte Ware werden in der großen weiten Welt der Heimwerkerei zur bewusstseinserweiternden Inspiration, wobei die allgegenwärtigen Werbefilme zusätzlich stimulieren. *Sie kennen das Problem. Sie wollen die Decke streichen, und die Farbe tropft Ihnen entgegen. Das muss nicht sein! Dank »Nospritz Feste Farbe« erledigt sich dieses Problem von ganz allein.*

Diese penetranten Videomantras bringen einen erst in den richtigen Flow, und schnell kommt im Rieseneinkaufswagen einiges zusammen. Hier die ausziehbare Dreimeter-Stehleiter aus unverwüstlichem Aluminium, dort eine Zehn-Quadratmeter-Spanplatte. Nicht zu vergessen ein Paar neue Arbeitsschuhe und – der Hyperkick – die vier preisreduzierten Akku-Spax-Bohrmaschinen plus der fünften als kostenloser Zugabe.

Irgendwann ist dann der Punkt erreicht, an dem du auf deinem Trip endgültig die Kontrolle verlierst. Auf der Reise zwischen den gigantischen Abteilungen hast du locker dreitausend Kalorien verbrannt. Du bist schweißnass, und beim Anblick deines hoffnungslos überladenen Einkaufswagens stürzt dein Blutzucker ins Bodenlose. Wohl dem, der sich für diesen Fall rechtzeitig mit Schokoriegeln und Traubenzucker eingedeckt hat. Es folgen Ernüchterung, Reue und die unvermeidlichen Schuldgefühle, ohne die eine Sucht nicht wirklich ernst zu nehmen ist: Wie heiße ich? Was tue ich hier? Und wie zum Dübel sind all diese Sachen in meinen Wagen gekommen?

Aber es ist zu spät. Du bist mit all den anderen verlorenen Seelen in den schmalen Zugängen der Kasse gefangen. Hier gibt es keine Chance mehr zu reuevoller Umkehr. Dies ist der »Du hast es so gewollt, also bezahl dafür«-Punkt, der point of no return. Wie Hohn zerfetzen die zynischen Werbebotschaften nun dein verkatertes Hirn: *Es gibt immer was zu tun.*

Beim Blick auf den Kassenzettel verlierst du kurz die Besinnung und musst anschließend ein Nottelefonat mit Herrn von Feuchtleben führen. Zu Hause folgen der entgeisterte Blick deiner Liebsten auf die fünf Bohrmaschinen und die unvermeidliche Frage: »Schatz, hast du an die Dose Lack und die Dübel gedacht?« Natürlich nicht. Denn ich weiß: Ich komme wieder.

Man kann über die Sinnhaftigkeit von Baumarktbesuchen durchaus streiten, aber als mein Baba die Klappe seines alten Benz mühsam nach oben liftete, war eins klar: Ich hätte mich niemals auf seine Nachbarschaftshilfe verlassen dürfen.

»Baba, ist das etwa die Säge?«, fragte ich ungläubig. »Sieh dir bitte mal den Baum an, den wir fällen wollen!«

Mein Vater blickte mich beleidigt an. »Oğlum, Säge süper. Schneidet Baum wie Gemüse!«

Ich blieb skeptisch. Okay, die Eiche hatte ihre besten Jahre hinter sich. Aber auch im nahezu entlaubten Rentenalter war sie ein Zehn-Meter-Brocken von stattlichen Ausmaßen und damit ein ernstzunehmender Gegner. Besonders, wenn man sich unsere lachhafte Truppe genauer betrachtete: ich mit einem stumpfen Kriegsbeilchen, das man getrost in der Friedenspfeife rauchen konnte, Baba, der mit seiner Spielzeug-Kettensäge wie ein ausgemergelter Muppet-Show-Rambo auf dem Weg zum nächsten Laubsägen-Meeting aussah, und, nicht zu übertreffen, Gerd in seiner geliehenen Motorradkluft, die ihn so beweglich machte wie eine Meeresschildkröte auf Landurlaub. Durch den Helm war sein Gesichtsfeld so eingeschränkt, dass er auf dem Weg zum Tatort an jeder zweiten Wurzel hängenblieb und völlig orientierungslos über das Gelände wankte. Mir war fast, als lachte die alte Eiche bei unserem Anblick höhnisch in sich hinein.

Als wir dem Feind endlich von Angesicht zu Angesicht gegenüberstanden, erklärte Baba gestenreich seine Strategie. »Machen wir Keil von Seite und dann mit Seil fest an Benz. Fährst du los, ziehst stramm, und Baum geht schräg in diese Richtung hier.«

Seine Worte waren mir, wie so oft, ein Rätsel. Aber als braver Sohn hatte ich ein nicht zu erschütterndes Grundvertrauen in ihn und seine Pläne. Und hatte er nicht behauptet, in der Türkei schon häufig Bäume gefällt zu haben? Also nickte ich ergeben und beobachtete, wie Baba die Säge anwarf, die nach einigem Spotzen und Röcheln tatsächlich ins Laufen kam, wenn auch mit ohrenbetäubendem Lärm. Mein Erzeuger störte sich nicht daran. Während er anfing, geschickt den Keil aus dem Stamm zu fräsen, stieg ich in den maroden Benz und fuhr ihn holpernd näher an den Ort des Geschehens. Dabei musste ich höllisch aufpassen, nicht versehentlich den immer noch halbblind über das Gelände torkelnden Gerd umzunieten. In knapp drei Metern Entfernung von der Eiche stoppte ich und holte das Seil aus dem Kofferraum, das mein Vater in weiser Voraussicht mitgebracht hatte. Baba hörte auf zu sägen und betrachtete sein Werk mit berechtigtem Stolz: Der Einschnitt sah sauber und ausreichend groß aus.

»Murat, machst du Seil um Ast oben und einmal um Baum. Gerd macht mit andere Ende Knoten um Anhängerkupplung von Auto. Gut?«

»Jau.«

Mit dieser spärlichen Antwort brachte sich Gerd erstmals verbal ein und machte sich mit seinem Ende des Seils an der Anhängerkupplung des Benz zu schaffen. Ich wickelte das Tau an meinem Ende auftragsgemäß einmal um die morsche Eiche und knotete eine Schlaufe, die ich, wie Billy the Kid sein Lasso, um einen Ast schlang und festzurrte. Der Rest des Seils lag nun zwischen Auto und Baum am Boden.

»Jetzt Keil andere Seite, sonst fällt Baum nicht in richtige Richtung …«

Was immer er damit meinte, ich vertraute ihm. Baba warf die Säge an, der Keil flog raus, er machte mir ein Zeichen, ich stieg ins Auto, warf den Motor an und fuhr vor, bis das Seil strammgezogen war. Doch dann war Schluss: Die Räder drehten im vom Regen der letzten Tage aufgeschwemmten Boden durch, ich trat noch einmal kräftig aufs Gas, aber nichts ging mehr. Die Eiche stand wie eine Eins und wankte kein Stück. Wieder trat ich das Gaspedal bis zum Anschlag durch. Ein markerschütternder Knall, der Benz sprang in einem heftigen Ruck mehrere Meter vor, mein Kopf wurde durch die Schubkraft so nach hinten geschleudert, dass ich einen kurzen Moment das Gefühl hatte, ihn im Fond aufsammeln zu müssen. Gleichzeitig sah ich im Rückspiegel, wie das Seil Richtung Stamm schoss und knapp davor schlaff auf den Boden sackte. Was für ein Reinfall! Ich ließ meinen Ärger am Lenkrad aus, indem ich mehrfach mit voller Wucht draufschlug, und stieg dann aus, um mich mit Baba zu beraten. Der stand allerdings nicht mehr da, wo ich ihn noch vor wenigen Augenblicken gesehen hatte, sondern hatte seine Beine in die Hand genommen und rannte in einem Tempo, das ich ihm in seinem Alter beim besten Willen nicht mehr zugetraut hätte, auf mich zu. Auch Gerd stolperte, den wackligen Helm festhaltend, hilflos in meine Richtung. Es dauerte ein, zwei Sekunden, bis ich den Grund für ihre Flucht erkannte: Die Eiche hatte sich unseren Attacken doch noch ergeben – sich allerdings leider für die falsche Richtung entschieden. Mit Bersten und Splittern begrub der sterbende Koloss wie ein erlegtes Mammut den fragilen hölzernen Sichtschutz meines Nachbarn unter sich. Eine hervorragende Gelegenheit, erste zarte nachbarschaftliche Bande zu knüpfen. Dazu musste ich nicht einmal aktiv werden. Denn noch während der Sichtschutz in seine Einzelteile zerlegt wurde, kam ein muskelbepackter Freistilringer mit blonder Meckifrisur und viel zu eng sitzendem Muscle-Shirt durch den Vorgarten geschossen und brüllte: »Was soll das? Habt ihr Vollidioten sie nicht mehr alle?«

Ich ließ mich auf diesen doch recht aggressiven Tonfall nicht weiter ein und erwiderte betont höflich: »Guten Tag, Herr Schneider«, der Name stand in riesigen schwarzen Lettern neben seiner Haustür, »wenn ich mich kurz vorstellen darf: Murat Topal. Ich bin Ihr neuer Nachbar.«

»Du und deine Rentner-Rambos da, ihr könnt euch gleich euren Bettnachbarn im Krankenhaus Neukölln vorstellen. Randalierern wie euch muss man den Stecker ziehen, bevor ihr die Welt in Schutt und Asche legt.«

Er war, wie man auch an seinem glutroten Schädel erkennen konnte, etwas aufgebracht. Und obwohl ich seine Wortwahl nicht hundert Prozent passend fand, konnte ich seinen Ärger ansatzweise verstehen. Unsere gut gemeinte Holzfälleraktion war in der Tat nicht ganz glücklich gelaufen. Ich versuchte, mein Bedauern in angemessene Worte zu kleiden.

»Herr Schneider, ich begreife Ihren Ärger. Aber ich verspreche hoch und heilig: So etwas wird in Zukunft nicht mehr vorkommen.«

»Ihr Geisteskranken wollt also keine Bäume mehr auf mein Haus werfen? Das ist ja toll! Da bin ich wirklich total dankbar. Vielen Dank, echt! Wenn ich euch Armleuchtern demnächst auch was Gutes tun darf, klingelt einfach kurz an meiner Tür.«

Während der letzten Sätze trat er glücklicherweise den Rückzug an. Er schien zu der Sorte der kläffenden, aber nicht prügelnden Angreifer zu gehören.

»Junge, hatte ich schon Kettensäge in Position gebracht«, meinte Baba auf der Heimfahrt zwar beruhigend, dennoch war das alles recht unerfreulich. Ich hatte noch nicht einmal angefangen, einen Stein auf den anderen zu setzen, und mir trotzdem schon alle Sympathien meiner neuen Umgebung gesichert. Großes Autorenkino.

11. Kapitel
Auf Partnersuche

Mit der in den Vorgarten gelegten Eiche hatte ich eine Visitenkarte abgegeben, die mir nicht zum Vorteil gereichte. Das war extrem ärgerlich, aber nicht zu ändern. Schneider nahm bei den erforderlichen Aufräumarbeiten jede Gelegenheit wahr, uns aus sicherer Entfernung lautstark zu verdammen. Das Wegtransportieren der stämmigen Eichenleiche sowie das Säubern des Gartens waren eine Plackerei für sich, doch immerhin war das unerwünschte Monstrum damit zwar unsach-, aber auftragsgemäß erlegt. Ansonsten ging es jedoch nicht voran. Seit dem Grundstückskauf waren mittlerweile schon über vier Monate vergangen, und der Baubeginn war nicht abzusehen. Einerseits hatten wir weiterhin keine Genehmigung, was unbestreitbar nicht meine Schuld war. Andererseits kam ich durch meine zahlreichen beruflichen Verpflichtungen viel zu selten dazu, die Gespräche und Verhandlungen zu führen, die notwendig gewesen wären. Entsprechend wurde das Binnenklima in unserer Gnomenwohnung zusehends frostiger.

»Murat, warum bitte willst du immer alles selber machen? Ich hab dir von Anfang an gesagt, dass du rettungslos überfordert sein wirst!«, lautete die morgendliche Standardbegrüßung meines Ehedrachens – für meine ehemals so liebenswerte Frau inzwischen leider die einzig treffende Bezeichnung. Worauf ich schweigend und mit starrem Blick auf die Zeitung mein Müsli in mich hineinschaufelte und erst, wenn Ann-Marie ein drittes oder viertes Mal nachfragte und dabei immer wütender wurde, so etwas antwortete wie: »Ist doch schön, dass du immer alles besser weißt.«

Ein sparsamer Dialog, jedes Mal endend in Türenknallen, Schmollprogramm, Versöhnungsdatum ungewiss. Nicht leichter wurde das Leben dadurch, dass unser Neuzugang Ayla tagsüber zwar ein goldiger Sonnenschein, nachts aber ein eher schlecht gelauntes Kind war. Ann-Marie störte dies wenig, denn dank ihres zuverlässigen Schlafprogramms bekam sie nichts davon mit. Also musste ich jede Nacht aus dem Bett krauchen und mühevoll herausfinden, was unserem süßen Schreihals aktuell fehlte. Meist war es schlicht und einfach Nahrung. Zur Behebung dieses Mangels war immer abgepumpte Muttermilch im Eisschrank, die ich auftaute und per Fläschchen verfütterte. Meine Kleine lag dann glucksend in meinem Arm, während ich – um in meiner Übermüdung nicht plötzlich einzunicken und dabei meine Himmelstochter mit womöglich verheerenden Folgen aus der Armbeuge rutschen zu lassen – in meiner Phantasie die waghalsigsten Stuntszenen für meinen ersten Actionfilm entwickelte. Keiner dieser Stunts konnte jedoch adrenalinmäßig mit jener Nacht konkurrieren, in der Ayla unerwartet die Flasche verweigerte. Immer hatte sie sich gefreut, wenn ich mit der Milchration kam, und vertrauensvoll vor sich hin genuckelt. Nun aber drehte sie bei jedem Versuch, ihr den Saugschnuller in den Mund zu schieben, den Kopf weg und brüllte von Mal zu Mal lauter ihren Frust heraus, was nach dem sechsten oder siebten vergeblichen Anlauf eine geradezu infernalische Geräuschkulisse ergab. Mein Herz raste, als stünde ich am Rande einer tiefen Schlucht einer Herde feuerspeiender Godzillas gegenüber – aus Angst, meine hormonell gebeutelte und emotional instabile Gattin könnte durch das Gekreische aus dem Schlaf gerissen werden, den sie doch so dringend brauchte. Diese Sorge stellte sich zwar schnell als unbegründet heraus – vermutlich wäre sie noch nicht einmal durch einen Granateneinschlag aufgewacht –, aber dass ich das Problem meiner Tochter nicht lösen konnte, stresste mich natürlich genauso. Erst nach einer für sie und mich sehr unangenehmen Viertelstunde kam ich auf die Idee, dass die Ursache ihres Unwohlseins diesmal vielleicht eine Etage tiefer lag. Ein tastender Griff an die Rückseite der Windel bestätigte diesen Verdacht. Nie hätte ich geglaubt, dass kindliche Exkremente für einen erwachsenen, durch die Stahlbäder des Lebens gegangenen Mann eine solche Freude sein können. Leider war der nächste Adrenalinstoß nicht weit. Ein kurzer Griff in die Box mit den Feuchttüchern zeigte mir nämlich: leer, aufgebraucht, alle. Verdammt! War Ann-Marie schon derart mit den Nerven runter, dass sie nicht einmal mehr die simpelsten Hausfrauenpflichten erledigen konnte? Ich versuchte, mich zu beruhigen, und dachte nach. Was hätte Rocky in einer solch prekären Situation getan? Wahrscheinlich hätte er verzweifelt nach seiner Mama gerufen und ihren Rat erfleht. Hatte meine Anne mich früher nicht einfach mit Waschlappen und Wasser gesäubert? Vorsichtig legte ich meine Kleine auf den mit lustigen Lillifee-Motiven ausgelegten Wickeltisch und hastete ins Bad. Die Begegnung mit dem ziemlich rauen, feuchten Waschlappen war so ungewohnt für Ayla, dass sie vor Schreck aufhörte zu schreien. Ungewohnt, aber offenbar nicht unangenehm – denn schon bald war sie nicht nur sauber, sondern auch rechtschaffen hungrig und freute sich wieder über das Fläschchen mit der aufgetauten Muttermilch.

Der aus meinen nächtlichen Aktivitäten resultierende Schlafmangel war für meine ohnehin schon strapazierten

Nerven nicht gerade heilsam. Kurzum: Es war nur eine Frage der Zeit, bis es zum Eklat kam. Da Ann-Marie und ich recht kontrollierte Menschen sind, dauerte es eine Weile, bis es tatsächlich so weit war. Nämlich bis zum Geburtstag meiner Mutter.

Ein Vorteil von Kindern ist ja, dass man nie mehr Geschenke für die Verwandtschaft kaufen muss. »Komm, Levin, mal der Oma doch schnell ein Bild.« Und wenn der Kleine mal keine Lust zum Malen hat, wird schnell ein Foto gemacht, im Drogeriemarkt ausgedruckt und in den Ikea-Rahmen geklemmt. Auch damit macht man der Oma eine Freude. Irgendwann ist allerdings die Aufhängkapazität der Wände ausgereizt, dann wird es problematisch.

Wir hatten unsere beiden Kleinen diesmal ausnahmsweise bei meiner jüngsten Schwester gelassen, weil sie sich immer so freute, wenn sie Ersatzmama spielen durfte. Es hätte also ein ruhiger Tag für uns werden sollen. Doch schon bei der Ankunft lief alles schief. In seiner manchmal etwas, ich nenne es mal vorsichtig: unbedachten Art begrüßte Baba mich mit den Worten: »Oğlum, wann geht los mit Bau?«

Er hätte genauso gut auf einen Tränenknopf drücken können. Sofort begann Ann-Marie zu schluchzen und ließ sich minutenlang nicht beruhigen. Mein Vater, der weibliches Leid noch weniger ertragen kann als ich, wendete sich in seiner Hilflosigkeit sofort gegen mich.

»Murat, was los? Deine Frau weint? Mann muss Frau glücklich machen. Habe ich dich nicht zur Welt gebracht, damit Frau weint!«

Eigentlich wollte ich klarstellen, dass er mich erstens nicht zur Welt gebracht und zweitens allein seine Frage Ann-Maries Tränenflut verursacht hatte. Aber ich biss mir gerade noch rechtzeitig auf die Zunge. Ein Kommentar dieser Art hätte nur zu der Sorte Familiendrama geführt, mit dem Boulevardblätter tagelang Schlagzeilen füllten. Also versuchte ich zu erklären: »Ann-Marie glaubt, dass ich mit der Bauleitung überfordert bin.« Das war Benzin auf die bereits heftig lodernde Gefühlsflamme meines Vaters. Nun explodierte er.

»Hat sie recht, Junge. Ganze Verwandtschaft sagt das. Musst du eine Architekt nehmen. Bist du kein Alleskönner!«

»Das sage ich ihm auch dauernd. Aber er denkt ja, er ist unfehlbar und der Rest der Welt hat keine Ahnung«, schniefte Ann-Marie.

Ich versuchte, die Contenance zu wahren. »Ich hatte extrem viel zu tun und hänge darum ein wenig hinterher. Das heißt noch lange nicht, dass ich überfordert bin.«

»Murat!« Die Stimme meines Vaters überschlug sich. »Wenn deine Frau weint, SIE ist überfordert. Mann muss Frau glücklich machen.«

Das hatte er nun definitiv einmal zu oft gesagt. Wer war ich denn, dass alle Welt glaubte, mich belehren zu können?

»Super!«, brüllte ich so laut, dass selbst Mecklenburger Tote aus ihren Gräbern sprangen. »Baut euer dämliches Haus doch alleine. Mir reicht meine Mietwohnung. Glück ist in der kleinsten Hütte, merkt euch das!« Türenschlagen, Schmollprogramm – diesmal von meiner Seite. Allerdings bin ich nicht der Typ, der lange wütend sein kann. Also stand ich schon eine Stunde später wieder vor der Tür und entschuldigte mich.

»Und um zu beweisen, dass ich es ernst meine, engagiere ich eine Firma, die uns den gesamten Organisationskram abnimmt«, setzte ich meinem Versöhnungsangebot noch ein Sahnehäubchen auf. Das selbst meiner Frau ein zartes Lächeln auf das schöne Gesicht zauberte.

Ein Lächeln! Wann hatte ich das zuletzt bei ihr gesehen? Es schien Jahrzehnte her. Wie ein schmachtender Raucher, der sich nach einer weggeworfenen Kippe bückt, ein dürstender Trinker, der den letzten, schalen Tropfen aus dem Glas leckt, saugte ich dieses kleine Zeichen der Freude und Sympathie gierig auf. Unsere schwierige Lage hatte aus meinem ehemals zärtlich schnurrenden Kätzchen eine unberechenbare Tigerin gemacht, ein hilflos dem Hurrikan ihrer Hormone ausgeliefertes Muttertier. Längst war unser einst so kuschliges Liebesnest zum bedrohlichen Käfig geworden, so dass der zügige Bau unseres neuen Heims für mich mehr und mehr zu einer Frage des Überlebens wurde.

Daher war das Engagement eines Bauunternehmens keinesfalls eine spontane Idee, sondern ein Plan, mit dem ich schon länger schwanger gegangen war. Nur mein Stolz hatte mich bis dahin an der Entbindung gehindert. Denn ich war vielleicht größenwahnsinnig, aber nicht doof. Naturgemäß hatte ich schnell gemerkt, dass ich völlig überfordert war. Um ein Haar hätte ich Pfleiderer sogar die Bauleitung angetragen, fand diesen Schritt dann aber zu weitgehend. Schließlich ging es nach wie vor um meinen Stolz, um meine männliche Selbstachtung, und damit war nicht zu spaßen. Also beschränkte ich mich darauf, einen Baupartner zu finden, und besuchte zu diesem Zweck eine der zahlreichen Hausbaumessen.

Ein interessantes Unterfangen, denn die dort zu besichtigenden Vertriebsmenschen wirkten auf mich wie Bonobo-Affen auf Speed. Hinter jedem Rock und jedem Portemonnaie her, jagten sie mit animalischem Kreischen alle Messebesucher, die sich ihnen auf weniger als zehn Meter näherten. Weshalb ich versuchte, mich möglichst unauffällig und weitflächig an ihren Ständen vorbeizudrücken. Was nicht der Sinn der Sache sein konnte. Schließlich war ich gekommen, um möglichst viele Kontakte zu knüpfen. Also zwang ich mich hin und wieder an einen Infotresen, dessen Betreiber nicht völlig abgedreht wirkten.

Dazu gehörte auch eine Firma namens Hebbel-Haus. Deren Stand weckte deswegen meine Sympathie, weil der »Sales Manager« – ein gewisser Herr Leckmann – inmitten all der adrenalin- und testosterongetriebenen Verkaufskanonen wie der Inbegriff deutscher Gemütlichkeit wirkte. Fast konnte man glauben, der korpulente Herr wäre auf der Suche nach der nächsten Weinstube versehentlich auf diesem irren Basar gelandet. Tiefenentspannt und ohne hektisch blinkende Euro-Zeichen in den Augen bat er mich, in seiner kleinen Sitzecke Platz zu nehmen.

Dort legte er mir routiniert einen Musterhausprospekt nach dem anderen vor. Obwohl ich bestenfalls Bauleistungen kaufen wollte und auf keinen Fall beabsichtigte, eines der allesamt bieder wirkenden 08/15-Fertighäuser zu erstehen, ließ ich die anscheinend unumgängliche Prozedur höflich nickend über mich ergehen. Irgendwann musste er mit den Broschüren ja durch sein, und dann würde er sich hoffentlich meinen Fragen widmen. Plötzlich schoss ich wie von Hummerscheren gezwickt aus meinem Sitz. Da war MEIN Entwurf! Kein Zweifel. Sicher: Zwei, drei Kleinigkeiten waren anders, das änderte allerdings nichts daran, dass dieses Modell eins zu eins meinem Grundriss entsprach. Ich war schockiert, und nicht zuletzt über den Namen: »Domus«. Der des Lateinischen mächtige Bildungsbürger wird den Begriff nicht weiter anstößig finden, handelt es sich doch um das lateinische Wort für Haus. Im Türkischen aber heißt »Domuz« Schwein. Sollten meine Kinder in einem Schweinestall aufwachsen? Und wie kam es überhaupt zu dieser seltsamen Dopplung? Hatte Pfleiderer meinen, wie er zugegeben hatte, »genialischen« Entwurf meistbietend versteigert? Oder hatte ich meinen Plan gar bei Hebbel geguttenbergt? Bewusst kopiert hatte ich nichts, das konnte ich guten Gewissens ausschließen. Aufgewühlt überlegte ich, ob ich beim Zeichnen Prospekte von Hebbel in die Hand bekommen und diese womöglich unbewusst plagiiert hatte. Auch das konnte ich jedoch ausschließen. War das alles nur ein so unwahrscheinlicher wie großer Zufall? Herr Leckmann – wirklich schlimm, mit welchen Namen sich manche Menschen durchs Leben quälen – schützte auf meine Nachfrage hin vor, die Entstehungsgeschichte von Domus nicht zu kennen. So desinteressiert, wie er insgesamt agierte, stimmte das wahrscheinlich.

Da ich keine Chance sah, das Rätsel an Ort und Stelle zu lösen, beschloss ich, positiv zu denken. Immerhin gab es vielleicht die Möglichkeit, Domus günstig zu kaufen und ein paar Kleinigkeiten im Sinne meines Entwurfs zu variieren. Ich fragte also, ob Änderungen an dem Schweinestall möglich wären.

»All unsere Modelle sind Mustermodelle und können gegen einen geringen Aufpreis jederzeit den individuellen Wünschen unserer Kunden angepasst werden.« Hier war sie wieder, die gute alte Sprachsimulations-Software, deren monotones Scheppern ich schon bei Herrn von Feuchtleben kennengelernt hatte.

»Gut, Herr Leckmann. Das wollte ich hören. Kann ich die Änderungen, die mir vorschweben, direkt mit Ihnen besprechen?«

»Wo möchten Sie bauen?«

»In Berlin-Britz.«

»Unser Vertrieb ist nach Postleitzahlen organisiert.« Jeder halbwegs engagierte Verkäufer hätte mir nun den Kontakt des zuständigen Kollegen gegeben. Herr Leckmann zog es vor, mich mit großen Augen anzusehen. Es blieb mir nichts anderes übrig, als ihn ein wenig anzustacheln.

»Ich vermute, Sie sind nicht zuständig, Herr Leckmann?«

»Richtig.« Keine weitere Reaktion.

Ich versuchte, nicht übertrieben ungeduldig zu klingen. »Wer dann?«

»Das kann ich Ihnen leider nicht sagen.«

Ich traute meinen Ohren nicht. »Sie können mir das nicht sagen?«

»Richtig.«

Das war offenkundig das einzige Wort, das ihm leicht über die Lippen ging.

»Was heißt das, Sie können mir das nicht sagen?«

»Ich weiß es nicht.«

»Sie wissen nicht, warum Sie mir das nicht sagen können?«

»Nein. Ich weiß nicht, wer der zuständige Vertriebsmitarbeiter ist.«

»Darf ich fragen, weshalb Sie als Vertriebsmitarbeiter der Firma Hebbel-Haus nicht sagen können, wer der für mich zuständige Kollege ist?«

Diese von mir inzwischen recht unwirsch vorgetragene Frage wendete seinen Tonfall ins Weinerliche. »Das ist nicht so einfach. Die Zuständigkeiten sind nach Postleitzahlen geregelt.«

Ich merkte, wie seine Unfähigkeit meine ursprüngliche Sympathie endgültig pulverisierte. »Das habe ich wohl verstanden. Herr Leckmann, lassen Sie mich so fragen: Wer bei Hebbel-Haus könnte mir behilflich sein?«

Er überlegte.

»Vielleicht die Zentrale.«

»Wie erreiche ich die?« Ich verkniff mir die naheliegende Frage, warum er mir die Telefonnummer der Zentrale nicht gleich gegeben hatte. Die Antwort hätte ich mir allerdings denken können.

»Das weiß ich nicht.«

Ich atmete tief durch. »Also gut. Wer kann mir die Telefonnummer geben?«

»Die Zentrale.«

Spätestens in diesem Moment hätte ich jede Beziehung zu der Firma Hebbel-Haus abbrechen sollen. Aber ich war naiv und erklärte mir das Informationschaos durch die Unfähigkeit des armen Herrn Leckmann. Was für ein Fehler. Denn der Volksmund weiß seit alters her: »Der Fisch, der stinkt vom Kopf.« Das jedoch wollte ich nicht wahrhaben und suchte mir im Internet den Kontakt der ominösen Zentrale selbst heraus. Und in der Tat konnte man mir dort Namen, Handynummer und Mailadresse des für Berlin zuständigen Mitarbeiters geben. Es handelte sich um einen Herrn Hammelsack. Was war das für eine Firma, zu deren Einstellungsvoraussetzungen anscheinend gehörte, einen möglichst skurrilen Namen zu tragen? Doch auch diese Warnung schoss ich in den Wind. Herr Hammelsack war zwar nicht unbedingt der Albert Einstein des Baugewerbes, aber immerhin in der Lage, für meine »Domus de luxe«-Variante einen Preis zu kalkulieren. Dessen Höhe mich schockierte. Denn eigentlich mussten sie nur ein Massenmodell geringfügig variieren.

Weil die Parallelen zu meinem Entwurf mir eine Art Wink des Schicksals zu sein schienen, hielt ich trotz des Wucherpreises an der Idee fest, unser Heim mit Hebbel zu bauen. Ann-Marie warf indes nur einen kurzen Blick auf das Angebot. »Murat, das ist inakzeptabel!«

»Langsam, langsam. Was bringt dich zu diesem voreiligen Schluss?«

Meine Frau sah mich an, als hätte ich von ihr nachträglich den Abschluss eines Ehevertrages verlangt. »Vielleicht der völlig überzogene Preis?«

»Es lebe die schwäbische Schnäppchenmentalität. Hauptsache, billig. Geht es nicht auch um Qualität?«

»Ach so? Wer hat mir neulich erst einen langen Vortrag gehalten, dass wir auf unsere Ausgaben achten müssen?«

Ich zog es vor, diese spitzfindige Bemerkung ins Leere laufen zu lassen. Aber wenn meine Frau erst einmal Witterung aufgenommen hat, ist sie nicht mehr zu stoppen. Da ist sie wie meine Mutter. Hatte ich nicht irgendwo mal gelesen, dass Männer letzten Endes immer ihre Mutter heiraten?

»Und hast du nicht gesagt, die wären so furchtbar chaotisch? Warum willst du die jetzt trotz dieses Preises beauftragen? Kann es sein, dass Logik für Männer ein Fremdwort ist?«

»Hebbel hat ein Büro in Berlin und garantiert, dass unser Haus aus einer Hand gebaut wird. Und nicht mit Tausenden von Subunternehmern«, brachte ich mein einziges echtes Argument für die Firma ins Spiel.

»Jetzt spinn nicht rum und lass uns einen anderen Baupartner suchen«, beschwor mich meine weisere Hälfte, bevor sie ins Schlafzimmer hetzte, weil unser Baby, das dieses ganze Drama ins Rollen gebracht hatte, nach Nahrung schrie. Nicht nur Ann-Marie, sondern auch meine Schwestern, meine Eltern und meine Schwiegereltern: Tout le monde redete auf mich ein, nicht mit Hebbel abzuschließen. Doch ein Mann muss tun, was ein Mann tun muss. Und wenn alle Welt mich in eine Richtung zu lenken versucht, gehe ich automatisch in die andere. So auch in diesem Fall. Alles sprach gegen Hebbel, also schloss ich mit Hebbel ab. Schon als ich zur Unterschrift des Vertrages mit seinen zahlreichen Seiten mit Kleingedrucktem ansetzte, wusste ich, dass ich dabei war, einen schweren Fehler zu machen – was mich aber nicht aufhielt.

12. Kapitel
Aller schlechten Dinge sind drei

Selbstverständlich hatte ich erwartet, dass die Firma Hebbel unmittelbar nach Unterzeichnung des Vertrags Kolonnen von Bob-der-Baumeister-Klonen im Stechschritt und mit schwerem Gerät losschicken und in Rekordzeit mein Spezialmodell »Domus de Topal« in die Britzer Landschaft stellen würde. Verglichen mit diesem Irrtum war der Trugschluss von Kolumbus ein banaler Navigationsfehler. Als sich nach einem Monat immer noch kein Hebbel-Mitarbeiter zwecks Abstimmung des Zeitplans gemeldet hatte, ahnte ich Böses und begann, Tag für Tag bei der Zentrale anzurufen. Deren Mitarbeiter waren offenbar speziell darauf geschult, aufdringliche Kunden abzuwimmeln. Egal, wann und wie oft ich mich meldete, stets war der für mich zuständige Ansprechpartner »ausnahmsweise« nicht erreichbar. Die Ausreden für diesen bedauerlichen Zufall wurden dabei von Mal zu Mal phantastischer. War Herr Hammelsack bei meinen ersten Anrufen meistens nur in einem »wichtigen Kundengespräch«, so befand er sich bei späteren Kontaktversuchen erst »wegen einer Lungenentzündung im Krankenhaus«, dann »wegen Darmdurchbruch in einer Spezialklinik im Spessart«.

Ich bekam Mitleid mit diesem gesundheitlich so gebeutelten Mann. Das änderte sich schlagartig, als Herr Hammelsack keine Woche nach seiner schweren Darmerkrankung plötzlich »auf wichtiger Dienstreise in New York« war. Da begriff ich, dass die Firma Hebbel noch nicht einmal in der Lage war, die Lügengeschichten ihres Telefonteams zu koordinieren. Bevor man mir beim nächsten Anruf weismachen wollte, dass Herr Hammelsack gerade eine Hebbel-Filiale auf dem Mond eröffnete, schrieb ich der Firmenleitung eine empörte E-Mail, in der ich mit fristloser Kündigung meines Vertrags drohte, wenn ich nicht innerhalb der nächsten drei Werktage einen Gesprächstermin bekäme. Keine Stunde später hatte ich Herrn Hammelsack am Apparat, der sich zerknirscht entschuldigte, dass er »hier auf der Messe in Kuala Lumpur« extrem schlechten Handyempfang habe und deswegen nicht früher zurückrufen konnte.

Ich versicherte ihm, der Empfang sei wunderbar. »Aus Ihrem Berliner Büro könnte es nicht besser klingen.«

Das überraschte ihn, denn er könne mich nur »ganz schwer und immer nur mit Aussetzern« verstehen. Um diese dreiste Lüge plausibler klingen zu lassen, hielt er seinen Apparat offenbar so weit wie möglich vom Mund weg und kratzte in regelmäßigen Abständen mit den Fingernägeln über seine Sprechmuschel.

Nach einigen heuchlerischen Höflichkeitsfloskeln verabredeten wir uns für den übernächsten Tag um elf Uhr zu einem Koordinationsgespräch im Brandenburger Büro der Firma Hebbel. Die genaue Adresse sollte mir per Mail zugehen. Um die mühsam errungene Vereinbarung nicht zu gefährden, fragte ich weder, warum wir uns ausgerechnet in Brandenburg treffen mussten, noch, wie er es so schnell aus Kuala Lumpur in die märkische Steppe schaffen wollte.

Zwei Tage nach diesem filmreifen Gespräch hackte ich die Adresse, die ich selbstverständlich erst nach fünf weiteren Anrufen in der Hebbel-Zentrale erhalten hatte, in mein allwissendes Navi und schaffte es kurz vor knapp zu einem alten, heruntergekommenen Betriebshof am Ende einer wieder einmal verheerenden Schotterpiste. Das sollte Hebbels Brandenburger Dependance sein? Fast erwartete ich, meinen alten Freunden zu begegnen, dem Papageienmenschen und dem Pappnazi. Auf dem Areal fand sich ein buntes Sammelsurium aus verrostenden Baumaschinen, von Unkraut überwucherten Sand- und Kieshaufen sowie Unmengen von Paletten mit Dämmmaterial.

Ich hielt nach irgendetwas Ausschau, das als Bürokomplex durchgehen konnte. Fehlanzeige. Da hielt neben mir ein Gabelstapler. Der Fahrer, ein flächendeckend tätowierter Mittzwanziger mit Brikettfrisur, sprang vom Fahrersitz und kam auf mich zu.

»Suchen Sie was Bestimmtes?«, fragte er mäßig höflich.

»Ja. Ich suche die Firma Hebbel-Haus.«

»Hebbel-Haus? Kenn ich nicht. Hier gibt's bloß Baustoffe.«

»Aber hier muss irgendwo ein Büro sein«, sagte ich flehentlich. Hatte ich mich in einen Kafka-Roman verirrt?

»Büro gibt es. Rechts an den Containern vorbei, dann noch mal scharf rechts, dann laufen Sie mittenrein.«

Wohlerzogen bedankte ich mich für die Auskunft, passierte diverse Baustoffcontainer, bog scharf rechts ein und stand dann tatsächlich vor einem unscheinbaren zweigeschossigen Gebäude, das so wirkte, als wäre es unter enormem Zeitdruck und mit wenig Fachkompetenz aus Fertigteilen zusammengeschraubt worden. Spätestens jetzt hätte ich endgültig fliehen sollen, denn solides Bauhandwerk sah anders aus.

Ich suchte die Fassade nach einem Hinweis auf die Firma Hebbel ab. Vergeblich. Also öffnete ich die Aluminium-Tür und betrat die schäbige Baracke. Drinnen war alles weiß und mit PVC-Böden ausgelegt, es roch nach einer seltsamen Mischung aus chlorhaltigem Scheuermittel und Instantkaffee. Zu sehen und zu hören war niemand. Nur an einer einsam an der Wand hängenden Korktafel hing ein mit Füllfederhalter beschrifteter Zettel. Darauf stand:

Schmuh & Sohn
1. Etage
Zimmer 210–214

Ich stieg die Aluminiumtreppe hinauf in die obere Etage und fand die auf dem Zettel erwähnten Zimmernummern am Ende des Ganges. An der Tür von Zimmer 210 klebte ein weiteres Stück Papier: *Sekretariat Firma Schmuh & Sohn*. Nach wiederholtem Klopfen hörte ich eine unfreundliche tiefe Frauenstimme:

»Herein.«

Hinter einem Aluminium-Schreibtisch saß eine korpulente Dame undefinierbaren Alters auf einem Aluminium-Drehstuhl. Ihren grauen Strickpulli zierte ein geschmackloses Pudelmotiv. Sie blickte von ihrem Computer-Bildschirm auf. »Bitte?«

»Ihnen ebenfalls einen guten Tag. Ich suche die Firma Hebbel-Haus.«

Ohne mich anzusehen, drückte sie eine Taste auf der neben ihrem Computer stehenden Telefonanlage. »Herr Schmuh«, brummte sie in die Freisprecheinrichtung. »Hier sucht jemand die Firma Hebbel-Haus?«

»Wunderbar«, krächzte es zurück. Die Stimme klang, als würde ihr Besitzer jeden Morgen mit rostigen Nägeln gurgeln. »Das ist bestimmt der Dings, der Topas. Mit dem waren wir vor 'ner Viertelstunde verabredet.«

Reflexartig sah die Vorzimmerbrumme vorwurfsvoll auf ihre winzige Aluminium-Armbanduhr, die von ihrem speckigen Unterarm fast vollständig verschluckt wurde.

»Moment«, protestierte ich. »Das muss ein Irrtum sein. Erstens heiße ich Topal, und zweitens bin ich mit der Firma Hebbel-Haus verabredet.«

»Haben Sie gehört, Chef?«, erkundigte sich die Pudeldame überflüssigerweise, da der Chef bereits mitten in seiner Replik steckte.

»Das hat schon seine Richtigkeit. Wir sind von Hebbel beauftragt, Ihre Baustelle abzuwickeln.«

Abzuwickeln? Konnte man etwas abwickeln, was noch gar nicht existierte? Und beauftragt? Hatte ich mich nicht eben deswegen für Hebbel entschieden, weil sie »alles aus einer Hand« garantiert hatten? Was wurde denn hier für ein Spiel gespielt? Bevor ich meine vielen Fragen stellen konnte, öffnete sich wie in einer Boulevardklamotte eine Tür, und die Szene betrat: Schmuh senior.

»Herr Topas! Oder soll ich sagen: Effendi Topas, höch, höch, höch?« Seine Lache klang wie das asthmatische Bellen einer Bulldogge. »Mein bescheidener Name ist Schmuh. Auf das h am Ende des Namens lege ich besonderen Wert, denn Sie wissen ja: Schreibt sich Schmuh am Schluss mit hah, sind die Bauten wunderbah, höch, höch, höch.«

Der massige Mann hatte Präsenz, das musste ich als Bühnenmensch neidlos anerkennen. An seiner Stelle hätte ich allerdings über ein kleidsameres Kostüm nachgedacht. Zu Vollbart und Halbglatze trug er überdimensionierte Jeans, Karo-Flanellhemd und Cordweste mit Lederbesatz. Seine nikotinverfärbten klobigen Finger hielten eine dicke, dampfende Zigarre. Falls er mit seinem Outfit signalisieren wollte, dass er als Mann der Tat keinen Wert auf Äußerlichkeiten legte, hatte er sein Ziel erreicht.

»Bitte geben Sie uns die Ehre und betreten Sie unser Allerheiligstes.«

Die gesamte Inneneinrichtung des »Allerheiligsten« bestand, soweit ich das in den dicht wabernden Rauchschwaden erkennen konnte, aus einem Aluminium-Besprechungstisch der Größe XXXL und acht darum herum gruppierten Aluminium-Stühlen. Langsam kam mir der Verdacht, dass die Firma Schmuh & Sohn ihr Geld mit Aluminium-Recycling verdiente.

Es handelte sich jedenfalls um eine reichlich bizarre Szenerie. Die nur von den anwesenden Personen getoppt wurde, die Schmuh senior mir nun einzeln vorstellte.

»Die äußerst attraktive Dame hier vorne«, er deutete mit seiner Zigarre auf eine verblühte Vierzigerin mit verhärmten Gesichtszügen, einem veritablen Schnauzer und starkem Kotelettenwuchs, »ist Frau Stahl, die Architektin, die ›Domus‹ entworfen hat.«

Der Detektiv in mir hatte den Plagiatsfall noch keinesfalls zu den Akten gelegt. Bei der haarigen Schrapnelle galt es, am Ball zu bleiben. Die Zigarre war jedoch schon weitergewandert.

»Herr Marvin, der von uns beauftragte Bodengutachter. Er wird Ihnen mit seinem Sachverstand tatkräftig zur Seite stehen.«

Der konturlose Mann streckte mir seine schwabblige Rechte entgegen: »Tag auch, Herr Topas. Auf gute Zusammenarbeit.« Dabei sah er mich aus runzligen Mopsaugen trübsinnig an. Seine Tatkraft wusste er auf den ersten Blick genauso gut zu verbergen wie seinen Sachverstand. Aber ich wollte nicht vorschnell den Stab über ihn brechen, deswegen verkniff ich mir jeden Kommentar.

»Da vorne auf dem Boden, da hockt mein Nachwuchs. Ich bin Linkshänder, also ist er meine rechte Hand. Sie verstehen? Höch, höch, höch.«

Schmuh junior hob müde die Hand zum Gruß. »Tag, Herr Topas!«

Ich winkte zurück. Die Macht der Sprache wird ja oft überschätzt. Warum aber nannte mich hier jedermann Topas? Bisher kannte ich diese spezielle Verunglimpfung meines Namens nur von dem Citylagenspezialisten Kosewitz. Da aber alle Anwesenden wirkten, als könnten sie eine einmal abgespeicherte Information nicht mehr löschen, verzichtete ich nonchalant auf eine Korrektur.

»*Den* Kollegen kennen Sie sicher schon«, wedelte Maître Schmuh mit der Zigarre in Richtung des Kuala-Lumpur-Reisenden, der den direkten Blickkontakt mit mir vermied. Wenigstens sprach er als Einziger der Tafelrunde meinen Namen richtig aus.

»Ja, kenne ich. Wie war es denn so in Malaysia, Herr Hammelsack? Haben Sie zurück den Überschallflieger genommen?«, konnte ich mir eine kleine Boshaftigkeit nicht verkneifen. Der Vertriebsexperte murmelte seine Antwort in einer Frequenz, die für menschliche Ohren nicht geeignet war.

»Liebe Gemeinde«, gab Old Schmuh die Gesprächsführung nicht aus der Hand, »ich denke, wir setzen uns an den Konferenztisch. Herr Topas, Sie als Chef des Ganzen bitte ans Kopfende.«

Der Tisch war ähnlich zugemüllt wie Schmuhs Baustoffhof. Als der alte Herr bemerkte, dass ich meine Unterlagen ausbreiten wollte und nicht wusste, wohin damit, fegte er den ganzen Kladderadatsch mit einer entschlossenen Handbewegung vom Tisch. Ein Mann der Tat, fürwahr.

»Frau Adorno«, knarzte er nach nebenan. »Bringen Se mal Kaffee und Kuchen.«

Während die Empfangsfregatte sich bemühte, den Wünschen ihres Herrn und Meisters zu entsprechen, rückte ich meine Papiere zurecht, räusperte mich und formulierte in Gedanken die flammende Anklagerede, die ich gleich zu halten gedachte. Kompromisslos wollte ich darlegen, dass ich, wie von Hebbel versprochen, darauf bestand, »alles aus einer Hand« zu erhalten. Auf gar keinen Fall und unter keinen Umständen würde ich Subunternehmer akzeptieren. Doch bevor ich meinen ersten Satz in die Runde feuern konnte, hatte Schmuh senior bereits das Wort an sich gerissen.

»Zur Information, Herr Topas: Wir sind die führende Firma im Berliner U-Bahn-Bau! Sowie ganz vorne bei Brücken und Unterführungen. Und das, obwohl wir das Betonieren bei den Betonköppen der SED gelernt haben, höch, höch, höch.«

Ganz in der Tradition von Labermakler Kosewitz gedachte er offenbar nicht, seinen Monolog vor dem Ableben seiner Zuhörer zu beenden. Ich trank einen Kaffee, zwei Kaffee, drei Kaffee. Aß ein, zwei, drei, vier Stück Kuchen. Auch der Rest der Truppe stopfte aus purer Langeweile alle greifbaren Lebensmittel in sich hinein.

Schmuh ließ sich davon nicht aus dem Konzept bringen. Erst als ich mir die siebte Tasse Kaffee einschenkte, kam der Satz, auf den ich fast nicht mehr zu hoffen gewagt hatte: »Jetzt aber zu Ihrem Entwurf, Herr Topas.«

Genau in diesem spannenden Moment vibrierte das Handy in meiner Hosentasche. Was für ein schlechtes Timing. »Sorry«, murmelte ich. Auf dem Display blinkte der Name meiner Frau, die auf Wegdrücken erfahrungsgemäß allergisch reagierte. Ich machte eine entschuldigende Geste und tippte auf den Annahmeknopf.

»Ann-Marie, es ist grad sehr ungünstig ... Ann-Marie?«

Täuschte ich mich oder weinte sie?

»Was ist los, Schatz?«, flüsterte ich. Ich hasse es, in der Öffentlichkeit zu telefonieren. Alle Anwesenden bekamen sofort lange Ohren.

»Murat, wir brauchen *unbedingt* ganz schnell ein Haus ...«

»Ja, das weiß ich, mein Engel, deswegen bin ich doch hier.«

»Nein, du weißt gar nichts! Unsere Wohnung ist an britische Heuschrecken verramscht worden. Wusstest du das? Ich nicht. In drei Monaten sollen wir raus. Ich habe gerade die Kündigung aus der Post geholt.«

»Hör doch auf zu weinen, Schatz.« Die Ohren der Lauschenden wuchsen auf Dumbo-Größe. »Die müssen uns mit Sicherheit mehr Zeit geben. Gleich nachher rufe ich den Mieterverein an, okay?«

Meine beruhigenden Worte verfingen nicht. Vielleicht fehlte mir schlicht die suggestive Kraft, das männliche Timbre, das Frauen in solchen Momenten hören wollen und das ihnen vermittelt, dass alles gut wird. Stattdessen klang ich schwer gereizt, und genau das war ich auch. Eine weitere Front brauchte ich so dringend wie ein Pinguin eine Badehose. Die Nachricht von der Kündigung erfüllte mich mit der gleichen Panik wie meine Frau. Währenddessen wurde das Schluchzen am anderen Ende der Leitung stärker und stärker. Ann-Marie entwickelte hysterische Szenarien, in denen wir, in alte Zeitungen gehüllt, mit zwei hungernden Blagen auf dem Arm, unter einer Brücke hausten. Die Ängste konnte ich voll nachvollziehen, aber das brachte uns nicht weiter. Ich entschied mich, das Gespräch auf sehr maskuline Art zu beenden. »Danke für den Anruf, Schatz. Wir besprechen das später.«

Ende Gelände. Ich konnte mir lebhaft ausmalen, wie meiner Gattin meine Reaktion gefiel, und schaltete das Telefon schleunigst aus. Die Umsitzenden fuhren unauffällig ihre Ohren wieder ein.

»Tut mir leid«, ging ich die peinliche Situation offensiv an.

»Zu Ihrem Entwurf also«, griff der alte Schmuh den Faden ungerührt auf. »Ich bin kein Mann unnötiger Worte«, an dieser Stelle kicherte Schmuh junior plötzlich, verstummte unter dem strengen Blick seines Erzeugers aber sofort wieder. »Ihr Entwurf, Herr Topas, ist Schrott!«

Nun schlug es aber vierzehn. In was für eine Freakshow war ich denn hier geraten? War mein Plan nicht durch alle Instanzen gegangen und von höchster Stelle, sprich Herrn Pfleiderer, abgesegnet? Ich atmete tief durch, was mir in der nikotinverseuchten Luft einen saftigen Hustenanfall bescherte. So ging das nicht weiter. Ich war einfach zu höflich und zurückhaltend. Höchste Zeit, Tacheles zu reden. »Herr Schmuh, jetzt hören Sie mal gut zu!«

»Gerne!« Er lehnte sich entspannt zurück, zog genüsslich an seiner ekligen Zigarre und wirkte insgesamt wie jemand, der sich auf ein höchst vergnügliches Schauspiel freut.

»Sie machen also irgendwie in U-Bahn.«

»Sowie in Brücken und Unterführungen!« Kommentarlos zuzuhören fiel ihm schwer.

»Von mir aus. Bei meinem nächsten Brückenbau komme ich gerne auf Sie zurück. Vorher baue ich aber noch ein ganz simples HAUS. Und zwar mit der Firma Hebbel! Herr Hammelsack«, knöpfte ich mir den sich nervös am Ohr zupfenden Vertriebsmann vor. »Habe ich nach einem U-Bahn-Anschluss im Keller verlangt? Oder nach der Golden Gate Bridge, um die beiden Enden meiner Galerie zu verbinden? Helfen Sie mir bitte auf die Sprünge, ich kann mich gerade nicht erinnern!«

»Jetzt werden Sie aber unsachlich«, wehrte sich der Hausfachverkäufer. »Schmuh & Sohn sind nicht nur bundesweit anerkannte Experten für Gleis- und Brückenbau, sondern haben auch den Hausbau im Urin.«

»Für Koryphäen sind Einfamilienbuden ein Klacks«, ergänzte der Bahnbauexperte und sprach »Koryphäen« wie »Curry-Feen« aus. Das und der mit Hausbauten versetzte

Urin hätten mich um ein Haar zum Lachen gebracht, aber dafür war die Lage zu ernst.

»Es ist mir völlig wurscht, ob das für Sie Klacks oder Klecks ist. Mein Vertrag mit Hebbel garantiert mir ›alles aus einer Hand‹. Und darauf bestehe ich.«

»Das, lieber Herr Topal, können Sie gar nicht.«

Der mir immer unsympathischer werdende Sackhammel hatte ein widerwärtig arrogantes Grinsen aufgesetzt, das mich endgültig auf die Palme brachte und laut werden ließ. »Das kann ich sehr wohl. Ich kann unseren Vertrag aber auch wegen Nichterfüllung kündigen, falls Ihnen das lieber ist.«

»Das, verehrter Herr Topal, ist pures Wunschdenken.« Er kramte in seiner Aktentasche, zog einen dicken grünen Hefter heraus, blätterte ein wenig und meinte: »Paragraph zehn, Absatz drei, Punkt f. Ich zitiere: ›Hebbel-Haus ist zur Erfüllung seiner Vertragspflichten jederzeit berechtigt, externe Auftragnehmer zu beauftragen. Dies gilt auch, wenn mündlich anderes vereinbart wurde.‹«

Eigentlich hätte ich mir selbst den Gnadenschuss verpassen müssen. Wie hatte ich nur so einfältig sein und das Kleingedruckte ungelesen unterschreiben können? Und den Vertrag aus purem Geiz von keinem Anwalt prüfen lassen? Hammelsack sah mich schadenfroh an. Am liebsten hätte ich ein paar harte Drogen in seine Aktentasche geschmuggelt und ihm eine Reise nach Kuala Lumpur spendiert. Die Malaysier hatten angeblich so ihre Methoden, was Drogenschmuggler anging.

Doch Rachephantasien haben nur eine kurze Halbwertszeit. Tatsache war, dass ich einen unverzeihlichen Fehler gemacht hatte – und den skrupellosen Machenschaften der Firma Hebbel nun auf Gedeih und Verderb ausgeliefert war. Eine schnauzbärtige Architektin hatte meine Ideen gestohlen? Warum nicht? Ich hatte es ja nicht besser verdient. Ein verlogener Vertreter hatte mich beim Vertrag über die Rolle gezogen? Gut so! Dummheit musste bestraft werden. Ahnungslose Gleis- und Brückenfritzen würden mein Traumhaus von A bis Z ruinieren? Gerne doch! Ich hatte es ja unterschrieben. Der Anfall von Selbstmitleid war heftig, aber zum Glück schnell vorbei. Letztlich musste ich eben versuchen, das Beste aus der verfahrenen Situation zu machen. Musste, obwohl sich alles in mir dagegen sträubte, ein professionelles Verhältnis zu Schmuh senior aufbauen. Der hatte sich inzwischen behaglich grunzend von seinem Stuhl erhoben. Offenbar hatte das Spektakel seinen Erwartungen entsprochen.

»Gut, Herr Topas. Nachdem die Missverständnisse nun ausgeräumt sind, zurück zum Thema. Ihr Entwurf, ich wiederhole es gern, ist Schrott!«

Ich schluckte die einzig passende Antwort auf sein Gewäsch mühsam herunter und suchte nach einer etwas diplomatischeren Erwiderung. Mein guter Vorsatz wurde allerdings von der Architektin mit dem sprechenden Namen torpediert, die sich nun unglücklicherweise ebenfalls in die Diskussion einmischte.

»Der Kollege Schmuh hat recht. Ihre Änderungen an ›Domus‹ sind völlig aberwitzig.«

»Nun mal sachte, werte Frau Stahl. Die Wahrheit ist, dass ich einen völlig eigenständigen Entwurf angefertigt habe und Monate später feststellen musste, dass die Firma Hebbel plötzlich ein – ich sage mal – sehr ähnliches Modell im Angebot hat.«

Sie flippte fast aus. »Sie unterstellen mir Diebstahl geistigen Eigentums?«

»Ich unterstelle gar nichts. Ich referiere nur Fakten.«

»So wie Sie es formuliert haben, klingt es, als hätte ich Domus von Ihnen abgekupfert.«

»Falsch. Sie heißen ja nicht Kupfer, sondern Stahl.«

»Was wollen Sie denn damit sagen?«

»Bilden Sie doch mal das Imperfekt von ›er, sie, es stiehlt‹.«

»Herr Topal, jetzt ist aber Schluss mit Ihren Unterstellungen. Frau Stahl ist eine anerkannte Architektin. Die hat es nicht nötig, Sie zu belügen.«

»Belügen ist ein gutes Stichwort, Herr Hammelsack. Wie hieß eigentlich Ihr Hotel in Kuala Lumpur?«

Es roch nach einer handfesten Schlägerei. Dann geschah etwas Unerwartetes.

»Also, ick finde die Diskussion hier mehr als flüssig, nämlich überflüssig. Der Herr Topas, der hat nen juten Entwurf jemacht. Und die Frau Stahl hat ooch n juten Entwurf jemacht. Wat soll denn dit Jelaba?«

Ich traute meinen Augen nicht. Da stand in seiner dreiteiligen Kompaktheit der wie bei unserem ersten Treffen mit Dufflecoat, Cordhose und Hornbrille ausstaffierte Citylagenmakler und blickte kopfschüttelnd in die Runde.

Ich war so baff, dass ich mich gleich mehrfach in den Arm zwickte. »Herr Kosewitz. Was machen Sie denn hier?«

»Ick steh hier rum, dit sehn Se doch.«

»Herr Kosewitz ist unser neuer Bauleiter«, präzisierte der alte Schmuh. »Da Sie beide sich wohl schon kennen, übernimmt er für Ihr Projekt die Gesamtleitung sowie die Koordination der verschiedenen Gewerke.«

»Wieso«, fragte ich Kosewitz konsterniert, »sind Sie denn auf einmal Bauleiter?«

»Na, Sie sind ja n ulkijer Vojel. Soll ick etwa den Rest meines Lebens für de Portokasse knechten? Alle wollen doch nur noch Laje, Laje, Laje.«

Zum Glück hatte er diesmal wenigstens keine Hupe an der Hand.

»Gut, meine Herren, werte Frau Stahl«, ich sammelte

meine Unterlagen ein und quälte mich, in der letzten halben Stunde um Jahre gealtert, mühevoll aus meinem Aluminium-Stuhl, »das sind erstaunlich viele unerwartete Neuigkeiten. Ich fahre jetzt erst einmal nach Hause. Und bringe mich entweder um oder bespreche mich mit meiner Familie. Aber eins sage ich Ihnen schon jetzt: Das Haus wird nach meinem Plan gebaut oder gar nicht.«

»Klar, ganz wie Sie meinen, Sie sind der Chef«, lenkte Zigarren-Schmuh sofort ein. Warum dann überhaupt der ganze »Alles Schrott«-Zinnober? Damit ich nicht merkte, wie ich von Hebbel und deren Spießgesellen nach Strich und Faden verarscht wurde? Auf der Rückfahrt wurde mir die Dramatik der Situation erst richtig bewusst: erstens eine gekündigte Wohnung, zweitens dilettantische U-Bahn-Hansel, die einen völlig ahnungslosen Exmakler zum Bauleiter befördert hatten, und drittens eben dieser Bauleiter, dessen einzige mir bekannte Kompetenz darin bestand, dass er Menschen innerhalb kürzester Zeit ins Jenseits zu quatschen vermochte. Ich hatte keinen Schimmer, wie ich all diese Entwicklungen Ann-Marie erklären sollte, deren Stimmung wegen des abrupten Endes unseres Telefonats ohnehin schon nicht die beste sein dürfte.

13. Kapitel

Was nicht passt, wird passend gemacht

»Ist heute der erste April? Das ist doch alles nicht wahr, oder?«

Ann-Marie war, obwohl ich meinen Erlebnisbericht bewusst zurückhaltend formuliert hatte, wie vor den Kopf gestoßen. Sie nestelte wild an ihren Haaren herum. Wenigstens vergaß sie über all den schlechten Nachrichten ihren Ärger über mein rustikales Gesprächsverhalten am Telefon. Nach Abklingen der ersten Panik hatte sie sogar schon Kontakt zum Mieterverein aufgenommen.

»Wenn wir hier weniger als fünf Jahre wohnen – und das tun wir, glaube ich –, dürfen die uns echt innerhalb von drei Monaten raussetzen.«

»Ist das ein Witz, Ann-Marie? Wir sind mindestens fünf Jahre hier. Da muss doch wohl eine längere Frist drin sein!«

»Selbst dann müssten wir spätestens in einem halben Jahr raus sein. Der Mieterfritze empfiehlt uns, einen Anwalt zu nehmen und auf besondere Härte zu plädieren. Dadurch kann man die Räumung vielleicht so lange hinauszögern, bis wir in Britz fertig sind.«

»Prima Tipp. Und den Anwalt zahlen wir mit Kokosnüssen? Unser Budget ist doch jetzt schon im blutroten Bereich.« Ich hätte vielleicht nicht ganz so aufgebracht reagieren sollen. Meiner Frau, die sich bis dahin halbwegs im Griff hatte, brannten nun endgültig die Sicherungen durch. Eine nach der anderen. Ich konnte es richtig klicken hören.

»Weißt du, was ich an dir besonders schätze, Murat? Dass du deinen Ärger immer an anderen auslässt. Bevorzugt an mir. Habe ICH gegen jeden Rat und jede wirtschaftliche Vernunft Hebbel engagiert? Habe ICH einen Vertrag unterschrieben, ohne vorher das Kleingedruckte zu lesen? Du hältst dich doch eh für den Größten, also sieh gefälligst zu, wie du uns aus dem Schlamassel wieder rausholst, in den du uns erst reingeritten hast.« Türenknallen, Schmollprogramm, Versöhnungsdatum ungewiss.

Ann-Maries Vorwürfe waren zwar bis zu einem gewissen Grad nachvollziehbar, in dieser Vehemenz jedoch völlig überzogen. Gut, was den Deal mit Hebbel anging, hatte ich Fehler gemacht. Aber was konnte ich für britische Heuschrecken, die uns aus der Wohnung klagen wollten? Frauen verlieren in ihrer Wut oft den Sinn für Zusammenhänge. Doch warum sich aufregen? Ich hatte an diesem Tag schon so viele unverdauliche Kröten geschluckt, da kam es auf eine mehr oder weniger nicht mehr an. Zerstreut durchwühlte ich die Post nach dem Kündigungsschreiben. Bevor man sich mit der Verpflichtung eines Anwalts in weitere Kosten stürzte, konnte es ja nicht schaden, die Grashüpfer einfach mal anzurufen. Die Kündigung fand ich nicht, wohl aber einen ungeöffneten Brief vom Bauamt. Und der enthielt die erste gute Nachricht des Tages: die Baugenehmigung. Ich rief Baba an, um ihm die frohe Kunde zu überbringen – die vielen schlechten Botschaften ersparte ich ihm lieber.

»Na endlich«, brachte er unser aller Gefühle auf den Punkt.

Vor den Baubeginn hatte das Schicksal jedoch den Abriss der Ruine gesetzt, die das Grundstück zierte. Wobei das Wort Ruine falsche Assoziationen zum Aggregatzustand des Gebäudes weckte, der leider ausgesprochen massiv war. Das stellte mich vor gewisse Probleme. Zwar hatte ich seit Beginn des Eigenheimdramas alles gelesen, was mir zum Thema Hausbau in die Finger kam, aber der Punkt »Abriss« war dabei erstaunlich unterrepräsentiert. Man könnte auch sagen, er wurde schlicht totgeschwiegen. Immer ging es nur um Bauen, Renovieren, Restaurieren – nie jedoch um Zerstören, Verwüsten, Vernichten. Aber ohne Abrissbirne auch kein neues immobiles Leben: »Auferstanden aus Ruinen«, wie es die einstige DDR-Hymne so schön auf den Punkt brachte. Diese Dialektik von Werden und Vergehen blendeten die Werbetrommler der Immobilienbranche schamhaft aus. Und so hatte ich, wenn überhaupt, nur eine äußerst vage Vorstellung davon, wie der lästige Steinquader pulverisiert werden könnte. Meine interfamiliären Berater, also Baba und Schwiegerpapa, waren in dieser Sache genauso unbeleckt wie ich.

Um das Problem irgendwie anzugehen, rief ich meinen alten Schulkumpel Dirk an. Dirk war nicht gerade der Typ, den ich Freund nennen würde, aber man kannte sich und – er arbeitete bei einem Baumaschinenverleih.

»Dirk, altes Haus, wie geht's denn so?«, machte ich einen auf Kumpel.

»Man kann gar nicht genug jammern. Wieso fragst du, was gibt's?«

Ich kam gleich zur Sache. »Welche Bewaffnung braucht man zur Zerstörung eines eingeschossigen Steinbungalows?«

»Ein Radlader reicht«, war seine kurze, aber eindeutige Antwort.

»Radlader, alles klar«, sagte ich lässig, obwohl ich skeptisch war, ein solches Gerät bedienen zu können. »Welche Größe?«

»Der darf auf keinen Fall zu klein sein, sonst kommst du nicht durch die Wand. Am besten nimmst du den Kramer 200.«

»Den Kramer 200. Bingo«, bestätigte ich cool. Keine Ahnung, was das bedeutete.

»Gut. Für wann soll ich das Teil reservieren?«

»Äh, na ja«, ich geriet ins Stottern und spürte, wie sich tief in mir der schwäbische Einfluss bemerkbar machte: lieber erst einmal Preise vergleichen.

»Du, Dirk, ich ... äh ... muss den Termin noch mit meiner Familie absprechen«, sagte ich, um Zeit zu gewinnen.

»Okay, aber der 200er ist immer schnell vergriffen, da solltest du nicht zu lange fackeln.«

»Nee, ist klar, Dirk, besten Dank erst mal.«

Kramer 200, hm. Ich sah mir im Internet die Angebote von ein paar Baumaschinenvermietern an. Himmel, waren die Dinger teuer. Vielleicht reichte ja auch ein Minibagger? So groß war die Hütte eigentlich gar nicht. Bei genauerem Hinsehen tat es vermutlich sogar ein Vorschlaghammer. Baba war allerdings ganz anderer Meinung.

»Musst du unbedingt nehmen große Maschine, Murat. Nur damit geht Haus richtig kaputt.«

Wir verabredeten uns für das übernächste Wochenende. Beruhigt wandte ich mich wieder der Alltagsbewältigung zu, was ein dichtes Programm als Vater, Mann und Comedian bedeutete und mich völlig vergessen ließ, dass die Zerstörung der Ruine vorbereitet werden wollte. Am Donnerstag vor dem Abrisswochenende surrte mein Smartphone.

»Was ist, Junge, hast du Maschine?«

Au Mist, was war ich manchmal für ein Schussel.

»Ja klar, Baba ...«, log ich und bekam Herzrasen.

»Was für Maschine ist?«

»Ein Radlader ... Kramer 200.« Zum Glück hatte ich mir wenigstens die Typbezeichnung gemerkt.

»Krama sweihundat. Sehr gut, Junge«, lobte er. Ich konnte mir nicht vorstellen, dass er wusste, wovon ich redete, aber egal. Hauptsache, Baba war beruhigt. Das war sozusagen die halbe Miete, tröstete ich mich als kommender Hauseigentümer schon einmal im branchentypischen Jargon.

»Komme ich mit Gerd. Ist guter Mann ...«

»... der arbeitet aus Leidenschaft. Ich weiß.« In Wahrheit konnte ich mich nicht erinnern, dass Gerd bei der Aktion Eiche freiwillig auch nur einen Handschlag getan hatte. »Sag ihm, er soll diesmal keine Funktionskleidung anziehen«, mahnte ich und legte auf.

Jetzt galt es, schnell zu sein und meine unverzeihliche Amnesie auszubügeln. In den nächsten zwei Stunden telefonierte ich mich hektisch durch halb Berlin, um diesen verfluchten Radlader aufzutreiben. Vergeblich. Alles ausgebucht. Was für eine Schlappe! Mussten alle Hauptstädter ausgerechnet an diesem Wochenende ihre Datschen plätten? Wenn ich dieses Problem nicht gelöst bekam, brauchte ich mich bei meiner Sippe nicht mehr sehen zu lassen. Vieles wird verziehen – Unzuverlässigkeit nie. Blieb nur Dirk. Der war zwar teuer, aber das brauchte ja niemand zu erfahren.

»Hey Dirk, ich hab es jetzt geklärt. Ich nehme den Kramer 200.«

»Den Kramer? Gute Wahl. Für wann?«

»Dieses Wochenende.«

»Irre lustig. Als Profi solltest du bessere Witze auf Lager haben.«

»Ich meine es ernst, Dirk. Dieses Wochenende. Lass mich nicht im Stich!«

»Aua. Murat, du hast wieder einen Termin verkackt. Gib's zu!«

»Ja, hab ich. Zufrieden? Hör mal, wir sind doch alte Kumpel. Kannst du mir nicht dieses eine Mal aus der Klemme helfen?«

»Bleib dran. Ich schaue, was ich tun kann.«

Im Hintergrund hörte ich es rascheln. Wahrscheinlich blätterte Dirk die Auftragsbücher durch und überlegte, welchen seiner nicht ganz so guten Kunden er mit einer plötzlichen Absage überraschen konnte. Ich fand mein Verhalten gegenüber Dirk – und besonders gegenüber dem armen Teufel, der an diesem Wochenende unverhofft ohne Bagger dastehen sollte – mies, wusste mir aber in meiner Not nicht anders zu helfen. Nie hätte ich Baba gestehen können, den Abrisstermin verbaselt zu haben.

»Murat?«

»Ja?«

»Tut mir leid, ich kann da nichts drehen. Das sind alles regelmäßige Kunden von uns. Die kann ich nicht vergrätzen.«

»Fuck!« Ich fluche so gut wie nie. In diesem Moment ging es nicht anders.

Im Grunde meines Herzens war mir Dirk schon immer unsympathisch. Ein Egoist, wie er im Buch der schlechten Charaktere steht. »Ich versteh schon. Kumpelhilfe ist nur ein leeres Wort.« Dass ich ihn nur aus purer Verzweiflung angerufen hatte, verschwieg ich lieber.

»Murat, das ist unfair.«

»Unfair? Hilfst du mir denn? Ist nicht viel von zu merken.«

»Hör zu, Murat. Ich hab hier noch einen Kramer 350. Der geht Montag früh an eine Großbaustelle. Extrem wichtiger Kunde von uns. Muss morgen tagsüber noch zur Inspektion.

Von mir aus kannst du ihn um fünf in der Werkstatt abholen. Ich sag denen, dass du ein neuer Mitarbeiter von uns bist. Bis spätestens Sonntagabend um sechs musst du das Teil aber heil, frisch gewaschen und vollgetankt zurückgebracht haben. Das heißt, zwei Tage müssen reichen. Ist das klar?«

»Dirk, ich liebe dich.« Leidenschaftlichere Gefühle konnte man für einen Freund nicht hegen. Was für ein edler, großherziger und generöser Mensch. Und attraktiv obendrein.

»Zu spät, Murat, ich bin schon verheiratet. Dir ist hoffentlich klar, dass der 350er ein amtliches Gerät ist? Wenn du damit nicht umgehen kannst, sag's bitte jetzt.«

»Don't worry. Ich hatte den schon mal in der Mache.« Ich lüge so gut wie nie. In diesem Moment ging es nicht anders.

»Na gut, aber kein Wort zu niemandem! Wenn mein Chef von dem Deal Wind kriegt, bin ich meinen Job los.«

Bevor mich das schlechte Gewissen übermannte und doch noch zu einem Rückzieher nötigte, beendete ich das Gespräch lieber. Schon der Kramer 200 hatte mir Respekt eingeflößt. Und sein großer Bruder war, wie ich im Internet sehen konnte, erheblich größer. Aber alles war besser, als meiner Familie einzugestehen, dass ich ein unfähiger Chaot war.

In der Nacht mimte ich mal wieder den schlaflosen Geräuschemacher. Warum war es heutzutage nur so schwer, ein Mann zu sein? Wahrscheinlich, weil die Erwartungen, die Ehefrau, Eltern und der Rest der Welt an einen stellten, oft so gegenläufig waren. Unsere Eltern sind noch in einem klaren Rollenbild aufgewachsen. Für sie soll ein Mann sagen, wo es langgeht und seiner Familie auf ihrem Lebensweg tatkräftig die Hindernisse beiseiteräumen. Die meisten Frauen von heute – und meine Gattin war dafür ein Musterbeispiel – sind dagegen in Bezug auf Männer völlig schizophren und wünschen sich die berühmte eierlegende Wollmilchsau. Einerseits sollen wir Sitzpinkler sein, uns andererseits aber von niemandem etwas sagen lassen. Sollen sensibel und verständnisvoll, aber bloß keine Weicheier sein. Sollen uns dressieren lassen, um dann schlimmstenfalls für einen anderen verlassen zu werden, der die dumpfe, animalische Ausstrahlung eines Türstehers hat. Ist es denn ein Wunder, wenn man als Mann in all diesem Durcheinander die Orientierung verliert? Und selbst die wichtigsten Dinge zu organisieren vergisst?

Müde und mit weichen Knien machte ich mich Freitagnachmittag auf den Weg zu der Werkstatt, in der das Monster auf Herz und Nieren geprüft worden war. Ein freundlicher Enddreißiger empfing mich im Blaumann und meinte vertrauensselig: »Dirk meinte, Sie kennen sich mit dem großen Kramer aus? Ist ja nicht jedermanns Sache.«

»Na klar, Kinderspiel für mich«, sagte ich, obwohl sein letzter Satz mir den kläglichen Rest an Optimismus und Selbstvertrauen geraubt hatte. Als ich mit Papieren und Schlüssel ausgestattet aus dem Bürocontainer kam und den Giganten vor mir stehen sah, rutschte mir das Herz endgültig in die Hose. Radlader gibt es in zwei Größen: XXL und in Mein-Gott-was-kommt-da-auf-uns-zu. Dieser war eindeutig Kategorie zwei. Zitternd kletterte ich auf den gut gefederten Fahrersitz und studierte die Betriebsanleitung. Alles in allem schien die Bedienung des Ungetüms nicht ganz so kompliziert wie befürchtet. Das beruhigte mich einen kurzen Moment lang.

Als ich allerdings den Motor anwarf und das Monstrum sich kräftig schüttelte, war meine zaghafte Zuversicht sofort wieder dahin. Ich fühlte mich wie ein kleiner Junge, der etwas Verbotenes tut und genau weiß, dass dies in einem großen Unglück enden wird. Am liebsten wäre ich mit einem Riesensatz aus dem Führerstand gesprungen und in

Siebenmeilenstiefeln davongelaufen. Das Einzige, was mich daran hinderte, war die Furcht, Baba mein Versagen einzugestehen. Also fasste ich mir ein Herz und legte ehrfürchtig den ersten Gang ein. Das Monster setzte sich in Bewegung. Tief unter der Angst vor dem Kramer verborgen, entdeckte ich nun noch ein anderes Gefühl – das der Omnipotenz. Mit solch einem Ungeheuer unter dem Hintern gab es wenig, was mich, Murat, den Hausbauer, aufhalten könnte.

Rumpelnd fuhr ich vom Hof und ordnete mich in den Verkehr ein. Vor mir wippte die riesige Schaufel bedrohlich auf und ab. Schlagartig wurde mir klar, warum der Fahrersitz so generös gefedert war: Jede andere Federung hatte der Hersteller sich aus Platzgründen gespart. Die Lenkung wiederum reagierte auf kleinste Unebenheiten und Berührungen, weshalb ich trotz der schneckenhaften Höchstgeschwindigkeit von zwanzig Stundenkilometern große Schwierigkeiten hatte, die Riesenraupe halbwegs auf Kurs zu halten. Sekündlich erwartete ich, mit meiner Killerschaufel vorausfahrende oder am Straßenrand parkende Autos der Länge nach aufzuschlitzen. Eine Sorge, die durch meine eingeschränkte Sicht auf den tief unter mir fließenden Berufsverkehr nicht geringer wurde. Jetzt verstand ich, wie es King Kong in New York ergangen war. Wenn man kaum sieht, was unter einem passiert, fühlt man sich wie der letzte Tollpatsch. Trost bieten allein die Superaussicht und der Respekt, den die restlichen Verkehrsteilnehmer einem entgegenbringen. Niemand wagte, zu drängeln oder mir überhaupt nur nahe zu kommen.

Fast eine Stunde schwitzte ich im Führerhäuschen Blut und Wasser und betete, niemanden plattzumachen, dann hatte ich es endlich nach Britz geschafft. Gerd und Baba hatten große Container-Urnen für die sterblichen Überreste des Bungalows besorgt und warteten schon ungeduldig, als ich verspätet auf das Grundstück rumpelte. Beim Abbiegen bildete ich mir ein, hinter den Vorhängen des Nachbarhauses den muskelbepackten Freistilringer stehen zu sehen. Kurz machte ich mir Sorgen, dass er in der Nacht sein Mütchen an dem Kramer kühlen könnte, vertraute dann jedoch darauf, dass er auch weiterhin nur bellen und nicht beißen würde.

»Murat, das ist Bungalow, keine Wolkenkratzer«, wunderte sich Baba über mein Megagerät. »Mit das brauchst du nicht Wochenende. Nehme ich Maschine halbe Stunde und Hütte weg.«

Seine Augen leuchteten tatendurstig. Es war klar, dass er die Abrissschaufel am liebsten selbst bedient hätte. Aber das ging nicht. Nie im Leben hätte ich Dirk erklären können, dass ich seine berufliche Zukunft in fremde Hände gelegt hatte.

Unentschlossen standen wir drei zunächst eine Weile herum und diskutierten die beste Strategie, den Steinquader zusammenzufalten. Genauer gesagt diskutierten wir zu zweit, denn Gerds Kommentare beschränkten sich auf gelegentliches »Jau« und noch gelegentlicheres »Das könnte klappen«. Beide Beiträge waren von begrenztem Erkenntniswert. Am Ende einigten wir uns darauf, dass Kramer und ich uns unauffällig von hinten nähern, blitzschnell mit der Schaufel zuschlagen und den Schutt anschließend auf die Terrasse kippen sollten. Von dort könnten meine beiden Spießgesellen ihn am besten wegschaufeln. Nachdem Gerd den ausgeklügelten Plan mit einem kernigen »Das könnte klappen« geadelt hatte, verabredeten wir uns für Samstagmorgen um neun und gingen unserer Wege.

Tatsächlich standen wir zur vereinbarten Stunde alle wieder vor dem Haus, klopften uns gegenseitig aufmunternd auf die Schultern und versicherten uns, den hässlichen Steinhaufen bis abends dem Erdboden gleichgemacht zu haben.

Wider Erwarten hatte ich in der Nacht sogar relativ gut geschlafen. Zwar sah ich mich im Traum den Kramer in einem unbedachten Moment zu Schrott fahren, indem ich durch ein ungeschicktes Ausweichmanöver ungebremst in die Eingangshalle einer U-Bahn-Station donnerte, auf die Gleise fiel und von einem einfahrenden Zug zermalmt wurde – aber da ich nicht abergläubisch bin, deutete ich dies als gutes Omen. Halbwegs zuversichtlich erklomm ich den Fahrersitz, startete die Maschine und ruckelte auf das Zielobjekt zu, um es zu umrunden. Ich fühlte mich wie Hannibal, der auf seinem Kriegselefanten gen Alpen reitet.

Zwei im Weg stehende Obstbäumchen entgingen bei meinem Manöver leider meiner Aufmerksamkeit, und auch die Warnrufe meiner Helfer erreichten mich bei dem Lärm der Maschine viel zu spät. Kleine Kollateralschäden lassen sich selten vermeiden. Wo gehobelt wird, fallen nun einmal Späne, und so rieselten die Obstbäumchen nach ihrer Begegnung mit dem Kramer zu Boden. Aus dem Augenwinkel sah ich in der Tür des Nachbarhauses ein Muscle-Shirt erscheinen und hörte, wie Worte wie »Filzläuse«, »Anarchisten« und »Prügel« gebrüllt wurden. Die Einfallslosigkeit dieser Beschimpfungen begann mich zu ermüden. Unbeeindruckt umfuhr ich den Bungalow und ging auf der anderen Seite in Angriffsstellung. Es war klar, dass dieser steinerne Schandfleck nun sein Testament machen konnte. Leidenschaftlich feuerte mich Baba per Handzeichen an, zur Sache zu kommen. Das war ganz in meinem Sinne. Ich nahm mein Ziel ins Visier und gab Gas.

Ich kam keine fünf Meter weit. In voller Fahrt sackte der Hausterminator plötzlich ein und blieb mit schräg nach vorn geneigter Schnauze stecken. Ich versuchte, mehr Gas zu geben, aber das linke Vorderrad grub sich nur noch tiefer in die Erde, Allradantrieb hin oder her.

Aufgeregt lief mein Baba auf mich zu. »Kein Gas mehr!«

Recht hatte er. Ich schaltete die Kiste aus, kletterte vom Sitz und analysierte mit Baba und Gerd das Malheur. Unter dem Vorderrad öffnete sich ein dunkles Loch. Wir leuchteten mit einer Taschenlampe hinein und entdeckten einen aus Kriegszeiten übriggebliebenen Luftschutzraum, der bis zur Decke mit alten Einmachgläsern und anderen Vorratsbehältern vollgestapelt war. Und durch eben diese Decke war der Radlader eingebrochen. Na super.

Den Rest des Tages verbrachten wir, trotz der Februarkälte schwitzend, mit dem Freischaufeln und Wieder-in-Gang-Bringen des Kramer. Nur unter Aufbietung all meiner Willenskraft schaffte ich es, die immer wiederkehrenden Gedanken an Dirks zukünftige Arbeitslosigkeit zu verdrängen. Mit viel Mühe und noch mehr Glück gelang es uns schließlich, die kostbare Leihgabe vor der Verschrottung zu bewahren. Mit »wir« meine ich übrigens Baba und mich. Gerd zeichnete sich weiterhin durch höfliche Zurückhaltung aus. Für jemanden, dessen Leidenschaft angeblich die Arbeit war, wirkte er bei allen anfallenden Aufgaben erstaunlich teilnahmslos. Völlig erschöpft verschoben Baba und ich einen zweiten Abrissversuch auf den nächsten Tag.

»Da müssen wir uns aber früher treffen. Ich muss den Kramer bis abends um sechs abgegeben haben«, betonte ich.

»Jau.«

Auch Sonntag früh um acht Uhr waren glücklicherweise alle pünktlich. Wir hatten Kraft und Mut getankt und entschieden uns für eine neue Taktik. Diesmal sollte der Kramer den Steinquader von der Terrassenseite aus eindrücken. Damit wollten wir eine erneute Bodenfalle vermeiden. Außerdem hofften wir, dass der geballte Bauschutt den Rest der löchrigen Kellerdecke zum Einsturz bringen und sich in dem entstehenden Hohlraum praktisch von selbst entsorgen würde.

Dazu musste die Monsterraupe jedoch in eine neue Ausgangslage gebracht werden, was neue Opfer kostete. Obwohl ich extrem vorsichtig war, gingen beim Rangieren ein weiteres halbes Dutzend Bäumchen und Sträucher zugrunde. Ich möchte nicht herzlos klingen, aber die hätten vermutlich ohnehin unserem Neubau weichen müssen.

Nun näherte ich mich dem Feind also über die Terrasse, die Schaufel halbhoch gestellt wie ein Ritter beim Turnierkampf seine Lanze. Langsam tastete ich mich bis an die Außenwand heran – und drückte dann das Gaspedal bis zum Anschlag herunter. Eigentlich hatte ich erwartet, dass die Hütte durch diese mächtige Attacke widerstandslos in sich zusammenfallen würde. Nichts da, widerspenstig blieb es einfach stehen, das dumme Ding. Ich setzte zurück und nahm neuen Anlauf. Wieder vergeblich. Erst beim dritten Versuch krachte die Schaufel endlich mit Karacho durch die Wand. Und ich gleich mit. Oder zumindest um ein Haar, denn zu meinem Glück hatte ich mich angeschnallt. Trotzdem prellte ich mir durch die Wucht des furiosen Schlags unglücklich die Schulter. Bis unter die Haarspitzen vollgepumpt mit Adrenalin, ignorierte ich den stechenden Schmerz und setzte, angefeuert vom Gejohle meiner Mitstreiter, in der Wolke aus Schutt und Staub erneut zurück. Ein ums andere Mal wiederholte ich dieses Spiel. Nach kaum einer halben Stunde war der scheußliche Quader Geschichte, und ich sah – von oben bis unten staubbedeckt – aus wie Loriots Steinlaus.

Leider hatten sich die Unmengen an Bauschutt entgegen unseren Hoffnungen nicht selbsttätig in den Luftschutzraum entsorgt, sondern lagen wie ein Mahnmal für den unbekannten Arbeiter in einem riesigen Haufen vor uns. Ich blickte auf die Uhr. Kurz vor elf.

»Murat, jetzt Pause für Frühstück.«

»Jau«, bekräftigte Gerd Babas gut gemeinten Vorschlag.

»Das geht nicht. Guckt mal, wie viel noch zu tun ist. Und ich muss den Kramer bis sechs zurückbringen.«

»Junge, musst du Miete verlängern bis morgen. Schaffen wir nicht, Container bis sechs voll zu machen.«

Natürlich hatte er recht, aber Miete verlängern war ja nicht drin. Also musste ich mich auf mein orientalisches Märchenerzählertalent verlassen.

»Baba, ich kann das Ding nicht später zurückgeben.«

»Warum?«

»Weil, ähm, weil ich keine *Miete* zahle«, schwafelte ich diffus. »Ich habe den Kramer praktisch zum Nulltarif bekommen, verstehst du? Der absolute Top-Deal«, zwinkerte ich verschwörerisch, um den Unfug plausibler wirken zu lassen.

»Junge, was hast du gemacht?« Babas Neugier war geweckt und wollte nun auch befriedigt werden

»Na ja«, legte ich eine rhetorisch wirkungsvolle Pause ein, um sein Interesse weiter anzufachen. Und Zeit zu gewinnen, mir vielleicht doch noch eine halbwegs plausible Geschichte zusammenzuspinnen. »Das Teil hier, der Kramer 350, ist ein geheimer Prototyp, *den gibt es quasi noch gar nicht,* alles klar?«

»Aha.«

Baba wirkte nicht so, als könnte er meinen bizarren Ausführungen folgen. Noch dümmer schaute Gerd aus der Wäsche, aber das schien bei ihm normal zu sein.

»Na ja, der Prototyp soll jedenfalls morgen früh nach Dubai verschifft werden, und wenn der Scheich begeistert ist, gibt er einen Großauftrag. Und ich hab einen Kumpel bei der Firma, und weil der gern wollte, dass jemand den Kramer vorher noch testet, habe ich mich sozusagen freiwillig gemeldet«, beendete ich meine Story und versuchte, vertrauenerweckend zu lächeln.

Baba klatschte vor Begeisterung in die Hände. »Ist mein Sohn! Clever Junge«, stieß er Gerd in die Seite.

»Jau.«

»Gut, dann machen wir jetzt weiter. Nicht dass platzt Superdeal mit Scheich von Dubai.«

»Jau.«

Nachdem ich die Frühstücksattacke damit glücklich abgewehrt hatte, konnten wir uns an die Sisyphosaufgabe machen, den Berg aus Steinen, zerbrochenen Fenstern, Dachpappe und Balken zu sortieren, denn kaum etwas ist so teuer wie das Entsorgen von »gemischtem Bauabfall«. Und so verfrachteten wir mit Geduld, Spucke und massivem Zeitdruck den Schutthügel nach Materialien getrennt in die Container. Um zehn nach fünf hatten wir es tatsächlich geschafft: Sämtliche Restbestände waren ordnungsgemäß verstaut und wir am Ende unsere Kräfte. Nach Atem ringend lehnten wir am Bagger, der sich als guter Kamerad im Kampf gegen die Ruine bewährt hatte. Jetzt galt es, ihn aufzutanken und in der Rekordzeit von fünfundvierzig Minuten auf das Werksgelände zu bugsieren. Am liebsten hätte ich dieses schier unmögliche Unterfangen von vornherein abgeblasen. Aber die Vorstellung, den gutmütigen Dirk von seinem Chef in die Arbeitslosigkeit gefeuert zu sehen, trieb mich erbarmungslos voran.

»Baba, schaffen wir es, den Kramer vor sechs zu betanken und in Schöneberg abzugeben?«

»Wo Problem, Junge? Ich fahre vorneweg!«

»Das könnte klappen.« Gerd brachte seine albernen Einwürfe bevorzugt in den unpassendsten Momenten zu Gehör.

Mein Vater sprang behände wie ein junger Formel-1-Pilot in seinen wurmstichigen Benz und simulierte die Speerspitze eines türkischen Hochzeitskorsos. Wild hupend und mit eingeschaltetem Warnblinklicht führte er unsere kleine Fahrzeugkolonne an. Ich fuhr mit der großen Schaufel bedrohlich nah an seinem Heckfenster hinter ihm her, direkt gefolgt von Gerd in seinem absurden lilafarbenen Twingo.

In der Panik, Dirks Leben zu zerstören, knüppelte ich den Radlader mit unnachgiebigem Bleifuß auf noch nie gesehene siebenundzwanzig Stundenkilometer hoch. Das hätte locker gereicht, um rechtzeitig ans Ziel zu kommen. Aber leider mussten wir noch einen Zwischenstopp machen. An einer Waschbox der nächstgelegenen Tankstelle legten wir einen selbst Sebastian Vettel zur Ehre gereichenden Boxenstopp hin und wuschen und betankten den Kramer so flink und professionell, als hätte unser Dreierteam nie etwas anderes getan. Selbst Gerd ackerte plötzlich wie besessen. Die irritierten Blicke des Personals und der anderen Kunden ignorierten wir, alles, was zählte, war, dass wir die rasende Raupe Punkt siebzehn Uhr sechsundfünfzig auf den Betriebshof von Dirks Firma lotsten.

Was für ein Wochenende. Ich zitterte vor Erleichterung am ganzen Körper. Und war schweißgebadet. Aber glücklich.

Mit stolzgeschwellter Brust kam ich nach Hause und wollte Ann-Marie von meinen Heldentaten berichten. Die sah meine total verdreckten Klamotten und meinte nur: »Geh dich waschen, Murat. Du siehscht aus wie d' Sau.«

Kapitel 13

Wer andern eine Grube gräbt, muss wissen, wie das geht

Die Stimmung in unserer Ehe war und blieb frostig. Ein Grund dafür war, dass ich so gut wie gar keine Zeit mehr hatte, mich um unseren Nachwuchs zu kümmern, von unserer Beziehung ganz zu schweigen. Vater-Sohn-Nachmittage auf dem Spielplatz, Kinderwagenausflüge mit der Kleinen und nicht zuletzt jegliche gemeinsame Aktivität mit Ann-Marie fielen der Hausplanung zum Opfer. Lediglich nachts war ich wegen des zuverlässigen Tiefschlafs meiner Frau nach wie vor derjenige, der Ayla betüddeln durfte. Mehr als einmal erinnerte Ann-Marie mich an ihren im Auto abgelegten Schwur. Aufgeschreckt gelobte ich jedes Mal Besserung, stieß aber spätestens am nächsten Tag wieder an meine naturgegebenen Grenzen. Leider schaffte ich es trotz aller Bemühungen nicht, dem Tag mehr als vierundzwanzig Stunden zu geben. Und die waren mit beruflichen Verpflichtungen und den letzten Vorbereitungen für den Baubeginn komplett ausgefüllt.

Immerhin ging es voran, und an einem klaren, sonnigen Märzmorgen war es endlich so weit: Der Nestbau sollte unwiderruflich beginnen. Leider sammelt der Mensch zu diesem Zweck nicht einfach Ästlein wie die Schwalbe. Stattdessen macht er es wie das Erdhörnchen: Er buddelt ein Loch.

Nahezu ein Jahr war seit unserer Entscheidung, in den Club der Hauseigentümer einzutreten, vergangen. Meine kleine Familie war gewachsen, nicht gewachsen war dagegen unser Wohnklo. Für das außerdem nach wie vor die Kündigung auf dem Tisch lag. Meine Bemühungen, die Heuschrecken telefonisch zu bezirzen, hatten nicht gefruchtet. Kleinkariert bestanden sie auf ihrem dreimonatigen Kündigungsrecht. Da das nie im Leben zu schaffen war und auch die Wohnung meiner Eltern als potentielles Ausweichquartier zu klein war, wollten wir es nun doch über die Regelung der »besonderen Härte« versuchen. Weil ich keine Anwälte kannte, hatte ich mich an das Schild an Pfleiderers Bürotür erinnert und der Einfachheit halber ihn verpflichtet. Falls er sich gegenüber den Briten nicht durchzusetzen vermochte, hatten wir bald jede Menge Auslauf unter freiem Himmel.

Kosewitz verstand nicht, warum ich so viel Aufhebens um die ganze Sache machte. »Watten, Herr Topas, sparn Se sich den Rechtsverdreher. Ihr Häuschen steht schnella, als jeda Gerichtsvollzieha räumen kann. Dit is so sicha wie der Samen in nem Präser.«

Sein Enthusiasmus in allen Ehren, aber unser Samen musste erst noch gesät werden. Immerhin sollte das für das Aufgehen der Saat notwendige Loch nun gegraben werden. Baba leuchtete diese Vorgehensweise übrigens nicht ein: »In Türkei wird Boden plattgetreten, dann Betonplatte drauf, fertig. Was braucht ihr Keller?«

Ihm war nicht klar, dass in Deutschland das Grundgesetz gilt. Und das besagt: kein Haus ohne Unterbau! Selbst der Geräteschuppen im Garten gehört unterkellert, denn: Man kann ja nie wissen. Und wo sonst könnte die deutsche Nation ihre zahlreichen im Laufe der Geschichte angesammelten Leichen lagern? Deshalb ist der Wunsch nach einem angemessen großen Keller tief im germanischen Erbgut verankert. Man diskutiert ja auch nicht über den Nutzen einer Eingangstür. Oder über ein Dach.

Auf den ersten Blick schien es, als wäre der Aushub der für den Keller notwendigen Grube von meinem wortreichen Bauleiter perfekt durchgeplant worden. Pünktlich sechs Uhr morgens sollte der Bagger angeliefert und eine Stunde später das Loch geschaufelt werden. Für sechzehn Uhr war dann der Betonmischer bestellt. So weit, so gut.

Es war natürlich Ehrensache, dass ich als Bauherr beim Startschuss unseres Nestbaus zugegen sein wollte. Zum einen galt es, Präsenz zu zeigen und dem Team zu signalisieren: Big Bauherr is watching you. Niemand sollte glauben, sich auf meiner Baustelle durchmogeln zu können. Zum anderen muss ich gestehen, dass große Maschinen auf mich, wie auf die meisten Männer, eine gewisse Faszination ausüben. Zwar bin ich nicht so bekloppt wie mein alter Kumpel Sven und stelle mich halb vier Uhr morgens an die Autobahn, um einen Schwerlasttransport zu filmen. Aber den Mitschnitt schaue ich mir durchaus ein paar Stündchen an.

Also quälte ich mich Schlag halb fünf aus dem Bett, denn ich wollte um jeden Preis als Erster auf der ersten eigenen Baustelle meines Lebens sein. Viertel vor sechs stand ich einsam auf unserem frisch planierten Britzer Grundstück. Von Kosewitz und Bagger keine Spur. Laut Plan hatten sie noch eine Viertelstunde Zeit. Dummerweise war ich von der Wettervorhersage, die einen sonnigen Vorfrühlingstag angekündigt hatte, zu einer falschen Garderobenwahl verleitet worden. In meinem Tran war mir entgangen, dass die sternenklare Nacht Bodenfrost gebracht hatte und es um diese Zeit noch dementsprechend kalt war. Meine dünne Jacke war ein denkbar ungeeigneter Schutz gegen den eisigen

Wind. Schon nach fünf Minuten Wartezeit klapperte ich derart mit den Zähnen, dass jede Flamencotruppe mich als Kastagnettenspieler hätte verpflichten können. Um nicht im letzten Moment vor dem lang ersehnten Baubeginn zu erfrieren, musste ich wie ein tasmanischer Springteufel ununterbrochen auf und ab hüpfen. Ich verfluchte meine idiotische Entscheidung, nicht das Auto, sondern den Bus zu nehmen. Solche Sparsamkeit am falschen Fleck hatte seit meiner Einheirat in die Schwabendynastie leider auf mich abgefärbt. Nur weil ich eine Monatskarte gekauft hatte, trieb mich die schwäbische Konditionierung, bei jeder Gelegenheit den öffentlichen Nahverkehr zu nutzen. Ein Verhalten, das für mich als Junggeselle schon aus reiner Bequemlichkeit nie in Frage gekommen wäre. Da sieht man, was die Gehirnwäsche der Brezelbäcker aus einem macht.

Während ich arhythmisch hüpfend meine Dummheit verfluchte, wunderte ich mich zunehmend, wieso kein Bagger am Horizont auftauchte. Es wurde fünf vor sechs, dann schlug die Kirchenglocke in der Nachbarschaft sechs: kein Bagger und kein Kosewitz in Sicht. Das war zweifellos ein erfolgreicher Auftakt unseres großen Bauabenteuers. Im Fernsehen hatte ich einige Monate zuvor eine Reportage über einen am Amazonas lebenden Stamm gesehen, der keinen Ausdruck für »Zeit« kennt. Es gibt nur ein Wort für »Sonnenlicht« und eines für »schwarz«. Demzufolge unterteilt man dort den Tag in hell und dunkel. Das Jahr wiederum wird gegliedert in Trockenzeit und Regenzeit. Hatte Kosewitz dort etwa Verwandte? Zum x-ten Mal beschlich mich die Erkenntnis, dass die Firma Hebbel und ihre Erfüllungsgehilfen der Fehlgriff meines Lebens waren. Aber dieser sinnlose Ärger kam ebenso zu spät wie der Bauleiter und sein Baggerführer. Inzwischen war es Viertel nach sechs. Wo steckten diese unseligen Gestalten? Die auflodernde Wut wärmte mich ein wenig, so dass ich kurz mit Hopsen aufhören und mein Handy aus der Jackentasche ziehen konnte.

Ziehen wollte. Denn leider war es nicht da, wo es hätte sein sollen. Das war natürlich eine ganz besondere Glanzleistung von mir. Ohne Auto und Handy hatte ich mich selbst in die Steinzeit gebeamt. Genauer gesagt, wenn man die klimatischen Umstände berücksichtigte, in die Eiszeit. Was tun? Ich hatte nicht vor, den Rest meines Lebens auf der Stelle zu hüpfen. Doch was war das? Die Britzer Erde erzitterte. Ein Erdbeben? In diesen Breitengraden? Glück im Unglück, dass unser Haus noch nicht einsturzgefährdet war. In diesem Moment materialisierte sich vor mir der langhalsige Schatten eines Dinosauriers. Erbebte die Erde unter den Schritten einer zähnefletschenden Saurierherde? War aus dem betulichen Britzer Garten ein Jurassic Park geworden? Statistisch betrachtet, wäre das großes Pech für mich gewesen. Es war sicher Millionen Jahre her, dass sich in Neukölln Riesenechsen getummelt hatten. Oder hatte ich mich weder in die Stein- noch in die Eis-, sondern in die Kreidezeit gebeamt? Alles sehr mysteriös, aber statt unnützen Überlegungen nachzuhängen, versuchte ich lieber, schnell davonzuhoppeln und mich in Sicherheit zu bringen.

»Herr Topas! Wo hüpfen Se denn hin?«

Eine akustische Fata Morgana? Oder doch nur die plärrende Stimme meines Bauleiters?

»Herr Topas! Bleiben Se doch bitte stehen.«

Todesmutig beschloss ich, mich dem Feind zu stellen. Ich holte dreimal tief Luft und drehte mich um. Hinter mir galoppierte kein ausgehungerter Saurier, sondern knatterte nur der lang ersehnte Bagger. In dessen Führerstand saß ein muskelbepackter Slawe, der mit seinem beeindruckend guten Aussehen jede Castingshow aufgemischt hätte. Weniger malerisch sah der halb auf seinem Schoß kauernde Citylagenkenner aus. Was bezweckten die beiden denn mit dieser Inszenierung?

»Herr Kosewitz! Sie sind beinah eine halbe Stunde zu spät. Ich hätte mir in der Kälte fast den Tod geholt.«

»Tut mir leid, Herr Topas. Ick hab versucht, Sie anzurufen, aber Sie sind ja nicht ranjejang.«

Falls er glaubte, ich würde die Stichhaltigkeit seiner kindischen Ausrede nicht überprüfen, hatte er sich geschnitten. Diese Gelegenheit würde sich schon noch ergeben. Vorerst gab es Dringenderes zu klären.

»Warum zum Henker sitzen Sie auf dem Bagger? Und auf dem Schoß von … von ...«

»Wladimir«, stellte sich das Baggermodel mit furchteinflößendem Akzent vor, allem Anschein nach ein Nachfahre der alten transsilvanischen Dracula-Sippe.

»Hab ick Ihnen doch schon uff de Mobilbox jesprochen. Mein Auto sprang wejen der Kälte nich an, und da musst ick Wladimir bitten, mir mitm Bagga abzuholen. Tut mir ja leid, aba dit war n Notfall.«

Was sollte man dazu sagen? Als Bauherr und vor allem Zahlmeister konnte ich mir kleinere Verfehlungen wie das vergessene Handy leisten. Dass aber subalterne Auftragnehmer sich auf ähnliche Ausfallerscheinungen beriefen, ging für meinen Geschmack dann doch zu weit. Ein Zweitauto war für solche Gelegenheiten sicher nicht zu viel verlangt. Aber da wir den Vorgaben ohnehin schon hinterherhinkten und nicht enden wollende Ausflüchte zu befürchten waren, ließ ich die Sache zähneknirschend auf sich beruhen. Jetzt war einzig und allein wichtig, so schnell wie möglich die Grube auszuheben. Ich fragte das mühsam vom Bagger herabkletternde Organisationsgenie, ob sein Zeitplan denn überhaupt noch einzuhalten wäre.

»Herr Topas! Wollen Se mir beleidijen? Als Mann vom Fach hab ick dit allet voll im Griff.«

»Na gut. Ihr Wort zählt. Ich muss jetzt ein paar dringende berufliche Termine wahrnehmen und schaue so gegen halb drei wieder vorbei.«

In Wirklichkeit musste ich unbedingt heiß duschen, um meinen steifgefrorenen Gliedern wieder Leben einzuhauchen, und eilte, so schnell es die BVG erlaubte, nach Hause. Kaum hatte ich die Wohnungstür aufgeschlossen – ein Wunder, dass ich nicht auch noch den Hausschlüssel vergessen hatte –, kam mir Levin entgegengerannt.

»Baba, Baba, dein Handy hat dauernd auf dem Tisch herumgewackelt.«

Sieh an, hatte Kosewitz etwa wirklich angerufen?

Ich nahm meinen Sonnenschein in die Arme, wirbelte ihn ein paarmal durch die Luft, was er mit freudigem Jauchzen quittierte, und fragte: »Wo liegt denn Babus Handy?«

»Hab ich ins Klo geworfen. Das Wackeln hat mir Angst gemacht.«

Gottlob hatte mein Kleiner nicht auch noch die Spülung gezogen. Nachdem ich das Handy herausgefischt, mit dem Fön mühsam getrocknet und erleichtert festgestellt hatte, dass alles noch funktionierte, musste ich mich unbedingt ein Weilchen aufs Ohr legen. Ich war so fertig, dass ich erst nach rund sechs Stunden Tiefschlaf wieder aufwachte. Kurz vor halb drei. Verflucht, irgendwie war heute der Wurm drin. Um das Maß vollzumachen, hatte Ann-Marie einen Zettel auf den Küchentisch gelegt: *Muss mit Ayla zum Arzt. Falls Du wegmusst, nimm Levin mit.*

Nun war ich sowieso schon spät dran, aber mit Kindern potenziert sich das Pünktlichkeitsproblem naturgemäß um ein Vielfaches. Irgendwas ist immer: volle Windel eins, volle Windel zwei, heftige Diskussionen über die Kleiderordnung à la »BITTE! Du kriegst einen Schokoriegel, aber ZIEH DIE JACKE AN. ES SIND MINUS DREIZEHN GRAD«, unerwartete Schmollanfälle, tinnitusförderliche Schreiattacken – das Programm ist vielfältig und unendlich ausbaufähig. Andererseits hat man natürlich immer eine gute Ausrede für selbstverschuldetes Zuspätkommen. Das nutzte ich schamlos aus, als ich gegen halb vier mit Levin an der Hand in Britz ankam.

»Sorry, Herr Kosewitz, aber Sie wissen ja … Kinder!«

Der Grubenchef blickte mich nur verdrossen an und knurrte: »Hab keene Kinda.«

Darauf wusste ich nichts Passendes zu sagen, aber das spielte auch keine Rolle. Denn zu meinem Entzücken sah ich, dass die Grube bereits fertig ausgehoben war. Mein Schwiegervater hatte mir bei unseren Vorbesprechungen eingebläut, das Team bei jeder Gelegenheit zu loben. »Lobe, Murat. Immer kräftig lobe. Nur so hältscht du die Motivation hoch!« Leider kam ich nicht dazu, seinen klugen Ratschlag umzusetzen. Als ich nämlich etwas genauer hinsah, beschlich mich das deutliche Gefühl: Hier stimmt was nicht. Und zwar im Größenverhältnis zwischen Bagger und Grube. Entweder war der Bagger seit heute Morgen signifikant gewachsen, oder – ich traute mich kaum, es für möglich zu halten – die Grube war zu klein.

Ich schloss die Augen und versuchte es mit autogenem Training. Sicher war alles eine optische Täuschung. Schuld waren ganz allein mein Dauerstress und der babybedingte Schlafentzug. Für diese Sichtweise sprach, dass Kosewitz völlig entspannt seinem Tagwerk nachging. In gewohnt einfühlsamem Ton dirigierte er den Bagger über die am Morgen planierte Rampe rückwärts aus der Grube.

»Komm, komm, los jetzt, du Blödmann, weiter links hab ick jesagt. Biste denn total bescheuert? Liiiinks.«

Trotzdem kam ich von meinem Trip nicht runter. Mit der verflixten Grube war irgendetwas faul.

»'tschuldigung, Herr Kosewitz. Ich will nicht meckern. Aber die Grube, ich meine, die Außenmaße, kurzum: Ist das Loch nicht zu klein?«

»Na hörn Se mal, Herr Topas. Wir sind doch keene Anfänger. Ick hab bei de NVA schon Gruben für den Klassenfeind jebuddelt, vastehn Sie, wat ick meine?«

»Klar, Herr Kosewitz. Das verstehe ich. Aber Fehler kommen in den besten Familien vor. Wollen wir nicht spaßeshalber kurz nachmessen?«

»Herr Topas, wir Profis sajen: Wer viel misst, misst viel Mist. Aba jut, ick bin keen Unmensch. Ick hol n Sssolli, und danach jeben Se mir für die Beleidijung n Pils aus.«

Während ich meinen quengelnden Kleinen ins Auto setzte und ihm zur Ablenkung einen Lolli gab, suchte Kosewitz laut vor sich hin grummelnd einen Zollstock und sprang in die Grube. Mit bewundernswerter Ausdauer weiterfluchend, legte er sorgfältig Maß an und verkündete am Ende seiner umständlichen Prozedur vor Selbstzufriedenheit platzend: »Wat hab ick jesacht? Zehn uff zwölf Meter. Jeplant und jemacht.« Am liebsten hätte ich den König des logischen Denkens in seinem eigenen Mumpitz begraben.

»Zehn auf zwölf sind NETTO-Maße! Da muss an den Seiten mindestens ein Meter drauf. Wo sollen die Leute sonst arbeiten?«

Kosewitz starrte mich mit offenem Mund ausdruckslos an. Zum ersten Mal, seit ich ihn kannte, hatte es ihm die Sprache verschlagen. Man konnte richtig sehen, wie es in seinem Kopf arbeitete und er sich nicht sicher war, ob ich der Depp war oder er. Im Gegensatz zu ihm kannte ich die Antwort schon. Nach rund einer Minute kam er offenbar zu demselben Ergebnis.

»Dit jibts doch jar nich«, murmelte er. »Wat soll ick sagen, Herr ... äh ... So wat hab ick ja noch nie erlebt.«

»So wat hab ick ja noch nie erlebt.« Dieser Satz, den ich hier zum ersten Mal hörte, sollte in den nächsten Monaten zum Soundtrack meines Baustellenlebens werden, zur immerwährenden Kopfschüttellitanei in allen Situationen der unfassbaren Art.

Wladimir hatte sich derweil von der Sssolli-Aktion nicht irritieren lassen und stoisch seine zur Baugrube führende Zufahrtrampe eingeebnet. So freundlich, wie es mir in meiner anschwellenden Panik gerade noch möglich war, wies ich den Bauleiter des Grauens darauf hin, dass sein Baggervampir ohne Rampe Schwierigkeiten haben würde, in die Grube zu kommen und das Loch rechtzeitig vor Ankunft des Betonmischers auf die notwendige Größe zu erweitern. Das brachte sein labiles Nervengeflecht zum Kollabieren.

»Ick wusste, dit klappt nich mit nem rumänischen Blutsauga im Bagga. Herr ... äh … Tut ma leid. Ick kann nich mehr, ick jeh erst ma Sssijaretten holen.«

Und weg war er.

»Ick kann nich mehr, ick jeh erst ma Sssijaretten holen«, war der zweite Teil des Katastrophenmantras. Der erste Teil thematisierte den Unglauben, der zweite die Kapitulation.

Da stand ich nun also allein mit Baggerführer Wladimir und versuchte, ihm mit Händen und Füßen klarzumachen, dass wir vor Eintreffen des Betonmischers in Windeseile die Rampe wiederherstellen und das Loch vergrößern mussten. Weil ich nicht den Eindruck hatte, dass deutsche Buchstabenfolgen ihm etwas sagten, sprang ich kurzerhand in die Tiefe, um als leuchtendes Beispiel zu dienen. Mit meinen bloßen Händen scharrte ich hektisch in der Erde herum und bemühte mich, aus kleinen Häufchen eine Rampe entstehen zu lassen. Vom Helden zur tragischen Figur ist es bekanntermaßen nur ein kleiner Schritt. Ich muss in meinen so albernen wie hanebüchenen Bemühungen wie der allerletzte Vollpfosten gewirkt haben. Immerhin verstand Wladimir irgendwann, worum es mir ging. Er warf den Bagger an und schaufelte und planierte, was das Zeug hielt. Und ich tapfer mit bloßen Händen mittenmang. Wladimir und ich allein gegen die Zeit und die anrollenden Betonmischer. So schnell ist wahrscheinlich noch nirgends auf der Welt eine Zufahrtsrampe aus dem Boden gestampft worden.

Sobald mir die notdürftige Rampe ausreichend schien, animierte ich meinen neuen rumänischen Freund mit hektischen Zeichen, den Bagger in die Grube zu manövrieren. Langsam robbte das Gerät Stück für Stück nach unten. Ich hielt die Luft an. Würde unsere nicht unbedingt nach den Regeln der Baukunst geschaufelte Abfahrt der Belastung standhalten? Die Antwort auf diese spannende Frage erhielt ich schneller als erwartet. Der Bagger hatte noch kein Drittel auf dem Weg in die Grube bewältigt, da sah ich ihn auf der rechten Seite einsacken. Eine Sekunde lang dachte ich, er würde umkippen und wie ein havarierter Käfer auf dem Rücken landen. Aber der Rumäne beherrschte sein Handwerk. Geschickt steuerte er sein Gefährt auf sicheren Untergrund. Ich wischte mir erleichtert den Angstschweiß von der Stirn.

»Super gemacht, Wladimir«, lobte ich – nicht aus taktischen Erwägungen. sondern aus tiefstem Herzen. »Jetzt das Loch an den Rändern um einen Meter erweitern. Und zwar schnell, bevor der verdammte Betonmischer kommt.«

Auch diese Anweisungen versuchte ich, pantomimisch darzustellen. In diesem Moment sah ich unseren Bauleiter, eine qualmende Zigarette in der Hand, gemächlich auf uns zuschlendern. Der Mann hatte die Ruhe weg. Am liebsten hätte ich ihm Feuer unterm Hintern gemacht, indem ich ihm die Fluppe zwischen seine Pobacken klemmte. Aber da sah ich schon etwas viel Schlimmeres: den Betonmischer. Zielstrebig fuhr er auf unsere immer noch unterdimensionierte Grube zu.

»Kosewitz«, brüllte ich ihm entgegen. »Halten Sie den Mischer auf. Wladimir ist mit der Grube noch nicht fertig.«

Das war natürlich völlig blauäugig. Der Fahrer eines Betonmischers ist in der Regel nicht die Sorte Mensch, die Freude am Diskutieren zeigt. Man kann das verstehen: Wenn die Mumpe in die Maschine gepackt worden ist, muss so ein Mann losrasen. Währenddessen dreht sich die Trommel. Dreht sich immer weiter. Und wird irgendwann hart. Steinhart. Und so einen von innen ausgehärteten Mischer, den will nicht mal der Schrottplatz, den kannst du nur noch im Meer versenken. Insofern wollen die Fahrer ihre Pampe einfach nur rechtzeitig loswerden. Zur Not kippen sie dir das Zeug auch auf die Auffahrt. Hauptsache, sie sind es los und die Mischmaschine bleibt intakt.

Entsprechend ungnädig reagierte der Mann auf die Einlassungen meines desperaten Bauleiters, noch ungefähr zwei bis zweiundzwanzig Minuten mit dem Gießen der Bodenplatte zu warten.

»Hau ab, Männeken Pis, oder ich pack dich in den Mischer.«

Immerhin muss ich zugeben, dass Kosewitz sein Bestes gab. Na gut, er hatte die Sache immerhin verbockt. Gott sei Dank, stellte Wladimir einen interstellaren Rekord im Grubenerweitern auf, so dass der Beton gerade noch rechtzeitig in das Loch gekippt werden konnte.

Der rumänische Baggergott hatte sich ein dickes Trinkgeld verdient, was er auch bekam. Was Kosewitz anging, fiel es mir dagegen sogar schwer, ihm zum Abschied die Hand zu geben. Was sollte aus dem Bau bloß werden, wenn er schon bei seiner ersten Amtshandlung einen derart kapitalen Bock geschossen hatte? Erschöpft und mutlos trottete ich zum Auto, bei dessen Anblick mir bewusst wurde, dass ich Levin dort gelassen und im Adrenalinsturm der letzten Stunde ganz vergessen hatte. Hoffentlich hatte er sich von Kosewitz nicht inspirieren lassen und ebenfalls Dummheiten angestellt. Unruhig öffnete ich die Autotür. Da lag mein Knirps, den Lolli an der Backe klebend, zusammengerollt auf dem Beifahrersitz und schlief den Schlaf der Unschuldigen. Ein Bild des Friedens auf dem Schlachtfeld unseres Hausbaus.

15. Kapitel

Ins Blaue hinein

Nach diesem nervenaufreibenden Start wäre ich der Baustelle am liebsten bis zum Richtfest ferngeblieben. Aber ich konnte meinen wahnsinnigen Bauleiter ja schlecht ohne Aufsicht lassen. Da hätte ich unser Geld auch gleich verbrennen und nach einer geeigneten Brücke als Wohnstatt für meine Familie Ausschau halten können. Also zwang ich mich so oft wie möglich auf das Gelände und vernahm schon bei der Ankunft Sätze wie: »Mann, pass uff da mitn Abstand sssum Sssaun! Und nimm de Sssijarette ausm Mund, da läuft ne Jasleitung! Dit Loch für de Sssisterne muss och noch jebuddelt werden. Mann, biste denn mit n Klammeraffen jepudert? So wat hab ick ja noch nie erlebt!«

Fragte ich Kosewitz dann mit bis zum Hals klopfendem Herzen, welche akuten Probleme es denn nun schon wieder gäbe, klopfte er mir jovial auf die Schulter und meinte herablassend: »Watten, watten, Herr Topas, nur die Ruhe. Ick hab allet im Jriff. Wir sind ja keene Anfänger. Haben Se mal n wenig Sssutraun ssu Männern vom Fach.«

Wenige Minuten später stolperte ich garantiert über das gerade noch so großkotzig abgestrittene Desaster und bekam die unausweichliche Antwort: »Dit jibts doch jar nich. Wat soll ick sagen, Herr ... äh ... So wat hab ick ja noch nie erlebt.« Die anschließende Diskussion endete nach spätestens fünf Sätzen mit der kurzen Zusammenfassung: »Herr ... äh ... Tut ma leid. Ick kann nich mehr, ick muss erst ma Sssijaretten holen.« Und Abgang.

Ich hatte mich immer für einen halbwegs nervenstarken Menschen gehalten, aber nach noch nicht einmal zwei Wochen Zusammenarbeit mit diesem Horrorpolier war ich psychisch und physisch am Ende.

»Murat, so kann das nicht weitergehen. Du musst was unternehmen. Sonst werden unsere Kinder nicht nur obdach-, sondern auch vaterlos.«

Ich fragte lieber nicht, ob Ann-Marie mit »vaterlos« auf meinen stressbedingten Exitus oder eine von ihr beantragte Scheidung anspielte. Beides lag im Bereich des Möglichen. Denn nicht nur ich war extrem angespannt. Auch sie balancierte beim Kinder- und Haushaltsmanagement in unserer Nanohütte immer hart am Rand des Kollapses.

»So ist das halt, mit einem Kind ändert sich alles«, meinte meine Mutter abgeklärt, als ich ihr in einem seltenen Moment der Ruhe mein Leid klagte. Aber das stimmte so nicht. Levin und all die Aufregungen, die er als unser erstes Baby mit sich brachte, hatten Ann-Marie und mich sogar noch enger zusammengeschweißt. Doch mit Aylas Geburt und dem parallelen Hausbau änderte sich tatsächlich alles. Dauernd waren an allen Fronten Druck, Stress und Hektik angesagt. Tag und Nacht rappelte es in der Kiste. Bloß nie in unserer – Momente intimer Zweisamkeit beschränkten sich meist nur noch auf gemeinsames erschöpftes Couchliegen und schlappes TV-Zapping. Ich war schon dankbar, wenn sie mir zur Krönung des Abends noch schön einen ... Pickel ausdrückte. Oder ein Nasenhaar ausriss.

Im Gegensatz zur ersten Schwangerschaft waren diesmal zudem die Hormone durchgeknallt, nicht zuletzt bei mir! Die Momente häuften sich, in denen ich mich als Mann nur falsch verhalten konnte. Man kennt das ja. Da hängt man geistesabwesend vor dem Fernseher rum, zappt ziellos durch die Kanäle und wird plötzlich mit der Frage aller Fragen konfrontiert. »Die Hunziker sieht schon gut aus, oder?« Was soll man darauf sagen? Man hat in seinem Leben sicher hässlichere Frauen gesehen. Also tut man erst einmal so, als hätte man nichts gehört. Kann ja mal passieren bei dreißig Zentimetern Abstand voneinander, wenn man den Baulärm und das Kindergeplärre noch im Ohr hat, dazu das Dauergequatsche aus dem Fernseher ... Aber im Gegensatz zu meiner Frau war die Inquisition ein Kindergeburtstag mit Topfschlagen.

»Murat, bist du taub? Die Hunziker sieht schon gut aus, oder?«

In solchen Momenten weißt du als Mann, dass deine Chancen, unbeschadet aus der Situation herauszukommen, die eines bis zum Hals eingebuddelten Torwarts beim Elfmeter sind. Sagst du: »Klar, ganz hübsch, aber du siehst tausendmal besser aus«, kriegst du gleich den »Verarschen kann ich mich selber«-Blick und die harsche Anweisung: »Sei ehrlich!«

Bist du ehrlich, folgt stante pede eine Grundsatzdiskussion. »Ja, SORRY! Dass ICH deine Kinder gekriegt habe ... Zweimal neun Monate musste ich als Tonne leben, morgens Kotzerei, abends Fressflash, zunehmen, abnehmen, Schmerzen, die einen fast bewusstlos werden lassen, Falten am Bauch, und jetzt ist der werte Herr Gemahl auch noch unzufrieden. SORRY! Echt!«

Türenknallen, Schmollprogramm, Versöhnungsdatum ungewiss. Als ob man ernsthaft von der eigenen Frau verlangen würde, wie ein Magermodel durch die Gegend zu staksen. Man möchte ja umgekehrt auch nicht mit irgendwelchen athletischen Unterhosenposern verglichen werden. Wobei ich mich früher mit meiner schicken, sportlichen

Erscheinung vor diesen grillgegerbten Schönlingen nicht zu verstecken brauchte. Heute tröste ich mich damit, dass ich im Gegensatz zu denen wenigstens ein Gehirn spazieren trage. Für dieses sackförmige Ding, das ich einst »Jacke« nannte und das nun den Grundstock meines Alltagsoutfits darstellt, schäme ich mich trotzdem. Das ist inzwischen eine Abstellkammer in Bekleidungsform, quasi ein Geräteschuppen zum Anziehen. Weil man als Papa ja immer alles dabeihaben muss. Meine Anne machte mir sogar mal den Vorschlag: »Schaff dir doch eine Handtasche für Männer an.« Sicher gut gemeint, aber eine Handtasche geht als Mann so was von gar nicht. Da könnte ich ja gleich in das rote Minikleid meiner Süßen schlüpfen. Also: alles rein ins Jackett!

Da ist zuerst einmal das Handy, klar. Nichts gegen Smartphones, aber manchmal wünsche ich mir die Zeit zurück, in der ein Handy vor allem klein sein musste. Dann habe ich zwei gigantische Schlüsselbunde: einer für Wohnung plus Keller plus Haustür plus Auto, Motorrad und Fahrrad (obwohl ich mittlerweile sowieso meistens mit der BVG unterwegs bin), der andere ist voller Schlüssel für die Baustelle und alles, was es da an Vorhängeschlössern zu entsichern gibt. Dann die mit Kreditkarten, Monatskarten, Notizen, Quittungen, Visitenkarten und Kleingeld prall gefüllte Brieftasche. Die Ersatzwindel steckt dort, wo früher mal meine Dienstwaffe saß. Wenn Not am Kind ist, zieht niemand die Windel so schnell wie ich. Gelernt ist gelernt. Als Nächstes die Feuchttücher: Ohne die gehst du als Papa nicht einen Meter aus dem Haus, die sind dein Rettungsanker bei Sturmflut. Die Packung ist allerdings nicht ohne und passt so eben in die Seitentasche meines heillos überforderten Sakkos. In der anderen Seitentasche ist das Babyphone, quasi das Smartphone der modernen Elterngeneration. Da gibt es mit anderen jungen Vätern immer was zu diskutieren:

»Und, schon ein paar neue Apps runtergeladen?«

»Ja, ganz cool, ne Schreistummschaltung.«

»Wow, nicht schlecht. Ich habe mir jetzt das Geruchserkennungs-App geholt …«

Ich scherze, aber damals war mir nicht nach Scherzen zumute. Unsere Ehe lotete täglich neue Tiefpunkte aus. Wie hätte es anders sein können, bei der Situation, in der wir uns befanden? Meine Frau alleingelassen mit all ihren Problemen und zwei entzückenden, aber anstrengenden Kindern in einer vogelkäfiggroßen Behausung. Ich bis zu den Achselhöhlen in Arbeit und im Dispo steckend, ohne Chance, wenigstens kurz beim Sport zu entspannen. Auftritte und Baustellenstress im lustig abwechselnden Ringelreihen vom morgendlichen Weckerklingeln bis zum abendlichen Umfallen und ohne einen einzigen Day off. In dem kläglichen Rest an Freizeit fieberhaft bemüht, ein potemkinsches Familienleben zu führen. Und immer mit dem quälenden Gefühl, bei allem einen Schritt zu spät, einen Tag im Verzug zu sein. Tief drinnen wusste ich, dass das nicht gutgehen konnte. Und es ging nicht gut.

Zum unvermeidlichen Showdown kam es ausgerechnet an unserem Hochzeitstag. Ich muss erwähnen, dass mein Hirn aus irgendwelchen Gründen nicht auf Gedenktage geeicht ist. Geburtstage, Namenstage, Hochzeitstage, nichts davon kann ich mir merken. Selbst meinen eigenen Geburtstag habe ich nie parat. Gegen diesen Hardwarefehler hilft auch kein Smartphone. Kaum ploppt dort die Wiegenfest-Erinnerung auf, habe ich sie schon wieder vergessen. Bei wichtigen Geburtstagen war meine Frau deshalb dazu übergegangen, mich so lange stündlich anzufunken, bis meine Antwort-SMS kam: *Alles klar, habe gratuliert.* Seitdem vergaß ich nur noch die beiden Geburtstage, an die sie mich nicht erinnerte: meinen und ihren. Und natürlich unseren Hochzeitstag. Da unsere Beziehung ohnehin schon unter keinem guten Stern stand, wollte ich dieses Mal unbedingt ein zuverlässiger Ehemann sein und hatte direkt auf der Lesebrille, zu der ich nach dem Aufwachen gewohnheitsmäßig als Erstes griff, einen fetten Reminder platziert. Leider wurde ich ausgerechnet an diesem Morgen von einem Dramaanruf meines hyperventilierenden Bauleiters unsanft aus dem Schlaf gerissen.

»Herr Topas. Dit jibts nich, aba de Fundamentplatte hat nen Riss. So wat hab ick ja noch nie erlebt.«

Sofort war ich hellwach. Ein Bruch des Betonfundaments wäre eine echte Katastrophe. So schnell hatte ich es selbst während meines Praktikums bei der Feuerwehr nie aus dem Bett ins Auto geschafft. Mit der ärgerlichen Folge, dass sowohl Lesebrille als auch Reminder unbeachtet blieben – und der Hochzeitstag in den Tiefen meines Unbewussten versank.

Als ich auf der Baustelle ankam, war Kosewitz nirgends zu sehen. Wahrscheinlich war er in seiner Überforderung mal wieder »Sssijaretten« holen gegangen. Ich suchte die Betonplatte nach dem angeblichen Riss ab, konnte aber keinen Schaden erkennen. Also wandte ich mich an die vier Bauarbeiter, die um eine Tonne herumhockten und schweigend ihr Frühstück verputzten: Bier, filterlose Zigaretten, Spreegurken. In jenen Tagen reifte in mir die Erkenntnis, dass Handwerker offenbar serienmäßig mit unzerstörbaren Kuhmägen ausgerüstet werden. Egal, zu welcher Tageszeit ich auftauchte, ständig zogen, kippten und würgten diese Leute etwas in sich hinein. Was es war, schien keine Rolle zu spielen, nur eines durfte es nicht sein: gesund.

Um nicht zu sehr den Boss herauszukehren, bemühte ich mich um eine betont kumpelhafte Ansprache: »Morgen erst mal. Leute, das Betonfundament soll einen Riss haben?«

Statt einer Antwort nahmen die vier synchron einen kräftigen Schluck aus der Pulle und starrten dabei allesamt trüb vor sich hin. »Keinen Riss gesehen«, bequemte einer sich zu einem knappen Statement.

Was war denn das nun wieder für eine rätselhafte Affäre? Hatte Kosewitz einen Knick in der Optik? Oder schon am frühen Morgen zu tief ins Glas geschaut? Des Rätsels Lösung nahte hoffentlich in dem verbeulten Astra, der in diesem Moment aufs Gelände bog und quietschend direkt vor mir bremste. Zapplig wie immer sprang mein Bauleiter aus dem Wagen.

»Katastrophe, Herr Topas. Ham Se schon jesehen?«

Ich blickte ihn streng an. »Haben Sie getrunken?«

»Jetrunken?« Er guckte, als hätte ich ihn gefragt, ob er fliegen könne. »Ick bin Profi, ick trinke nur uff Arbeit. Scherz, Herr Topas!«

»Verschonen Sie mich bloß mit Ihren Witzen. Warum faseln Sie etwas von einem Riss, wenn der Beton offenbar völlig intakt ist?«

»Intakt?« Er lachte höhnisch. »Und wat is dit?«

Sein Arm deutete vage in Richtung Fundament. Wider besseres Wissen schaute ich noch einmal genau hin. Ich sah: nichts. »Was ist was?«

»Na, der riesije Riss.«

Das wurde mir jetzt zu dämlich. Erneut wandte ich mich an die vier Trübtassen. »Sieht da jemand einen Riss?«

Synchronschluck, diesmal mit nachgereichtem Synchronrülpser und einhelliger Festlegung: »Kein Riss zu sehen.«

Entschlossen packte ich Kosewitz am Arm und zerrte ihn zu seinem Beulenopel. »Her mit dem Autoschlüssel. Wir zwei fahren jetzt zum Arzt.«

Kassenpatienten wissen Bescheid: Der Rest des Vormittags war Warten. Nach zähen dreieinhalb Stunden Holzstuhlmeditation im so überheizten wie überfüllten Wartezimmer wurde mein Rissminister endlich aufgerufen. Fünf Minuten später stand er schon wieder vor mir.

»Ich fahre Sie in die Klapse?«, fragte ich rein rhetorisch, sicher, dass nur ein langjähriger Sanatoriumsaufenthalt den durchgeknallten Visionär, der leider mein Bauleiter war, wieder auf normale Betriebstemperatur bringen konnte.

»Der Doc meent, ick soll mir de Nasenwarze wegfiedeln lassen«, meinte Kosewitz, der ganz verunsichert wirkte.

»Ja, und?«

»Vielleicht hatta recht. Seit der Warze hab ick keene Freundin mehr jehabt.«

Mir fielen, ohne nachzudenken, fünfzig andere Gründe für diese bedauerliche Tatsache ein. Die Warze war so klein, dass man sie fast nur unter dem Mikroskop erkennen konnte.

»Und was ist mit Ihren, äh, Visionen?«

»Visionen?«

»Dem Riss?«

»Der Riss! Den hat ick schon fast vajessen! Wat machen wa denn da?«

Ich wusste schon, warum ich nie zum Arzt ging. Wieder einmal zig Stunden unnötig verlorener Lebenszeit. Da ich dringend zu einem Pressetermin musste, griff ich zu einer Notlüge.

»Mein Architekt hat sich den Riss angesehen und findet ihn völlig harmlos.«

Die Baustellen-Kassandra glotzte mich ungläubig an.

»Gucken Sie nicht so, Kosewitz. Das ist ein absoluter Crack, der weiß schon, was er sagt. Und nun frisch, fromm, fröhlich, frei wieder an die Arbeit!«

Mein Resttag war mit Interview, anschließenden Proben und abendlichem Auftritt voll verplant. Als ich gegen dreiundzwanzig Uhr gerädert nach Hause kam, lag meine Gattin schon im Bett.

»Bist du krank?«, fragte ich, während ich mich auszog, um ebenfalls ins Bett zu fallen.

»Nein. Aber ich glaube, DU bist krank.«

»Wieso?«

»Weil ich es krank finde, dass du dich kaum noch um deine Familie kümmerst.«

Diese Platte hatte ich in den letzten Wochen zu oft gehört, um darauf noch anspringen zu können.

»Bitte, Ann-Marie, lass uns schlafen. Ich bin schlagkaputt. Und muss morgen wieder um sechs raus.« Statt einer Antwort hielt sie mir meinen Zettel vor die Nase: *Hochzeitstag nicht vergessen!!!!!!!!!!*

»Ist es inzwischen so weit, dass du einen Erinnerungszettel und zehn Ausrufezeichen brauchst, um dich an den angeblich glücklichsten Tag unseres Lebens zu erinnern?«

»Wieso? Ich habe ihn doch trotzdem vergessen«, versuchte ich mich in Galgenhumor.

»Und ich habe es nicht anders erwartet. Ist es nicht traurig, dass ich das von meinem Mann sagen muss? Von meinem Noch-Mann«, ergänzte sie.

»Bitte, Ann-Marie. Ich versteh ja, dass du sauer bist. Und es tut mir auch entsetzlich leid. Ehrlich! Aber du weißt, dass ich mir solche Feste nie merken kann. Das ist doch kein böser Wille.«

»Mag sein. Aber es zeigt, welchen Stellenwert ich und die Kinder in deinem Leben haben. Nämlich gar keinen.«

»Ann-Marie, bitte.« Ich versuchte, sie zärtlich an mich zu ziehen, doch sie schob mich sofort weg.

»Erinnerst du dich, was ich geschworen habe, als wir uns für den Bau des Hauses entschieden haben?«

»Dass deine Oma köstliche Spätzle macht?«

»Typisch. Sobald du nicht weiterweißt, machst du blöde Witze. Ich habe geschworen, dass ich dich verlasse, wenn du dich wegen der Bauarbeiten nicht mehr um deine Familie kümmerst. Und heute ist es so weit.«

Ein Blick in ihre wild entschlossene Miene zeigte mir: Sie meinte es ernst. Ich kannte Ann-Marie gut genug, um zu wissen, dass sie ihre Entscheidung wohl durchdacht hatte und dies nicht die Retourkutsche einer beleidigten Leberwurst war. Einen Moment lang war ich wie gelähmt. Sollten an dem elenden Hausbau wirklich meine Familie und damit mein ganzes Glück zerbrechen? Ich suchte aufgewühlt nach einer Möglichkeit, meine Liebste umzustimmen. Und im Dunkel meiner Seelenlandschaft entdeckte ich tief unten ein kleines Licht, das mir den Weg zu ihrer Besänftigung wies.

»Schatz, bevor du Entscheidungen triffst, die du hinterher bereust: Ich habe vergessen, dir zum Hochzeitstag zu gratulieren, richtig. Aber ich habe nicht vergessen, dir und unseren Kindern ein Geschenk zu machen. Übernächste Woche fliegen wir zusammen eine Woche nach Fuerteventura.«

Das war natürlich frei erfunden, und ich schäme mich noch heute für diese dreiste Lüge. Vor allem, weil Fuerteventura in unserer gemeinsamen Geschichte als Ort, an dem wir unsere Flitterwochen verbracht hatten, eine ganz besondere Bedeutung hatte. Aber verdiene ich nicht mildernde Umstände? Ich konnte doch schlecht tatenlos zusehen, wie unsere Ehe zerbrach. Die vertrauensseligste Lebensgefährtin von allen ließ sich sofort überzeugen und umarmte mich leidenschaftlich.

»Murat, du bist furchtbar. Aber trotzdem mein Allerallerliebster!«

Ich fühlte mich schäbig und versuchte mich vergeblich

damit zu beruhigen, dass in der Liebe angeblich alle Mittel erlaubt seien. Mein eh schon kompliziertes Leben wurde durch diesen Schwindel auf jeden Fall noch chaotischer. Jetzt musste ich nicht nur den Dispo über den Anschlag hinaustreiben, sondern obendrein zusehen, dass ich in der Kürze der Zeit noch einen passenden Fuerteventura-Trip gebucht bekam. Wenigstens hatte ich insofern Glück, als in der von mir vorgeschlagenen Ferienwoche zufälligerweise keine Auftritte gebucht waren. Sonst hätte ich eine neue Front eröffnen müssen, denn mein Management hätte mich sicher einen Kopf kürzer gemacht, wenn ich Shows mit der Begründung eines spontanen, aber bitternötigen Familienurlaubs abgesagt hätte.

Da ich weder Zeit hatte, im Internet nach bezahlbaren Reisen zu forschen, noch irgendwelche Kontakte in die Tourismusbranche pflegte, blieb mir nur ein einziger erfolgversprechender Weg: Ich rief Baba an.

»Junge, finde ich nicht richtig, wenn du jetzt Urlaub machst. Aber bist du erwachsener Mann. Hoffe ich!«

»Baba, bitte mach mir jetzt kein schlechtes Gewissen. Ich brauche diesen Urlaub unbedingt. Und zwar auf Fuerteventura. Nirgends sonst.«

»Verlangst du viel, oğlum. Aber hast du Glück. Schwester von Gerd hat Cousine, die hat Schwiegerschwager, der hat Spezialfirma für Fuerteventura.«

Wenn Gerds Schwiegerschwager – was immer das überhaupt sein sollte – dessen Arbeitsethos besaß, würde ich noch in zehn Jahren nicht in Fuerteventura sein. Aber ich hatte keine Wahl – und einen Tag später alle Reiseunterlagen in meinem E-Mail-Postfach. Manchmal muss man Risiken eingehen.

Nach allem, was der Bauentschluss mir bis dahin psychisch und physisch abverlangt hatte, versuchte ich, die Zufallsferien als von einem Schutzengel verschriebene medizinisch notwendige, ja therapeutische Maßnahme zu sehen, als letzte Rettung vor dem endgültigen Burn-out. Sozusagen: Last Exit Fuerteventura.

16. Kapitel
Ein verhängnisvolles Versäumnis

Nachdem ich mich entschieden hatte, den Urlaub nicht als Amüsement, sondern als unbedingt notwendige Kur zu begreifen, war mein Gewissen etwas befriedet. Das Einzige, womit ich mich schwer abfinden konnte, war, Kosewitz eine Woche lang ohne Überwachung zu lassen. Immerhin hatte ich durch meine regelmäßigen Kontrollgänge in letzter Sekunde schon grundfalsche Leitungslegungen oder Fensterdurchbrüche an völlig abwegigen Stellen verhindert. Andererseits hatte ich den Pannengaranten auch bis dahin nicht rund um die Uhr kontrollieren können. Dieses Argument beruhigte zwar mich nicht, beschwichtigte aber wenigstens unsere Eltern, die von der Aussicht einer acht Tage lang unbeobachteten Baustelle ebenfalls alles andere als angetan waren.

Als wir nach den endlosen vor dem Kuraufenthalt zu erledigenden Kleinigkeiten endlich im Flieger saßen, machte sich in meinem geschundenen Körper erstmals seit gefühlten Jahrhunderten die wohltuende, bleierne Schwere vollkommener Entspannung breit. Bevor ich jedoch in einen erquickenden Schlaf glitt, galt es, die Kleinen zu versorgen: hier ein Kissen aufschütteln, dort den Gurt einstellen, beim eitel stolzierenden Steward etwas zu trinken besorgen, die Becher umsturzsicher auf dem Klapptisch deponieren, die unverschämt gutaussehende Stewardess um einem Strohhalm bitten, die beim Schreien der Kinder bösen Blicke mancher Mitreisenden elegant parieren: »Sieh mal, Levin, da drüben sitzt der berühmte Mann, der schon erwachsen zur Welt gekommen ist.« Das Gefühl der Entspannung relativierte sich schnell wieder. Das Beste aber war, dass sich Ann-Marie direkt nach dem Abheben an mich schmiegte. Während sie mir noch zärtlich ins Ohr flüsterte: »Du weißt gar nicht, wie lieb ich di…«, war sie schon eingeschlafen. Meine Hochzeitstagslüge war zwar schofelig gewesen, aber seitdem war unsere Ehe wieder harmonisch wie am ersten Tag. Manchmal heiligt der Zweck eben doch die Mittel.

Auf Fuerteventura empfing uns strahlender Sonnenschein. Während meine Frau sich ihrem üblichen Komaschlaf hingegeben hatte, war ich viereinhalb Flugstunden lang der Fußabtreter meines anspruchsvollen Nachwuchses gewesen. Trotzdem stellte sich beim Anblick der vertrauten Landschaft auch bei mir sofort Urlaubsstimmung ein. Die gleich wieder dahin war, als die Shakira ähnelnde Rezeptionistin beim Einchecken mit starkem spanischem Akzent fragte:

»Excuse me, Sir, is your name Topal or Topas?«

»Topal, as written in my passport. Why?«

»I have a fax message for Mister Topas, from Mista …« Sie machte eine Pause, der Name war offensichtlich eine Herausforderung für sie. »Mista Koseewitsch. Could this be for you, Señor?«

Ich wäre glücklicher gewesen, hätte sie den Namen nicht über ihre aufgespritzten Lippen gebracht. Erstaunlich, wie ein banaler Nachname den Effekt, den ein Abstand von mehreren Tausend Flugkilometern auf mein Wohlbefinden gehabt hatte, ruck, zuck zunichtemachen konnte. Meine Frau machte ihr »Sie hat dich gemeint und nicht mich«-Gesicht, nahm Zimmerschlüssel und Kinder und verschwand in Richtung Aufzug.

Ich ergab mich meinem Schicksal, und da meine Kur aus einer Lüge geboren worden war, beschloss ich, sie mit einer kleinen Flunkerei fortzusetzen:

»Topas is my name as artist. I'm a famous German singer. But please don't tell anybody. I have shaved my hair and travel incognito.« Während ich diesen Unsinn von mir gab, der auf die Verwüstungen anspielte, die der Stress der letzten Monate bei meinem nur noch rudimentär vorhandenen Haupthaar hinterlassen hatte, zwinkerte ich ihr verschwörerisch zu. Wie beabsichtigt, zerfloss sie geradezu vor Bewunderung. Die Wertschätzung einer attraktiven Frau hat auch verheirateten Männern noch nie geschadet. Sie war so beeindruckt, dass sie glatt das ominöse Fax vergaß. Auf das ich inzwischen aber doch neugierig war. Ich beugte mich über den Tresen und kratzte ein paar Worte zusammen, die ich für Spanisch hielt: »Gracias per el Faxos.« Und nach einer kurzen, bedeutungsvollen Pause hauchte ich hinterher: »Shakira!«

Die Wirkung meiner plumpen Schmeichelei war noch besser als erhofft. Sie kicherte hysterisch, und während ihr hübsches Gesicht knallrot anlief, schob sie mir ein mit handgeschriebenen Bemerkungen vollgeschmiertes DIN-A4-Blatt zu und säuselte: »I hope iss a good news for you.«

Ich war sicher, dass dem nicht so war. Und behielt naturgemäß recht. Der Wisch enthielt die Klage, dass die Elektroinstallationsfirma versäumt hatte, der 380-Volt-Leitung ihren Weg durch den Keller zu sichern – sowie einige sehr seltsame Vorschläge wie zum Beispiel, die Starkstromleitung durch den Treppenaufgang im Erdgeschoss münden zu lassen und den angeblich immer größer werdenden Riss im Fundament mittels Telekinese zu kitten. In einem Akt selbstloser Nächstenhilfe hatte der übergeschnappte Baustellenterminator mir seine Telefonnummer auf das Faksimile gekritzelt, aber natürlich, wie es eben seine Art war, die Dinge immer nur halbfertig zu machen, ohne die Auslandsvorwahl. Ich sah meine Mobilfunkrechnung aufgehen wie einen Hefeteig. Dennoch wäre es sinnlos, sich jetzt aus der Verantwortung zu stehlen, nur um eine Woche später alle Versäumnisse doppelt und dreifach um die Ohren gehauen zu bekommen. Ich pfriemelte mein Handy aus der Reisetasche und gab die Nummer ein, die ich sowieso schon lange auswendig kannte. Plus 0049.

»Herr Topas, ick hab schon jedacht, Sie melden sich jar nich mehr. Wat sind n dit für Elektrospinna? So wat hab ick ja noch nie erlebt.«

Ich ertrug seine nichtssagenden Phrasen und hoffte im Interesse meiner Handyrechnung, dass er irgendwann Substantielles zum Thema beitragen würde. Aber erst nachdem ich ein kleines Vermögen in Telefonkosten investiert hatte, wurde mir klar: Der Mann wollte lediglich Absolution – die Bestätigung, dass er für das ganze Chaos nichts konnte. Schuld waren wie immer die anderen, und überhaupt, wenn ich ihn nicht hätte ... Mir war das in diesem Moment schnurzegal. Ich wollte Urlaub machen und endlich Abstand von dem Britzer Trauerspiel gewinnen. Also sparte ich mir die eigentlich fälligen Vorwürfe über seine eigentümliche Arbeitsauffassung und nutzte die spärlichen Pausen in seinem Redeschwall für Beschwichtigungsformeln à la »Kann ja mal passieren« oder »Na, das kriegen Sie doch hin, Herr Kosewitz«. Währenddessen sah ich meine Familie zum Strand hinunterwandern. Ann-Marie winkte vergnügt. Welch Hohn! Höchste Zeit, den lästigen Ohrenegel abzuschütteln.

»Herr Kosewitz«, grätschte ich dem Blubberphantom resolut in die Parade, »lassen Sie uns alles Weitere später disku... Pronto, pronto, Herr Kosewitz?«

Ich haute mit Schmackes auf die rote Taste und schaltete das Telefon in Windeseile aus. Endlich Ferien vom Estrich.

»War was Dringendes?«, fragte meine Herzensflamme, als ich mich neben sie auf die Badematte legte.

»Nicht wirklich«, unterschlug ich den bedenklichen Geisteszustand unseres Bauleiters. »Kosewitz brauchte ein bisschen Zuspruch. Anscheinend langweilt er sich allein.«

Und dann befiel mich der Buddelzwang. Das geht mir am Strand immer so.

Wie bei jeder Sucht sind die ersten Symptome harmlos: Ich gehe mit dem Kleinen ein paar Sandkuchen backen. Und dann sieht man mich nach und nach in immer tiefer werdenden Baugruben verschwinden.

Irgendwann fragte meine Frau, meinen krankhaften Zustand ignorierend: »Wir gehen zurück ins Hotel, zum Abendessen. Was ist mit dir, kommst du mit?«

Und ich, tief unten aus der metertiefen Grube: »Ich komme nach, Schatz.«

Trotz des späten Nachmittags knallte die Sonne immer noch heftig auf meinen unbedeckten Schädel, und nach und nach verfiel ich in meinem Stollen in fiebrige Hitzephantasien. Ich sah oben am Eingang von »Murats Monstermine« meine Frau unter einem Sonnenschirm sitzen und Tickets für mein weitverzweigtes Stollensystem anbieten, während meine kleine Tochter sich um das Merchandising kümmerte, also T-Shirts, Schaufeln, Eimer und Drinks verkaufte. Braungebrannt, leicht versandet und mit Grubenlampe am Helm führte ich die zahllosen Interessenten, witzig und anschaulich erzählend, nacheinander in kleinen Gruppen durch die verschiedenen Bauabschnitte. Plötzlich sah ich ein paar Uniformierte an der Grubenkante stehen.

Ich, in meinem Gitteraufzug hochgefahren, in perfektem Spaeutsch: »Que gibt's?«

Mein erster Gedanke war: Das müssen die vom Rathaus sein, die zur Bauabnahme kommen. Aber hinter ihnen standen zwei Autos mit blinkendem Blaulicht und der Aufschrift *Guardia Civil*. In meinem Hirn ratterte es kurz. Guardia rief bei mir als erfahrenem TV-Gucker sofort die richtige Assoziation hervor. Guardia Civil war die Kanaren-Variante der guten alten Hasselhoff-und-Pamela-Coast-Guard.

»Hey! Baywatch!«, rief ich der verblüfften Gruppe begeistert zu.

»La identificación, Señor!«

Ganz so gut war mein Spanisch dann leider doch nicht. Das Einzige, was ich in dem Kauderwelsch identifizieren konnte, war ein in Deutschland gebräuchliches Slangwort für Geschlechtsverkehr. Daher fragte ich vorsichtig: »Ficka Pam?«, und machte die international gebräuchliche Geste für einen großen weiblichen Vorbau. Das machte die Küstenwächter wütend.

»SEÑOR!«, brüllte der Unfreundlichste der Truppe so laut, als wollte er auch den afrikanischen Kontinent über seine Empörung in Kenntnis setzen. Irgendwie hatte ich ihn wohl falsch verstanden, aber das war doch noch lange kein Grund, gleich den Brüllaffen zu markieren. Da man offensichtlich das Gefühl hatte, bei mir mit Spanisch nicht weiterzukommen, versuchte sich einer der Gardisten nun an einem Idiom, das wie ein in der Spülmaschine durcheinandergewirbeltes Anfänger-Englisch klang.

»What you doing? You see hotel? Is in danger, the basement, whole Hotel! You must close here! Finish!«

Das war der Grund für all das Geschrei und die Hektik? Dass man wegen meiner Mine befürchtete, das Hotel könne in sich zusammenfallen? Das hätte man mir auch in zwei bis drei kurzen Sätzen ganz höflich mitteilen können. Aber bitte, ich war ja nicht der Springteufel Kosewitz und nahm die Sache daher mit weltmännischer Grandezza. »De nixa. Mi finish e vamo Dinner.«

Meiner Frau erzählte ich beim Buffet lieber nichts von dem kleinen Zwischenfall. Schließlich wollte ich unsere neuerrungene Harmonie nicht leichtfertig aufs Spiel setzen. Dafür machte ich einen anderen Fehler, und der war schwerwiegend: Ich schaltete mein Handy wieder ein. Nur weil ich wissen wollte, ob ich einen TV-Job, der im Gespräch war, nun bekommen hatte oder nicht. Ich hatte nicht. Dafür waren zwölf neue Nachrichten auf meiner Mobilbox. Vermutlich ging mehr als die Hälfte davon auf die Kappe von Kosewitz. Um Kraft zum Ertragen seiner Wortkaskaden zu schöpfen, ging ich an den Fleischtöpfen Nachschub holen. Als ich zurück an unseren Tisch kam, schien der Weltuntergang Einzug gehalten zu haben. Levin weinte, Ayla schrie, und meine manisch an ihren Haaren zippelnde Frau starrte mich an, als wäre ich der Leibhaftige persönlich.

»Was ist los?«, fragte ich entgeistert. »Habe ich mich bekleckert?«

Statt einer Antwort streckte mir Ann-Marie mein Smartphone entgegen.

Briten sauer, dass Sie den Termin haben platzen lassen. Einvernehmliche Lösung kaum noch möglich. Pfleiderer.

»Wieso liest du meine SMS?«, war das Einzige, was mir als Antwort auf diese Terrornachricht einfiel. Ich Obervollpfosten! Wie hatte ich nur den von Pfleiderer erkämpften Heuschreckentermin vergessen können, bei dem ein für beide Seiten akzeptabler Kompromiss verhandelt werden sollte?

War ich einfach nur ein unzuverlässiger Idiot? Oder eben doch gnadenlos überfordert, wie meine lebenskluge Gattin es von Anfang an vorhergesehen hatte?

»Bitte, wieso liest du meine SMS?«, wiederholte ich meine Angriffsverteidigung und nahm Ayla in den Arm, um sie zu trösten. Ann-Marie würdigte mich keiner Antwort. Stumm ließ sie das Handy auf den Tisch fallen, schnappte sich den schniefenden Levin und entschwand. Der ganze Speisesaal starrte mich an. Was konnte es an ereignislosen Ferienabenden Spannenderes geben als einen öffentlich ausgetragenen Familienkrach? Das war keine Bühne, die mir behagte. Ich nahm mein Telefon, drückte meine schutzbedürftige Tochter, die sich ein wenig beruhigt hatte und nur noch leise schluchzte, eng an mich und verließ, mit durchgedrücktem Rücken und ohne nach links und rechts zu schauen, den Raum. Ein geschlagener Held, der um den letzten Rest von Würde kämpfte. Unangenehmerweise kannte ich unsere Zimmernummer gar nicht und musste einem pickligen Rezeptionisten in einer peinlichen Prozedur meine Papiere zeigen, um von ihm einen zweiten Schlüssel zu bekommen.

Der Raum lag im vierten Stock am Ende eines schier endlosen Ganges, und als ich dort endlich ankam, war die Kleine in meinem Arm eingeschlafen. Ich war unschlüssig, ob ich den Schlüssel nutzen oder doch lieber anklopfen sollte. Nach kurzer Überlegung entschied ich mich für Klopfen. Ich wollte nicht als unwillkommener Eindringling behandelt werden. Von drinnen kam keine Reaktion. Nach einem zweiten erfolglosen Versuch öffnete ich die Tür selbst. Ann-Marie lag verheult auf dem Doppelbett und fixierte den ohne Ton laufenden Fernseher, während unser Sohn in einem der beiden Aufstellbettchen schlummerte. Vorsichtig bettete ich Ayla in das andere und deckte sie sachte zu. Dann legte ich mich neben meine Frau.

»Bitte verzeih mir, Ann-Marie. Es tut mir wahnsinnig leid. Ich weiß auch nicht, wie ich diesen blöden Termin vergessen konnte.«

»Hör zu, Murat«, um unsere Kinder nicht zu wecken, mussten wir notgedrungen flüstern, was dem Gespräch einen surrealen Touch gab, »Zeit für seine Familie zu haben ist eine Sache. Seine Aufgaben zuverlässig zu erledigen eine andere. Wenn jemand beides nicht hinbekommt, muss man irgendwann Konsequenzen ziehen. Und das werde ich. Verlass dich drauf!«

Offenbar spielte sie wieder auf ihre vor meinem Fuerteventura-Einfall geäußerten Trennungsabsichten an. Ich versuchte sie, soweit das im Flüsterton möglich war, eindringlich von der Tiefe meiner Zerknirschtheit und der Aufrichtigkeit meiner Reue zu überzeugen und beschwor sie, schon im Interesse unserer Kinder, keine falschen Entscheidungen zu treffen. Allein: Ich drang nicht zu ihr durch. Ihre Reaktionen beschränkten sich auf knappe Repliken wie »Das sagst du doch immer« oder »Lass einfach stecken«. Am Ende war ich von dem anstrengenden Flug, der krankhaften Buddelei und den intensiven Beschwörungsreden so erschöpft, dass ich mitten im Satz einschlief.

Ich erwachte, weil mich die Sonne in der Nase kitzelte und ich heftig niesen musste. Als ich mir den Schnodder von der Nase wischte, stellte ich fest: Ich war allein. Ein Blick auf die Uhr belehrte mich, dass es schon halb elf war. Frühstück gab es bis zehn, also war Ann-Marie mit den Kindern wohl unten. Bestimmt hatte sie keine Lust auf eine morgendliche Fortsetzung der Beziehungsdiskussion verspürt und mich deshalb schlafen lassen. Ich beschloss, als Erstes das abends versäumte Abhören der Mobilbox nachzuholen, dann in Ruhe zu duschen und mich erst danach auf die Suche nach meiner Familie zu machen. Sie konnte auf der Insel ja schlecht verlorengehen. Inzwischen waren es bereits fünfzehn Nachrichten, die meiner harrten. War Kosewitz jetzt endgültig durchgedreht? Oder wer wollte mich da unbedingt sprechen? Seufzend wählte ich zum Abhören die 3311. Die ersten drei Botschaften waren von Pfleiderer. Fragte er bei den ersten beiden noch besorgt, wo ich denn bleibe, war er beim dritten Anruf hörbar aufgebracht. »So, Herr Topal, geht es nicht. Ich bin nicht Ihr Hanswurst. Ich schicke Ihnen jetzt meine Rechnung, und das war es dann.« Prima, den Anwalt war ich also auch los.

Die nächsten acht Nachrichten waren schnell abgearbeitet, denn nach dem Piepton wurde immer gleich aufgelegt. Ich hatte nicht den geringsten Zweifel, dass es jedes Mal mein bekloppter Bauleiter war, aber da der Anrufer seine Nummer unterdrückt hatte, blieb es bei der Vermutung. Beim neunten Mal war er es dann nachweislich. Der Inhalt seiner Nachricht war ein echter Schocker und traf mich völlig unvorbereitet.

»Herr Topas, ick machet kurz: Hebbel is insolvent. Pleite, wa. Schmuh hat vorhin anjerufen und jesacht, dit alle Hebbel-Baustellen bis uff Weiteret nich mehr bedient werden. So wat hab ick ja noch nie erlebt.«

Die nächsten drei Anrufe, die wieder der Piep-und-Auf-leg-Schablone folgten, nahm ich nur verschwommen wahr. Ich war wie mit dem Vorschlaghammer geplättet. Brach nun mein gesamtes Leben zusammen? Obdachlos, anwaltlos, das neue Haus eine Ruine, meine Frau stumm, meine Kinder allein beim Anblick ihres Vaters in Tränen ausbrechend. War das die gerechte Strafe, weil ich – der geborene Mieter – übermütig geworden war und mir nicht zustehende Höhen als Eigenheimbesitzer erklimmen wollte? Ich versuchte, die dunklen Gedanken abzuschütteln. Meine Familie hatte ein

Recht darauf, Lösungen serviert zu bekommen, kein Selbstmitleid. Dazu musste ich sie allerdings zunächst einmal finden. Eventuell saß sie ja in der Hotelhalle oder hatte eine Nachricht an der Rezeption hinterlassen. Ich verschob das Duschen auf später und ging nach unten.

An der Rezeption stand Shakira. Sie strahlte, als sie mich erkannte, und legte verschwörerisch den Finger auf ihre vollen Lippen. »Mister Topas, I kept our little secret.«

»Then why did I have to write such a lot of autographs?«

Sie sah mich an, als hätte ich sie des Hochverrats bezichtigt. Ich fand mich schrecklich, konnte mich aber nicht stoppen. Das Geschichtenerzählen steckt mir einfach im Blut. Um sie nicht in den Selbstmord zu treiben, legte ich beruhigend meine Hand auf ihre. »Don't worry. I'm simply too famous. Anyway, I'm looking for my wife and kids. Did they leave a message?«

Shakira zog ihre Hand weg und musterte mich misstrauisch. »Don't you know that they left this morning?«

»They WHAT???«

»Left.«

Von mir aus hätte sie auch »right« sagen können. Ich stürmte zurück in den vierten Stock, riss ungläubig alle Schranktüren auf, sah sogar unter den Betten nach: Bis auf meinen noch nicht ausgepackten Koffer war alles weg. Das Zimmer begann vor meinen Augen wild im Kreis zu wirbeln. Ich fiel aufs Bett und begrub den Kopf im Kissen meiner Frau. Dann brach die Sintflut los. Ich heulte. Heulte. Und heulte. Eine Viertel-, eine halbe, eine ganze Stunde. So lange, bis irgendwann die Tränen versiegt waren. Zu meinem Erstaunen fühlte ich mich erschöpft, aber irgendwie auch gereinigt. Mir fiel eine Weisheit des guten alten Rocky Balboa ein: »But it ain't about how hard ya hit… It's about how hard you can get it … and keep moving forward.« Genau! Solange ich zwei gesunde Beine hatte, würde ich forwardgehen. Und dieses vermaledeite Haus fertigbauen. Und am Ende – am Ende würde Ann-Marie Topal, geborene Häberle, im Büßerhemd auf Knien angerutscht kommen und mich reumütig um Verzeihung bitten. So und nicht anders würde es sein. Sofern es noch Gerechtigkeit auf der Welt gab. Bevor ich der Gerechtigkeitsfrage jedoch ernstlich auf den Grund gehen konnte, musste ich zunächst einmal meinen vorzeitigen Rückflug organisieren.

17. Kapitel

Hilf dir selbst

Die Heimkehr erwies sich wegen ausgebuchter Charterflüge als außerordentlich schwierig. Ich wunderte mich, wie meine Familie so schnell weggekommen war. Vielleicht mit Schwimmflügeln? Ich musste sage und schreibe drei weitere Tage auf der Insel herumturnen – und das, obwohl ich für die Umbuchung ein kleines Vermögen hinlegte. Die munter weiterkletternden Kosten fielen bei all den anderen Dingen, die aus dem Ruder liefen, für mich emotional schon gar nicht mehr ins Gewicht. Wurden die Budgets nicht bei jedem Bauprojekt gesprengt? Immerhin gab mir der späte Abflug die Chance, Strand und Meer noch ein wenig zu genießen. Und bei Shakira mein etwas ramponiertes Image wieder aufzupolieren.

»There are matters of security why my family and I have to leave on different dates, but sshhhh«, raunte ich bei unserer nächsten Begegnung und legte konspirativ den Zeigefinger auf meine Lippen ...

»Oh, Mr. Topas, I understand«, gurrte sie zurück. »When will you leave the island?«

»That's top secret. But I will use my own helicopter.«

Damit hatte ich bei ihr ins Schwarze getroffen. »*You own a helicopter?*« Bewundernd sah sie mich an. Ich nickte überheblich.

»Perhaps I will invite you to a little flight. Just the two of us, you know. I learned to fly in the army.«

Jetzt ging der Märchenonkel endgültig mit mir durch. Bevor ich anfinge, ihr von meinen heroischen Afghanistan-Einsätzen zu berichten, suchte ich unter einem fadenscheinigen Vorwand eilig das Weite.

Abgesehen von diesen kleinen Vergnügungen war es wenig unterhaltsam, einen Familienurlaub ohne Familie zu verbringen. Während die anderen Papis im Sonnenschein mit ihren Kindern am Strand tollten, frönte ich der Tristesse eines verlassenen Ehemanns und lag bei zugezogenen Vorhängen stundenlang apathisch auf dem Bett, um Ann-Marie und den Kleinen nachzutrauern.

Als ich nach den paar einsamen Urlaubstagen wieder am Flughafen Tegel landete, erwarteten mich statt Kanarensonne Berliner Schmuddelregen und ein überschaubares Empfangskomitee in Gestalt meines Babas. Ich hatte Anne und ihm bei einem zweiten Anruf aus Fuerteventura gestanden, wie es um meine Ehe und den Hausbau stand. Es wäre sowieso nicht lange zu verheimlichen gewesen. Wie immer, und dafür konnte ich meine Eltern gar nicht genug lieben, standen sie in schwierigen Situationen bedingungslos hinter mir.

»Oğlum«, nahm Baba mich tröstend in den Arm. »Wird alles gut. Anne und ich helfen.« Um ein Haar hätte ich gleich wieder losgeheult. »Hast du angerufen deine Frau?«

»Nee.«

Solange unser Traumhaus eine Ruine war, konnte ich mir das Telefongeld sparen. Dazu kannte ich meine Noch-Gattin gut genug. »Weißt du denn, wo sie ist, Baba?«

»Bei Frank und Gisela. In Heilbronn.« Gut, wo sonst hätte sie mit den zwei Kleinen groß hingehen können? Es beruhigte mich aber, dass meine beiden Augensterne bei Oma und Opa waren. Wo könnte es ein Kind besser haben als bei den Großeltern? Beeindruckend, wie in Würde ergraute Menschen in Anwesenheit ihrer Enkel selbst wieder zu Kindern werden. Als Baba mit dem noch ganz kleinen Levin herumtobte, fragte ich ihn eines Tages: »Bist du mit mir früher eigentlich auch so ausgiebig wiehernd über den Boden gerobbt?«

»Waren andere Zeiten, Sohn. Außerdem Levin viel kleiner.«

Ach so!

Schwerfällig tuckerten wir in dem altersschwachen Benz Richtung Neukölln. »Lass uns einen kleinen Umweg über Britz machen«, reagierte ich auf die endlosen Fragen meines Erzeugers, der unbedingt wissen wollte, wie es auf der Baustelle weitergehen würde. Das hätte ich selbst gern gewusst.

Auf den ersten Blick sah unser Domus erstaunlich manierlich aus. Der Keller war fertiggemauert, die Kellerdecke eingezogen, sämtliche Wände im Erdgeschoss standen ebenfalls. Ich hatte es mir erheblich schlimmer vorgestellt. Und vor allem nicht mit der Anwesenheit meines Bauleiters gerechnet.

»Na kiek ma eener an, der vornehme Herr Tourist lässt sich ooch ma wieda blicken. Is det Meer ausjetrocknet? Oda wat?«

»Herr Kosewitz! Was machen Sie denn hier? Ich denke, die Baustelle ist geschlossen?«

»Na, Sie sind ja putzich. Darf ick deswejen keen Dach überm Kopp ham?«

Während meiner kurzen Kur hatte ich völlig vergessen, wie wirr der Mann mit der Wechselstromfrisur zu reden pflegte. Ich versuchte, mich behutsam dem Kern seiner Aussage zu nähern. »Jeder Mensch sollte ein Dach über dem Kopf haben. Dieses Haus hat aber noch keins. Deshalb verstehe ich nicht, was das mit Ihrem Besuch hier zu tun hat.«

»Wat für n Besuch? Ick wohne hier!«

»Ach so, Sie wohnen hier. Sagen Sie das doch gleich. Einen kurzen Moment dachte ich, dies wäre mein Haus.«

»Herr Topas, dit is keen Scherz. Ick hab von Schmuh in all den Monaten noch null Jehalt bekommen und kann deswejen meene Miete nich mehr zahlen.«

Ich schaute meinen Bauknecht prüfend an. Als Humorist war er bislang allenfalls unfreiwillig in Erscheinung getreten. Meinte er seine ungeheuerliche Behauptung etwa ernst? Noch wollte ich es nicht glauben.

»Herr Kosewitz, Sie und ich wissen, dass hier niemand wohnt. Weder Sie noch der Zauberdrache Paff. Warum bitte sind Sie wirklich hier?«

»Weil ick hier wohne. Ick schwör beim Bart meena Mutta.«

»Lassen Sie den Bart Ihrer Mutter aus dem Spiel. Wo in drei Teufels Namen wollen Sie in dieser Ruine wohnen?«

»Na, im Kella. Wo sonst? Dit Dach kommt ja späta.«

Er kicherte und hielt sich anscheinend für furchtbar schlagfertig. Ich dachte bei mir, dass mein Leben von Tag zu Tag merkwürdiger wurde. Hatte es schon einmal einen Bauherrn gegeben, der nach der Pleite seiner Baufirma seinem Bauleiter im Keller seiner Bauruine Unterschlupf gewähren musste? Wohl kaum.

»Herr Kosewitz, falls es einen Straftatbestand namens Ruinenfriedensbruch gibt, klage ich Sie hier sofort raus. Aber darüber reden wir später. Zunächst einmal wüsste ich gern, wie es nach der Hebbel-Pleite denn nun weitergehen soll.«

Diese harmlose Frage stellte für den weitschweifigsten Redner seit Fidel Castro einen willkommenen Freifahrtschein dar.

»Also, wolln wa nich lange um den weißen Brei herumreden, Herr Topas. Et jibt een paar Probleme.«

Das war keine Neuigkeit. Während er so vor sich hin blubberte, überhörte ich geflissentlich seine zahllosen »So wat hab ick ja noch nie erlebt«-Flüche und übersetzte mir seine biblisch lange Predigt still ins Hochdeutsche: Das Installateursduo Pahl & Pohl – »dit sind die Schlimmsten, Herr Topas« – war schon ein halbes Dutzend Mal da gewesen, hatte die Baustelle aber jedes Mal mit Händen in den Hosentaschen betreten und in gleicher Manier eine Zigarettenlänge später wieder verlassen. Beim ersten Mal hatten sie irgendwo Material abgeladen, wussten jedoch schon beim zweiten Mal nicht mehr, wo. Die Fenster, die vor uns im Regen standen – »dit glooben Se nich, Herr Topas« –, waren nicht die Fenster, die ich für mein Haus brauchte: Eines war falsch bemessen worden, das zweite war aus einer anderen Ladung rausgerutscht und hatte mit dieser Baustelle gar nichts zu tun. Die restlichen Fenster konnten zum Glück nicht beanstandet werden, allerdings nur weil sie noch nicht geliefert worden waren – »Macht aba nüscht, Herr Topas. Fensta werden ja komplett überschätzt.« Das Timing der Gerüstbaufirma – »dit Holz, aus dem die jeschnitzt sind, Herr Topas, dit könn Se inne Pfeife roochen« – war ebenfalls schlecht gelaufen, aber andersherum, sie kamen also zu früh. Um kein zweites Mal anreisen zu müssen, hatten sie – offenbar ohne dass mein hochkompetenter Stellvertreter sie daran gehindert hätte – konsequent ihre gesamte Ladung gelöscht. Seitdem stapelten sich rund um den Rohbau meterhoch Gerüstbaustangen, was ein Arbeiten am Haus praktisch unmöglich machte.

Bis zu diesem Punkt hatte mein Baba alle Katastrophenmeldungen stillschweigend ertragen, das allerdings ging ihm gründlich gegen den Strich. »Stangen müssen weg.«

»Richtich! Aba ick hab die Jungs ffufzich ma anjerufen. Un nüscht is passiert.«

Nun riss auch mir der Geduldsfaden.

»Eben deswegen werden WIR das jetzt angehen.«

Er starrte mich fassungslos an. »Wie jetze? Wer ›wir‹?«

»Na, wir: *Kosewitz & Topal*, das stärkste Duo seit *Starsky & Hutch*. Das neben mir ist übrigens mein Bapa. Der hilft bestimmt auch.«

Baba nickte nur grimmig. Mir schien, dass er Kosewitz nicht leiden konnte. Der zuckte kurz und überlegte wohl, ob er sich meiner Order widersetzen konnte. Aber wenn er seine Notunterkunft nicht Knall auf Fall verlieren wollte, musste er wohl oder übel mitziehen. Also schulterte er bockig das erste Querelement, das ich ihm vom Stapel reichte, und stakste durch den vom Regen aufgeweichten Boden zum Zaun. Es dauerte eine gute Stunde, bis wir den Krempel an die Seite geschafft hatten. Der Quasselmaestro hatte tatsächlich sechzig Minuten lang die Gosche gehalten. Offenbar musste man ihn nur körperlich fordern, um von seinem Gewäsch verschont zu bleiben. Das konnte er haben.

Vom Dauernieselregen durchweicht, setzten wir uns zum Trocknen in Babas alten Benz. Nach wie vor war nicht geklärt, wie es nach Hebbels Insolvenz grundsätzlich weitergehen sollte. Wie so oft hatte Baba jedoch schon ganz klare Vorstellungen.

»Hole ich Gerd und paar Kumpel aus Marathonclub und bauen wir Rest selber.«

»Neeeee, Baba, neee. Kein Gerd, keine halbgaren Pfuschereien! Komplett selber bauen kommt nicht in Frage!«

»Warum, Junge? Ist türkischer Brauch.«

Auf diese widersinnige Diskussion wollte ich mich auf keinen Fall einlassen. Allein die Vorstellung, wochenlang Gerd beim Nichtstun und »Jau«-Sagen zusehen und -hören zu müssen, trieb mir allergische Pickel ins Gesicht. Also lenkte ich das Gespräch radikal in eine andere Richtung.

»Herr Kosewitz, Sie haben die Kontakte zu allen notwendigen Gewerken?«

»Hab ick.« Sein Sprachzentrum war immer noch geschwächt von der ungewohnten körperlichen Arbeit.

»Dann organisieren Sie und ich den Weiterbau auf eigene Kappe. Wohnen können Sie bei mir in Neukölln. Meine Frau ist ... äh ... in einem, ich sag mal, längeren Urlaub.«

»Na, Sie sind ja herzich. Und wie wolln Se die Leute bezahln? Sie ham doch Ihr Jeld sicha schon Hebbel jejeben.«

»Das lassen Sie mal meine Sorge sein.«

Ich spürte, wie ich nach Monaten der Desorientierung langsam wieder zu meiner Mitte fand. Und meine Mitte lag nun einmal im Universum der Marvel-Comics, Kung-Fu-Filme und amerikanischen Action-Reißer. All die Geschichten, die ich von dort kannte, hatten mich gelehrt, dass jede Situation, und schien sie noch so ausweglos, durch den unerschrockenen Einsatz beherzter Männer und unorthodoxer Mittel zu einem guten Ende gebracht werden konnte. Hier saß ich, ich konnte nicht anders. Und sollte die Welt morgen untergehen, so würde ich – frei nach Luther – heute noch ein Haus bauen. Von kleinlichen Finanzierungsfragen würde ich mich erst recht nicht ablenken lassen, sonst könnte ich meine Frau nie zurückerobern. Schließlich blendeten ganze Nationen ökonomische Wahrheiten und Grundrechenarten aus, warum sollte ich das nicht auch dürfen? Ich befand mich damit ja wohl in bester Gesellschaft.

»Wie sieht's aus, Herr Kosewitz? Sind Sie dabei?«

Er blickte mich skeptisch an, nickte am Ende aber tapfer. »Also jut, wenn ick bei Ihnen wohnen kann. Ohne Mann vom Fach kommen Se ja nich weit.«

Baba dagegen schüttelte nur den Kopf. Ob aus Antipathie gegen Kosewitz oder weil er den Wahnwitz des Vorhabens erahnte – wer kann das im Nachhinein schon sagen?

Den Kopf schüttelte auch der Mann vom Fach, als er sah, wie klein meine Neuköllner Bleibe war. »Da wär ick ja bessa im Kella jeblieben, Herr Topas.«

»Hören Sie auf zu meckern, Kosewitz. Wenn Sie mich später nicht bei meiner Frau verpfeifen, können Sie im Ehebett schlafen. Ich leg mich auf die Couch.«

Nachdem dies geklärt war, versuchte ich, das schmale Sofa im Wohnzimmer als halbwegs bequemes Nachtlager herzurichten, während aus dem Nachbarraum bereits nach wenigen Minuten zufriedene Schnarchlaute drangen. Ich kam nicht umhin, mir zu gratulieren. Hatte ich doch ein 1-a-Luxusdasein mit einer wundervollen Frau, zwei hinreißenden Kindern und einer zwar kleinen, aber bewohnbaren Wohnung gegen eine klägliche Chaosexistenz eingetauscht: Nun hatte ich ein schnarchendes Großmaul als Wohngenossen, eine mehr als notdürftige Schlafstatt und unfertige Baustellen an jeder Ecke meines Lebens – Respekt. Das hatte ich perfekt hinbekommen. Passenderweise war die Couch noch ungemütlicher als befürchtet und so schmal, dass ich beim ersten Herumwälzen auf den Boden knallte. Nach dieser Erfahrung strengte ich mich so an, ruhig auf einer Seite liegen zu bleiben, dass von Schlaf keine Rede sein konnte. Verschärft wurde die Problematik durch das immer lauter werdende Sägen meines Bauleiters, gelegentlich unterbrochen von einem Röcheln, das an ein qualvoll verendendes Walross erinnerte – »Wrrroaccchhhh«. Hätte Kosewitz nur einen Bruchteil der Energie, die er für die nächtliche Geräuschproduktion aufwandte, in Arbeit für mein Haus umwandeln können, wäre mir um den Erfolg unserer »Operation Britz« nicht bange gewesen.

Obwohl ich am nächsten Morgen völlig erledigt war und meine Glieder vom verkrampften Auf-der-Seite-Liegen schmerzten, galt es, so schnell wie möglich den Canossagang bei Herrn Pfleiderer anzutreten. Denn ohne ihn würde ich die gierigen Heuschrecken, die sich meine Neuköllner WG-Behausung einverleiben wollten, nicht abgeschüttelt bekommen, so viel wusste ich. Als sichtbares Zeichen meiner Reue hatte ich vor dem Abflug im Duty-free-Shop den teuersten Whisky erstanden, den der Laden hergab. Um mir keine Absage einzufangen, tauchte ich ohne Anmeldung auf. Wie immer öffnete er selbst die Tür. Seine beiden Bürohilfen waren für solch niedere Arbeiten wohl zu qualifiziert.

Falls er über meinen Besuch erstaunt war, ließ er es sich nicht anmerken. »Herr Topal, was verschafft mir die Ehre? Zuletzt hatte ich den Eindruck, Sie meiden meine Gesellschaft lieber?«

»Das tut mir unglaublich leid, Herr Pfleiderer. Das war keine böse Absicht. Ich bin leider manchmal etwas desorganisiert.«

»Sie brauchen sich nicht zu entschuldigen. Letzten Endes müssen Sie ja selbst wissen, wie wichtig Ihnen Ihre Wohnung ist.«

»Extrem wichtig natürlich. Deswegen wollte ich mich nicht nur entschuldigen, sondern Sie bitten, in dieser Sache doch noch einmal für mich tätig zu werden.«

»Zu spät, Herr Topal.« Das hatte ich befürchtet. Vielleicht konnte ihn ja der Whisky umstimmen. Ich fummelte an meiner Tasche herum.

»Ihre Schwiegermutter hat derart penetrant auf mich eingewirkt, dass ich die Angelegenheit trotz Ihres unmöglichen Verhaltens weiterverfolgt habe. Sie können noch bis Ende Oktober in Ihrer Wohnung bleiben. Was ist das?«, meinte er mit verwundertem Blick auf die Whiskyflasche, die ich endlich aus der Tasche gezaubert hatte.

»Na, Sie sind doch Whisky-Kenner, da dachte ich, ich mach Ihnen damit vielleicht eine kleine Freude.«

»Den stecken Sie mal gleich wieder ein, Herr Topal. Solch minderwertigen Duty-free-Fusel fasse ich nicht einmal mit der Kneifzange an.«

Es diesem Menschen recht zu machen schien schier unmöglich. Aber wenigstens hatte ich die Arbeiten auf dieser Baustelle unkomplizierter als erwartet beendet und konnte mich nun mit voller Kraft dem »Unternehmen Gewerkejagd« widmen.

Wenn in Deutschland irgendetwas nicht klappt, sagt man ja gern, dass es bei uns zugehe wie in einer Bananenrepublik. Ich spreche bei solchen Gelegenheiten inzwischen nur noch von einer Baustellenrepublik. Denn aller Wahrscheinlichkeit nach sind die Zustände in einer Bananenrepublik, verglichen mit denen auf deutschen Baustellen, geradezu idyllisch. So sollte man etwa meinen, es sei in unseren Breitengraden ein Kinderspiel, sich eine Dienstleistung auftragsgemäß ausführen oder bestimmtes Material liefern zu lassen. Es gibt Mail, Fax, Telefon, kompetente Speditionen und dreispurige Autobahnen. Eigentlich sollte es also reichen, eine Fachfirma anzurufen, ihr zu erklären, was man in welcher Farbe, Größe und Beschaffenheit braucht, und danach die Bestellung per Fax oder Mail zu bestätigen. Der Auftragnehmer teilt dann im Gegenzug mit, wie viel Zeit er zum Herstellen, Liefern und Montieren braucht. So weit die Theorie. In der Praxis dagegen orderst du zum Beispiel eine Haustür, die laut Bestellbestätigung eine Lieferzeit von vier Wochen hat. Nach drei Wochen ruft dich die Firma deines Vertrauens an und verlangt »die genauen Maße, Herr Topal«. Um keinen Streit zu riskieren, schluckst du deinen Ärger herunter und gibst die Maße ein zweites Mal detailliert durch. Fünf Tage später erreicht dich per Mail die knappe Ansage, dass die gewünschten Maße leider nicht innerhalb der zugesagten vier Wochen geliefert werden können. Das Schreiben endet mit der nüchternen Floskel:

Wir hoffen, die bedauerliche Verzögerung stellt kein Problem für Sie dar, und verbleiben hochachtungsvoll …

Du übergehst die Unverschämtheit, dass die Lieferung nun nicht mehr vier, sondern vier plus x Wochen dauern wird, und antwortest:

Vielen Dank für Ihre freundliche Mail. Selbstverständlich stellt es keinerlei Problem dar, dass unser Traumhaus sperrangelweit offen steht und jede Gattung ungebetener Gäste einlädt – seien es nun Zwei-, Drei- oder Vierbeiner. Bis Ihr offenbar kompliziert herzustellendes Einzelstück eintrifft, werde ich mir übergangsweise eine eigene Tür schnitzen oder im Britzer Garten einen Bären erlegen und sein Fell an die Zarge nageln. Mit freundlichen Grüßen …

Was willst du sonst tun? Den Auftrag zurückziehen und mit einer anderen Fachfirma denselben Tanz von vorn beginnen? Lieber bleibst du eisern freundlich, verhandelst zäh und hoffst ... meistens vergeblich.

Fast all unsere Bestellungen wurden entweder zu spät, falsch oder gar nicht geliefert, egal, ob es sich um die Griffe für die Fenster, die Terrakottafliesen für das Entree oder die mit todschicker Granitoptik versehene Arbeitsplatte für die Küche handelte.

Kosewitz machte bei unserem ehrgeizigen Bauvorhaben täglich mit und war doch nie dabei. Sein Talent, in kritischen Augenblicken aus der Sichtachse zu verschwinden und erst nach getaner Arbeit wieder aufzutauchen, war bemerkenswert. Er und Gerd, den Baba trotz meiner Proteste täglich mit nach Britz schleppte, ergänzten sich prächtig. Die Einzigen, die arbeiteten, waren wieder einmal Baba, der trotz seines fortgeschrittenen Alters wie eine Maschine ranklotzte, und ich. Als jedoch eines Nachmittags überraschend die von mir schon längst abgeschriebene Küchenarbeitsplatte geliefert wurde, konnten die beiden Faultiere nicht mehr rechtzeitig die Kurve kratzen. Den notorischen Drückebergern eine Arbeit aufhalsen zu können war mir ein innerer Reichsparteitag. Schadenfroh hielt ich ihnen meine brandneue Laser-Stichsäge unter die Nase. »Weiß jemand, wie man damit umgeht?«

Kosewitz warf einen flüchtigen Blick auf das Gerät und zog ein Gesicht, als wäre er plötzlich aus dem Raum-Zeit-Kontinuum gefallen. »Wat soll ick sagen, Herr Topas. Der Mensch wächst mit seine Uufjaben, nich?«

Gerds Antwort war eindeutiger: »Jau!«

Durfte ich das ernst nehmen? Oder existierten in Gerds Wortschatz einfach keine Verneinungen? Ich entschied mich, seiner Selbsteinschätzung zu vertrauen. Es ging ja nur um einen kleinen Spülenausschnitt – was konnte da schon schiefgehen? Aber nicht nur Gerd sollte arbeiten, auch mein Wohngenosse sollte für sein kostenloses Hotelzimmer ausnahmsweise einmal etwas tun.

»Kosewitz, hier ist eine Schablone. Sie können die Umrisse der Spüle aufzeichnen und dann die Ränder abkleben, damit beim Aussägen nichts reißt. Ich helfe derweil Baba bei den Badfliesen.«

Zwei Stunden später wollte ich mir, nichts Böses ahnend, in der Küche einen Kaffee brühen, da sah ich, dass die beiden Experten das Loch für die Spüle zwar ordentlich ausgeschnitten hatten – aber leider auf der falschen Seite. Und das, nachdem ich ewig auf die Lieferung der Platte gewartet hatte! Auf hundertachtzig, suchte ich die beiden Dünnbrettbohrer im ganzen Rohbau, bis ich sie im Keller fand, wo sie sich beim Würfeln vergnügten.

Ich, total geladen und alle Höflichkeitsregeln missachtend: »Ihr Penner, habt ihr nicht gemerkt, dass ihr das Loch auf der falschen Seite gesägt habt?«

Kosewitz, seelenruhig: »Ham wa, Herr Topas. Aba da war et schon zu spät.«

Gerd, ihn aus voller Seele bekräftigend: »Jau!«

Ich, mit Wuttränen in den Augen: »Und jetzt? Soll ich die Platte etwa wegschmeißen?«

Kosewitz, bauernschlau: »Watten, Herr Topas. Die Platte drehn wa einfach um. Die Granitoptik kommt untenrum vielleicht nich janz so jut wie oben, aba dit Sperrholz passt doch wiederum jut zur cremefarbenen Kaffeemaschine, oda?«

Gerd, bekräftigend: »Das könnte klappen.«

Ich, klein beigebend: »Okay, ich ruf dann mal meine Haftpflicht an.«

Denn ich sah nicht ein, die Kosten für dieses unfassbare Missgeschick auf meine Kappe zu nehmen. Wenn ich schon die Allgemeinheit vor solch sagenhaften Nieten wie Gerd und Kosewitz bewahrte, sollte die Solidargemeinschaft wenigstens einen Teil meiner durch dieses Opfer entstehenden Auslagen tragen. Also reaktivierte ich gegenüber meinem Versicherungsvertreter das orientalische Märchenerzähler-Gen.

»Ja, genau, mein Nachbar … Gerade zweiundneunzig geworden … Ja, das ist ziemlich alt … In seinem Auftrag habe ich diese Granitoptikplatte gekauft … Genau … Und gleichzeitig diesen Aquariumsdeckel aus Resopal … Aquarium, richtig … Ja, stockdunkel in der Wohnung, der arme Mann … Nein, kein Geld für Strom, nur Kerzen ... Deswegen habe ich beim Sägen kaum was gesehen … Ein Aquarium mit einem Deckel in Granitoptik, wie sieht das denn aus, sagen Sie doch selbst … Und diese jetzt viel zu kurze Resopal-Arbeitsplatte ... Ja, ein echtes Drama …«

Mein Versicherungsmensch reagierte überaus mitfühlend. Oder einfach nur clever. Auf das Geld warte ich bis heute.

Ebenso nervenaufreibend wie dieses Intermezzo waren meine Erlebnisse mit der Telekom, genauer: die ereignislose Zeit des Wartens auf einen von der Telekom geschickten Mitarbeiter. Fast vier Monate hatte ich den Vatikan der deutschen Telekommunikation mit Petitionen aller Art bombardiert und demütig danach verlangt, in die Gemeinschaft der Festnetzgläubigen aufgenommen zu werden. Fast hatte ich die Hoffnung aufgegeben, als eines Tages endlich ein silberner Opel-Kombi mit Telekom-Aufkleber vorfuhr, dem ein kleines, agiles Männlein entstieg, quasi der Nuntius der allein selig machenden Kabelkirche.

»Nicht zu fassen, die Telekom hat real existierende Außendienstmitarbeiter?«, staunte ich.

»Bitte?«

»Darf ich Sie mal anfassen?«

»Was ist los?«

Ich griff ihm an den Oberarm. Okay, kein Trick, der Mann war echt. Oder ein verdammt gut gemachter Replikant.

»Was soll denn das?«, fuhr er mich an.

»Nichts weiter. Ich beginne nur gerade wieder an den Weihnachtsmann zu glauben.«

»Soll mir recht sein. Solange Sie mir diese Empfangspapiere unterschreiben.« Er hielt mir einen oberarmdicken Stapel hin.

»Ist das der Trick? Die Kunden sind nach monatelangem Warten so zermürbt, dass sie Ihnen per Unterschrift ihre Seele verkaufen? Lassen Sie den Krempel hier und kommen Sie in zwei Wochen wieder. Bis dahin habe ich Ihre Telefonbibel hoffentlich gelesen und verstanden.«

»Die hat noch nie jemand gelesen. Und erst recht nicht verstanden.«

Einen gewissen Humor konnte man dem Männchen nicht absprechen.

»Ich würde Ihnen raten, jetzt zu unterschreiben. So schnell verirrt sich kein Telekom-Mitarbeiter mehr in diese gottverlassene Gegend.«

Gottverlassene Gegend? Anscheinend hatte ihm niemand gesagt, dass er sich im Beverly Hills von Neukölln befand.

»Also gut, Sie scheinen eine ehrliche Haut zu sein. Sagen Sie mir in zwei Sätzen, was da drinsteht, und ich unterschreibe.«

»Sie bestätigen mit Ihrem Otto zunächst einmal, dass Sie von mir einen Analoganschluss erhalten haben.«

»Einen Analoganschluss? Ich habe ISDN für mehrere Anschlüsse, eine hyperschnelle Internetleitung mit VDSL und WLAN bestellt, das ganze Programm.«

Leicht irritiert blätterte er durch seinen Stapel. »Hier steht schwarz auf weiß, dass Sie einen Analoganschluss geordert haben.«

»Nein, habe ich nicht. Schon deshalb nicht, weil ich ein ISDN-Telefon habe. Das kann ich bei einem Analoganschluss doch gar nicht nutzen.«

Er kratzte sich hinter dem Ohr.

»Tja, keine Ahnung. Ich hab den Auftrag ja nicht entgegengenommen. Heißt das jetzt, Sie wollen nicht unterschreiben?«

»Natürlich unterschreibe ich nicht. Ich habe ISDN bestellt, und ich will auch ISDN kriegen.«

»Also gut. Dann bestätigen Sie mir bitte wenigstens auf den fünfhunderteins anderen Zetteln den Erhalt der fünfhunderteins Router.«

»Bitte?«

Ich blickte mich unauffällig um. War der »Verstehen Sie Spaß?«-Moderator Guido Cantz in der Nähe?

»In meinen Unterlagen steht, dass Sie fünfhunderteins Router bestellt haben.«

»Sehe ich aus wie jemand, der fünfhunderteins Router braucht? Gibt es überhaupt irgend jemanden, der fünfhunderteins Router braucht? Ich habe einen *Speedport fünfhunderteins* geordert. Das ist ein kleiner Unterschied, finden Sie nicht?«

Mein Gegenüber blieb ungerührt. »Das heißt, ich soll die Palette mit den fünfhunderteins Geräten nicht ausladen?«

»So ist es.«

»Wie Sie wollen. Dann müssen Sie nur noch bestätigen, dass ich hier war. Unterschrift bitte unten rechts.« Der Telekomiker war nicht aus der Ruhe zu bringen. Anscheinend gehörten Fehlleistungen der Kollegen in der Bestellannahme zu seinem Berufsalltag. Ich beneidete ihn nicht. Wortlos hielt er mir seinen magentafarbenen Plastik-Kuli unter die Nase, und konfliktscheu, wie ich manchmal bin, unterschrieb ich sogar. Und kochte innerlich. Mag sein, dass ich zu viele Actionfilme sehe, aber in dem Moment, wo der Wicht wieder in sein Telekom-Shuttle kletterte und die Flucht ergriff, wünschte ich mich mit einer Panzerfaust bewaffnet, um den Opel aufs Korn zu nehmen und ihn – *schwoffffff* – in einem Riesenfeuerball zu versenken.

Leider hatte er seinen Verein richtig eingeschätzt. Es dauerte mehr als vier Wochen, bis sich das nächste Mal jemand blicken ließ. Wenigstens hatte der einen ISDN-Anschluss im Gepäck. Meinen Speedport musste ich mir jedoch am Ende anderweitig besorgen, denn die Telekom war offenbar nur willens, Router in Stückzahlen ab fünfhundert aufwärts zu liefern.

Gleichsam traumatisierend war die Begegnung mit dem von Kosewitz so geschmähten Klempnerduo Pahl & Pohl. Vergebens versuchte mein Bauleiter, diese im letzten Moment noch abzubiegen. »Holn Se lieba Polen, die sind doppelt so schnell, halb so teuer und haben dreimal so viel Ahnung.«

Ausnahmsweise hätte es sich gelohnt, auf ihn zu hören.

Schon der Anblick der beiden ziegenbärtigen und arbeitsunlustigen Gestalten erfüllte mich mit tiefer Abneigung. Die Hände in den Hosentaschen vergraben, kamen sie mir im Tempo einer zwanzig Schneckenhäuser schleppenden Schnecke entgegengeschlurft.

»W i r … s o l l e n …« Pause. »H e u t e … d i e … … W a s s e r l e i t u n g e n …« Pause. »… l e g e n.« Sie sprachen halb so schnell wie ich bei meiner Zeitlupenrede im Büro von Feuchtleben.

Ich versuchte, diese Zeitverschwendung mit einer rasanten Antwort zu kompensieren. »Alles klar. Mein Bauleiter sagte, Sie haben die Materialien schon abgeladen?«

»Korrekt. Aber wir wissen nicht mehr, wohin.«

Es endete damit, dass alle Mann, sogar Gerd und Kosewitz, über das Gelände trabten und die verschwundenen Sanitärgerätschaften suchten. Nur Pahl & Pohl standen wie zwei Fragezeichen in der Landschaft herum, hatten jeweils eine Hand aus der Hosentasche gezogen und rauchten, mit verschlafenem Blick des Ergebnisses der Suchaktion harrend, eine Zigarette nach der anderen. Fündig wurde nach ausdauernder Jagd Kosewitz, der zufällig im Keller über einen in einer dunklen Ecke stehenden Kasten stolperte.

»Herr Topas«, brüllte er nach oben. »Ick hab die Kiste. Wenn Se bei der Jelejenheit vielleicht jleich ma den Krankenwajen rufen könn'n.«

Zu seiner und meiner Erleichterung konnte ich als erfahrener Vater die Schramme an seinem Unterschenkel kurz und schmerzlos verarzten, indem ich ein Pflaster darauf klebte. Die beiden Tranklempner brauchten für ihre Arbeit dafür umso länger. Als sie endlich abzogen, wunderte ich mich, dass ihre Bärte inzwischen nicht bis zum Boden reichten. Kosewitz konnte sich gar nicht beruhigen.

»Wat soll ick sajen, Herr Topas. So wat wie die hab ick ja noch nie erlebt. Und wat die für n Dreck hinterlassen ham. Na, ick wasch ma erssma die HÄÄÄÄÄÄÄÄÄÄ... Wenn Se jetz bitte doch den Krankenwaijen rufen könn'n.«

Die beiden Sanitärexperten hatten es geschafft, die Leitungen zu vertauschen, so dass sich mein Bauwesir beim Aufdrehen des Kaltwasserhahns böse die Finger verbrühte. Um die Sache wieder in Ordnung zu bringen, blieb mir nichts anderes übrig, als doch noch die Polen zu holen. Die brachten nicht nur das Sanitärchaos wieder in Ordnung, sondern waren auch so freundlich, die Dachbalken, die seit Wochen darauf warteten, mit Dämmung, Isolierung und Dachziegeln komplettiert zu werden, mit Folie abzudecken. Dank dieses provisorischen Dachs konnten Kosewitz und seine Spießgesellen wenigstens so tun, als würden sie den Innenausbau vorantreiben.

Um zwischen all den Wahnwitzigen nicht selbst verrückt zu werden, gönnte ich mir zwischendurch friedvolle Ausgleichsarbeiten wie etwa Malern, eine Tätigkeit, die sich mehr oder weniger von selbst erledigt. Nur die Vorbereitung muss stimmen: also alles anständig abkleben, Farbe anrühren, Rolle und Pinsel an den Start bringen und los! Die ewige Wiederholung der Rollbewegung ist ein astreines Beruhigungsmittel, bei dem man sogar Musik oder Hörbücher genießen kann. Aber selbst das hatte seine Tücken: Bei einer meiner Entspannungsübungen klopfte mir Baba auf die Schulter. »Oğlum, ich weiß, Haus heißt Domuz. Aber willst du wirklich alles schweinrosa streichen?« Hoppla, da hatte ich doch in meinem relaxten Dämmerzustand glatt übersehen, dass ich mit Aylas Kinderzimmer längst fertig war.

Würde die Kleine dort überhaupt jemals einziehen? Immer wieder plagten mich nachts Alpträume, in denen meine Kinder mir für immer entzogen wurden. Und Ann-Marie mit anderen Männern ein glückliches Leben begann. Die Sehnsucht nach meinen drei Liebsten war inzwischen so stark, dass sie mir geradezu körperliches Unwohlsein bereitete. Ich gab mir Mühe, mich davon nicht lähmen zu lassen, sondern sie als zusätzliche Motivation zu begreifen.

Fast noch meditativer als Streichen fand ich das Verlegen von Laminat. Laminat gibt es ja in allen Farben und Strukturen, was mich schon in meiner Jugend fasziniert hat. Und es sieht richtig echt aus. Damals habe ich ernsthaft gedacht, Laminat wäre der Name einer Tropenholzart. Als ich mit meiner ersten großen Liebe unsere erste gemeinsame Mietwohnung einrichten wollte, baute ich mich vor dem Verkäufer auf und dozierte großspurig: »Laminat gut und schön. Aber ist Ihres denn auch aus kontrolliertem Plantagenanbau?« Die Freundin war ich danach los. Inzwischen weiß ich natürlich, dass Laminat aus verschiedenen Schichten besteht, wobei die oberste sozusagen abfotografiertes Holz ist. Man läuft also nicht auf Dielen, sondern auf einer Riesenfototapete. Aber was soll's – wenn es doch gut aussieht. Passt auch sehr schön zu Deko-Obst und Plastikpflanzen. Und zum Kaminfeuervideo auf dem Flachbildschirm.

Als Baba und ich zu dem Entschluss gelangten, dass wir so weit seien, mit der Verlegung des Bodens zu beginnen, planten wir diese sorgfältig durch. In jeder Etage und in jedem Raum wurde als Erstes das notwendige Depot Klicklaminat angelegt. Dann arbeiteten wir uns systematisch von unten nach oben durch und klickten uns wie in Trance abwechselnd durch das gesamte Haus. Am Dachboden angekommen, war ich dran und sollte eine Lektion fürs Leben lernen: nie, wirklich *nie* zur Dachschräge hin enden! Bei

Klicklaminat klickt man die Leisten, wie der Name schon sagt, zusammen und klopft mit einem Schlagholz und einem Hammer noch einmal nach, bis sie einrasten. Irgendwann schneidet man die letzte Leiste zurecht, passt sie in die letzte Lücke und hakt ein Zugeisen ein, auf das man so lange klopft, bis das Laminat bombenfest sitzt. Wegen der Dachschräge musste ich eben dies auf allen vieren auf den Boden gehockt erledigen. Ich legte das Eisen an, klopfte konzentriert ... und merkte erst durch einen stechenden Schmerz, dass ich mir gerade die Haut meiner Unterarme eingeklemmt und mich selbst am Boden festgeklickt hatte. Aua!

Da war ich nun, allein auf dem Dachboden, in Hundestellung unter dem Schrägdach eingeklickt, niemand in Rufnähe und das Handy vier Meter von mir entfernt am Ladekabel.

Im ersten Moment musste ich lachen, weil mir auffiel, dass Klicklaminat eigentlich ein ideales Polizei-Accessoire für Gruppenfestnahmen bei Großeinsätzen wäre. »So, nun alle mal die Unterarme hoch! Laminat anhalten, zusammenklicken – und mitkommen!« Wer würde schon mit vier Quadratmeter Fußboden an den Händen fliehen wollen?

Mit der Zeit wurde mir jedoch ein wenig mulmig zumute, und ich begann, halbherzig um Hilfe zu rufen. Aber Kosewitz und sein Faulenzerzwilling Gerd saßen vermutlich wieder im schallisolierten Keller und verspielten ihre eh schon verlorenen Seelen, und Baba war im Baumarkt, um Schrauben und Beschläge zu besorgen. Ich weiß nicht, wie lange ich in dieser unsäglichen Position unter der Dachschräge hockte, fest steht, dass es die reine Folter war. Gelähmt, depressiv und dehydriert, wie ich war, verlor ich zusehends die Nerven. Nach einer schier endlosen Zeit kam Baba zurück, und ich hörte ihn im gesamten Haus nach mir rufen »Murat, Junge, wo bist du?«

Ich wollte antworten, hatte jedoch schlicht keine Kraft mehr, so dass mein »Hier« ein klägliches Piepsen blieb. Endlich hörte ich Baba die Treppen zum Dachboden erklimmen. Er öffnete die Tür, wähnte mich in muslimischer Betposition, murmelte »'tschuldigung« und verschwand schneller, als er gekommen war. Das war's, wer außer ihm sollte mich jetzt noch finden und vor dem kläglichen Verdursten und Verhungern bewahren? Wie ein räudiger Hund würde ich in dieser peinlichen, unwürdigen Stellung verrecken und weder meine geliebten Kinder noch meine zuletzt so hartherzige Frau je wiedersehen. Ich versuchte, die aufschießenden Tränen zu unterdrücken und mir die alten Kung-Fu-Weisheiten ins Gedächtnis zu rufen. Aber es half alles nichts: Ich ertrank in Selbstmitleid und verfluchte Eigenheime, Schwaben, Kosewitz und Hebbel-Haus bis in die vierzehnte Generation (Hebbel nahm ich nach kurzem Überlegen wieder raus, denn die waren ja ohnehin schon bankrott). Je länger ich in meiner selbstgestellten Falle festsaß, desto mehr wichen Selbstmitleid und Wut einer tiefen Nachdenklichkeit. War dieses armselige Ende nicht die logische Folge meiner vielen selbstherrlichen Entscheidungen? War es nicht mein völlig überflüssiger Mannesstolz gewesen, der zu all den fatalen Entwicklungen der letzten Monate geführt hatte? Zu der Ablehnung eines koordinierenden Architekten und der unheilvollen Verpflichtung von Hebbel-Haus? Zu meiner ständigen Überforderung, der daraus resultierenden Vergesslichkeit, den Lügen, die nach und nach meine Liebsten von mir entfremdet hatten? War ich am Ende gar selbst an allem schuld? Wenn ich ehrlich war – und im Angesicht des Todes schien mir das ratsam –, war dieser vermaledeite Stolz tatsächlich die Ursache allen Übels. Ich begann zu bereuen und meine kluge Frau, die mir genau das von Beginn an prophezeit hatte, inbrünstig um Verzeihung zu bitten. Hätte ich auch nur die geringste Chance gehabt, an mein Handy zu kommen, hätte ich meine Reue Ann-Marie sofort mitgeteilt.

Während ich noch innere Zwiesprache mit meiner Liebsten hielt, öffnete mein Baba die Tür zum Dachboden ein zweites Mal: »Junge, wusste ich doch, irgendwas stimmt nicht. Mekka ist doch in andere Richtung.«

Dem sicheren Tod von der Klinge gesprungen, reckte und streckte ich erleichtert meine Gliedmaßen. Und als löste sich durch die gymnastischen Übungen eine hartnäckige Blockade in meinem Kopf, erkannte ich plötzlich die Botschaft, die sich hinter der Flucht meiner Frau verbarg: *Murat, beweise, dass du Verantwortung für das Glück deiner Familie übernehmen kannst, und schaffe uns ein Heim. Ich gebe dich frei, damit du die Freiheit hast, erwachsen zu werden.*

»Ja, Frau«, rief ich so laut, dass Baba vor Schreck beinahe die Treppe runtergefallen wäre. »Ich habe verstanden!«

18. Kapitel
Aufräumarbeiten

Geduld und Hartnäckigkeit sind zwei lobenswerte Eigenschaften, und das Schöne an ihnen ist, dass sie in der Regel sogar zu Ergebnissen führen. So auch dieses Mal.

»Junge«, nahm mein Vater mich am Ende eines unserer vielen langen Arbeitstage in den Arm, »fehlt fast nur noch Dach.«

Das war so wahr wie ärgerlich. Seit Wochen vertröstete uns die zuständige Dachdeckerfirma Himmelszelt mit der immer gleichen E-Mail:

Sehr geehrter Herr Topal,
aus betriebstechnischen Gründen kommt das Dach leider später.
Hochachtungsvoll
Himmelszelt

Das stimmte mich immer skeptischer, und seit einiger Zeit hatte ich begonnen, Alternativen zu herkömmlichen mitteleuropäischen Hausdächern in Erwägung zu ziehen. Die von den Polen festgetackerte Dachfolie hatte sich durchaus bewährt, und von Stroh- bis zu dauerhafter Planenabdeckung schien zumindest theoretisch vieles möglich.

Baba scherte sich im Gegensatz zu mir nicht sonderlich

um das fehlende Dach. »Ist Zeit zu feiern. Kannst du bald einziehen.«

»Muss ich ja auch. In drei Wochen läuft in Neukölln die Kündigungsfrist ab«, fauchte ich.

Das war zwar korrekt, aber im Nachhinein denke ich, dass ich mich Baba gegenüber ruhig ein wenig dankbarer hätte zeigen können. Schließlich war er es, der in den vielen Tagen meiner berufsbedingten Abwesenheit die Baustelle fast allein am Laufen hielt. Und der regelmäßig Helfer aus seinem Verein engagierte, die im Gegensatz zu Gerd auch tatsächlich Einsatz zeigten. Nicht zu vergessen all die Murat-Aktien-Käufer und sonstigen Geldgeber, die er in mühevoller Überzeugungsarbeit akquiriert hatte. Aber wenn es um das Zeigen von Gefühlen ging, blieb ich meinem Vater gegenüber befangen. Ich beließ es bei einem burschikosen Schulterklopfen, rang mir aber immerhin ein schüchternes »Danke für all deine Hilfe, Baba« ab.

»Musst du Ann-Marie anrufen. Ist Haus für Familie.«

»Hast du nicht immer die Ansicht vertreten, dass man als Mann nicht klein beigeben darf?«

»Ja, ja. Aber am wichtigsten, Junge, ist: Mann muss machen Frau glücklich.«

Na toll, woran sollte man sich im Leben eigentlich noch halten, wenn selbst der eigene Vater einem kein klares Wertesystem mehr vermitteln wollte?

Aber hartnäckig zu bleiben und auf Ann-Maries Kniefall im Büßerhemd zu warten schien in der Tat weder eine kluge noch eine erfolgversprechende Strategie zu sein. Zum einen wusste ich aus langjähriger Erfahrung, was für eine unglaublich sture Person die geborene Frau Häberle sein konnte; zum anderen wurden meine Entzugserscheinungen immer dramatischer. Erst in der letzten Nacht hatte ich auf meiner Couch die Bettdecke für meine Frau gehalten und war von meinen eigenen »Ann-Marie«-Seufzern wach geworden.

»Sajen Se mal, Herr Topas«, mokierte sich Kosewitz, der in einem Cord-Schlafanzug in der Tür zwischen Schlaf- und Wohnraum aufgetaucht war, »können Se Ihr Liebesjeturtel nich wie jeder anständje Mensch intim abwickeln? So wat hab ick ja noch nie erlebt.« Sprach's und verschwand kopfschüttelnd in meinem Ehebett. Bei der Gelegenheit entdeckte ich, dass seine Haare nachts knalleng am Schädel klebten. Vielleicht steckte er morgens tatsächlich den Finger in die Steckdose? Ich griff mir Stift und Zettel, die zum Festhalten spontaner Einfälle immer neben meiner Schlafstatt liegen, und notierte *K. morgen rausschmeißen.* War das herzlos? Ich strich es durch und milderte ab in *K. erinnern, dass er in drei Wochen obdachlos ist.*

Auch unter rhetorischen Gesichtspunkten war das Timing für einen Versöhnungsversuch ideal. Die alte Miniklitsche kurz vor der Räumung, das neue Prachthaus kurz vor der Fertigstellung: Da konnte man gut an die schönen gemeinsamen Tage erinnern und zukünftige noch schönere Zeiten ausmalen.

Seit ihrer überstürzten Abreise aus Fuerteventura hatte sich Ann-Marie strikt geweigert, Anrufe von mir entgegenzunehmen. Um der Wahrheit die Ehre zu geben: Ich hatte es auch nur ein einziges Mal versucht – als nämlich die frohe Botschaft von der Abwendung der Räumungsklage kam. Ansonsten beschränkte ich mich darauf, einmal täglich die Schwiegereltern anzurufen und mich zunächst an Ayla weiterreichen zu lassen, die abwechselnd lautmalerisch brabbelte oder mir lauthals ins Ohr schrie. Nach ihr kam Levin an den Apparat, dessen erste Frage immer war: »Babu, wann können wir wieder nach Hause?« Das brach mir das Herz, und ich musste jedes Mal die Tränen unterdrücken.

Wie ich von Frank wusste, hatte Ann-Marie ihm erzählt, dass sein Vater ein neues Bühnenprogramm schrieb und deswegen eine Zeitlang seine Ruhe bräuchte. Um Mamas Märchen nicht auffliegen zu lassen, antwortete ich vage: »Bald, Levin, Babi hat noch nicht genug neue Witze geschrieben.« Ich drückte mir die Daumen, dass mein Kleiner all die Knüllergags, die ich angeblich gerade ausbrütete, nicht eines Tages wirklich hören wollte. Er war in der Vergangenheit ohnehin schon oft genug enttäuscht gewesen, wenn ich keine neuen Scherze für ihn parat hatte. Laut Ann-Marie war sein Vater nämlich von Beruf Witzemacher. Das war zwar nicht völlig verkehrt. Ich fand diesen Begriff allerdings ein bisschen despektierlich und vermutete dahinter, sicher nicht ganz zu Unrecht, eine von meiner Schwiegermama in die Welt gesetzte kleine Spitze. Meine Schwiegereltern verhielten sich in unserem kalten Ehekrieg im Übrigen schweizerisch neutral. Zumindest fiel mir gegenüber kein böses Wort. Ob sie bei ihrer Tochter Stimmung gegen mich machten, konnte ich natürlich nicht beurteilen. Ich war mir jedoch so gut wie sicher, dass dies – wie umgekehrt bei meinen Eltern auch – nicht der Fall war.

Um bei der Rückeroberung meiner Frau nichts zu riskieren, musste das Versöhnungstelefonat akribisch vorbereitet werden. Ein unbedachtes Wort oder eine falsche Argumentation, und die Chance auf Versöhnung wäre womöglich unwiederbringlich dahin. In dieser Herzenssache durfte ich nichts dem Zufall überlassen. Also entschloss ich mich, das Gespräch noch ein paar Tage aufzuschieben und zunächst eine Strategie zu entwickeln, die mich ans Ziel, zurück in Ann-Maries Arme, bringen sollte.

»Baba, komm, ich fahr dich nach Hause«, bot ich meinem Vater an.

»Müssen wir erst Gerd und Koswizz aus Keller holen.«

Da hatte er recht, die beiden hatte ich in meinem Hormonrausch ganz vergessen.

Da Gerd nur ein paar Häuser von meinen Eltern entfernt wohnte, stieg Baba dann doch in dessen frauenbewegten Flieder-Twingo. Kosewitz, der seinen verbeulten Astra aus Mangel an Benzingeld mittlerweile gegen ein ramponiertes Fahrrad eingetauscht hatte, blickte skeptisch in den Abendhimmel. »Dit jießt jleich«, orakelte er. Mit der Prognose lag er im Trend, denn der Wetterbericht hatte für die Nacht starke Regenfälle angekündigt. Petrus hatte es schon die ganzen letzten Wochen nicht gut mit uns gemeint: Die Niederschlagsmenge war für die Jahreszeit viel zu hoch. Mir war schon klar, worauf mein WG-Genosse mit seiner Bemerkung hinauswollte.

»Stellen Sie das Rad im Keller unter. Ich nehme Sie mit, ich habe eh mit Ihnen zu reden.« Schließlich musste ich ja noch meine nächtens verfasste To-do-Liste abarbeiten.

»Herr Kosewitz«, begann ich vorsichtig, denn selbst wenn er mir in unserer gemeinsamen Zeit nicht unbedingt ans Herz gewachsen war, wollte ich ihn doch nicht kränken, »Sie wissen ja sicher noch, dass ich aus der Neuköllner Wohnung rausmuss.«

»Klar, Herr Topas.« Unfassbar, dass er mich immer noch so nannte. Guckte er nie auf mein Klingelschild? »Wann isset denn so weit?«

»In drei Wochen.«

»Ach je, dann muss ick ja bald wieder in Ihren Keller.«

Ich trat hart in die Eisen und hatte verdammtes Glück, dass mir niemand ins Heck knallte. Dann fuhr ich scharf rechts ran.

»Herr Kosewitz, hören Sie gut zu: Die nächsten drei Wochen können Sie noch in meinem Ehebett bleiben, aber in der Zwischenzeit suchen Sie sich gefälligst eine neue Wohnung. Auf gar keinen Fall werden Sie wieder in meinen Keller ziehen!«

»Aba, Herr Topas …«

»Verdammt noch mal, ich heiße Topal, nicht Topas. Und nix ›aber‹. Das hier ist eine Ansage.«

Kosewitz sah aus wie ein geprügelter Pinscher. Schlimm, dass man mit einem erwachsenen Menschen reden musste wie mit einem Fünfjährigen. Wütend über seine anmaßende Vorstellung, auf ewig mein Kostgänger bleiben zu können, strafte ich ihn den Rest des Abends mit Nichtachtung. Als ich gegen ein Uhr nachts endlich einschlief, war ich im Traum noch so geladen, dass die Bettdecke diesmal nicht als Liebes-, sondern als Sparringspartner herhalten musste.

Am nächsten Morgen weckte mich das ununterbrochene Vibrieren meines Handys. Verschlafen zog ich es an mein Ohr. Es war Baba.

»Murat, musst du sofort kommen. Keller komplett unter Wasser.«

Vor Schreck fiel ich von der Couch. »Waaas?«

Ich zerrte den ebenfalls noch völlig verschlafenen Kosewitz aus dem Bett und zwang ihn spitz nach Britz.

Dort war die Lage verheerend. Das Wasser stand mindestens dreißig Zentimeter hoch, und das abends untergestellte Fahrrad war über Nacht zum Raddampfer mutiert. Vor ohnmächtiger Wut schoss mir das Wasser auch in die Augen. »Was jetzt?«, fragte ich ratlos in die Runde.

»Ick hab Se oft jenug vor dem Riss im Fundament jewarnt! Se wollten ja nich hören. Na, wenigstens brauchen Se keen Pool mehr im Jarten.«

Ich überlegte kurz, ob ich Kosewitz die Kellertreppe herunterstoßen und es wie einen Unfall aussehen lassen konnte, verwarf die Idee aber als zu risikoreich.

»Musst du holen Architekt, Murat.«

Da war es wieder, das absolute Tabu, der No-go-Vorschlag. Nach all den Monaten nervenaufreibender Baufrontscharmützel war ich jedoch zu zermürbt, um noch etwas auf meinen männlichen Stolz zu geben. Ich zückte mein Handy.

»Herr Pfleiderer, ein Notfall. Können Sie bitte so schnell wie möglich nach Britz kommen?«

Zwei Stunden später schüttelte die akademische Doppelbegabung ihre weiße Mähne.

»Ich fasse es nicht. Bin ich eigentlich als Architekt oder Anwalt hier? Arbeit gäbe es für beide.«

»Herr Pfleiderer, walten Sie einfach all Ihrer Ämter. Ich habe keine Kraft mehr«, hisste ich die weiße Fahne der Kapitulation.

»Gut, ich interpretiere das als Generalmandat. Fangen wir mal ganz vorn an: Wer hat für Sie das Bodengutachten erstellt?«

»Ein Herr Marvin, Firma Schmuh & Sohn.«

»Schmuh & Sohn? Nie gehört. Vertrauenerweckender Name.«

»Experten für Gleis- und Brückenbau«, versuchte ich, aus mir selbst nicht verständlichen Gründen, die mehr als zweifelhafte Ehre des Unternehmens zu retten.

Pfleiderer sah mich an, als hätte ich nicht mehr alle Latten am Bauzaun. »Gleis- und Brückenbau? Na, das erklärt einiges. Hatten Sie nicht erzählt, Sie arbeiten mit der Firma Hebbel-Haus zusammen?«

»Die sind futschikato, pleite, kaputt«, meldete sich mein Bauleiter an dieser Stelle mit einem qualifizierten Beitrag.

»Darf ich bitte fragen, wer genau Sie sind?« Pfleiderer musterte ihn, als wäre er eine Kreuzung aus Kakerlake und Pavianhoden.

»Kosewitz mein Name. Ick bin der Bauleiter vom Herrn Topas.« Zwecklos, ihn zu korrigieren. In diesem Leben würde er es nicht mehr lernen.

»Reden Sie in Zukunft bitte nur, wenn ich Sie anspreche. Das wird angesichts der hier auf den ersten Blick erkennbaren, sehr zahlreichen Mängel sicher häufig der Fall sein. Zum Beispiel jetzt. Mich würde nämlich brennend interessieren, welche Ausbildung Sie eigentlich genossen haben?«

»Ausbildung? Na ja, ick, äh, war in Köpenick, beim Bezirksamt, äh, und Makler und so wat.«

»Soso. Und was haben Sie gelernt?«

»Herr … äh … Tut ma leid. Dit viele Wasser hier. Is ja ekelhaft. Ick kann nich mehr, ick jeh erst ma Sssijaretten holen.«

»Bevor Sie meine Frage nicht beantwortet haben, gehen Sie nirgendwohin. Was haben Sie also gelernt?«

Pfleiderer konnte in seinen Kreuzverhören wirklich grausam sein. Ich hatte es ja am eigenen Leibe erfahren, weswegen ich Kosewitz aus purer Gutmütigkeit zu helfen versuchte. »Sie haben mir bei unserem ersten Treffen doch erzählt, dass Sie Beamter in Köpenick waren.«

»Beamter. Nun jut, dit is ja n irre weiter Begriff. Ick war halt beim Bezirksamt.«

Auf diese Aussage schien Pfleiderer nur gewartet zu haben. Genüsslich packte er diverse Folterwerkzeuge aus, um sie seinem Opfer zu zeigen.

»Da haben wir also als Erstes einen Verstoß gegen Paragraph einhundertzweiunddreißig Strafgesetzbuch: ein klarer Fall von Amtsanmaßung. Dafür gehen Sie schon mal bis zu zwei Jahren in die Zelle. Obendrauf kommen all die Verbrechen an den Regeln der Baukunst, die sich hier vor meinen Augen auftun. Ich rate Ihnen: Wenn Sie Ihre Haut retten wollen, kooperieren Sie. Ein letztes Mal: Was haben Sie gelernt?«

»Na ja, wenn Se mir so direkt fragen, denn sach ick ma so: allet und nüscht.«

»›Alles‹ streichen wir, bleibt ›nichts‹. Und was haben Sie als Ungelernter beim Köpenicker Bezirksamt getrieben?«

Kosewitz druckste einen Moment herum und nuschelte dann: »Portier.«

»Portier? Sie meinen ›Pförtner‹. Das ist ein kleiner, aber wichtiger Unterschied. Ich konstatiere: der Planer und Bauherr ein ehrgeiziger Amateur, die Baufirma ein Bankrotteur, der Bodengutachter offenbar ein Saboteur, der Subunternehmer ein Gleisbauer und der Bauleiter ein ungelernter Gelegenheitsarbeiter. Es scheint fast das achte Weltwunder, dass dieses Gebäude noch nicht mit Pauken und Trompeten eingestürzt ist. Aber was nicht ist, kann ja noch werden. Gut, beginnen wir mit den Aufräumarbeiten. Als Erstes, Herr Dings, Koschwitz, legen Sie umgehend den Keller trocken. Herr Topal, wir beide treffen uns so bald wie möglich mit diesem Marvin und seinem Chef. Da gibt es Gesprächsbedarf. Vereinbaren Sie einen Termin in meinem Büro. Sollten die Herren widerspenstig sein, drohen Sie ihnen saftige Klagen an. Solche Dilettanten werden bestimmt nicht das erste Mal mit rechtlichen Ansprüchen konfrontiert und haben sicher Abwehrstrategien entwickelt. Nicht abwimmeln lassen und kräftig mit dem Krummschwert rasseln, das hilft. Ich werde derweil ein neues Bodengutachten erstellen lassen. Selbst Stevie Wonder hätte gesehen, dass Ihr Grundstück extrem lehmhaltig ist und das Regenwasser deshalb schlecht versickert. Hier scheinen völlig falsche Entscheidungen getroffen worden zu sein. Vielen Dank für Ihre Aufmerksamkeit, und nun, meine Herren, frisch ans Werk.«

»Musst du salutiere, Murat«, sagte Baba in einer Mischung aus Furcht und Hochachtung, als Herr Pfleiderer, so schnell ihn seine kurzen Beine trugen, den Raum verlassen hatte.

»Napoleon-Syndrom«, erläuterte ich fachmännisch und machte mich auf den Weg nach Neukölln, um die Kontaktdaten von Schmuh & Sohn herauszusuchen.

Tatsächlich hatte mein Anwalt-Architekt die Brandenburger Pampaklitsche richtig eingeschätzt. Der Vorzimmerpudel versuchte sofort, die Abwimmeltaktik der Hebbel-Zentrale zu imitieren. Nein, die Familie Schmuh sei in einem sehr langen, »wohlverdienten« Urlaub und Herr Marvin schwer erkrankt, »Turbokoluse«, wie sie, medizinisch nicht ganz korrekt, fabulierte. Nicht mit mir, mein Lehrmeister Hammelsack hatte mich auf alle Eventualitäten vorbereitet.

»Frau Adorno, Sie erinnern sich noch an mich und meinen gut trainierten Oberkörper? Freunde nennen mich gern die ›politisch korrekte Antwort auf Schwarzenegger‹. Das ist insofern nicht ganz richtig, weil meine politische Korrektheit schnell an ihre natürlichen Grenzen stößt. Entweder rufen mich die Herren bis spätestens morgen Vormittag zurück, oder ich statte Ihrem Container in den nächsten Tagen einen freundschaftlichen Besuch ab und zeige Ihnen zusammen mit meinen Türkenkumpels von der Vierundvierziger-Gang, was man aus Aluminium alles Schönes basteln kann.«

Keine zehn Minuten später vibrierte mein Handy. Aus dem Hörer schallte es rostig.

»Herr Topas, lange nicht gehört. Zufällig kam ich auf dem Weg in den Urlaub noch im Büro vorbei und hörte, Sie wollen mich dringend sprechen?«

»Sorry, Herr Schmuh, Ihren Urlaub müssen Sie leider ein paar Tage verschieben. Wir zwei plus Ihr Kollege Marvin sind nächste Woche erst einmal mit meinem Anwalt verabredet.«

»Was Sie nicht sagen. Kann es sein, dass meine Sekretärin vorhin zufällig mitgeschnitten hat, wie Sie uns Gewalt androhen? Unser Anwalt nennt so etwas, glaube ich, ›Nötigung‹.«

»Netter Versuch, Herr Schmuh. Aber ich habe Ihnen lediglich eine kostenlose Umbaumaßnahme in Aussicht gestellt, nach Büroschluss und ganz ohne Formalitäten. Davon abgesehen ist Ihre putzige Pudeldame nie und nimmer in der Lage, einen Anruf mitzuschneiden. Also, Treffen nächste Woche. Ich maile Ihnen noch Termin und Adresse. Zur Anreise nutzen Sie vielleicht die Turbokoluse von Herrn Marvin, dann geht's sicher schneller.«

Ich war so begeistert von mir, dass ich mir nach dem Gespräch am liebsten selbst auf die Schulter geklopft hätte. Dem Blender hatte ich Zunder gegeben, ohne mich von meiner natürlichen Neigung zur Verbindlichkeit bremsen zu lassen. So ging's also auch. Zum vollendeten Glück fehlte nur jemand, der mir *sagte,* wie toll ich sei. Eigenlob stimmt, wie ich in Abwandlung einer bekannten Redensart gern behaupte, ist aber dennoch nur halb so schön wie das von anderen. Was mich daran erinnerte, dass ich mit meinem Textbuch für das Ann-Marie-Wiedereroberungstelefonat noch kein Stück weiter gekommen war. In dieser Sache war ich ähnlich blockiert wie seinerzeit beim Grundriss. Man muss mir allerdings zugutehalten, dass es auch schwer war, die nötige Ruhe dafür zu finden. Da sich das Berliner Wetter durch den Klimawandel immer mehr den tropischen Verhältnissen vom Amazonas näherte, waren wir aus einer längeren Trockenperiode direkt in die Regenzeit gefallen. Es goss, pladderte und schüttete nahezu täglich, so dass ich inzwischen ernsthaft überlegte, ob ich, wie von Kosewitz angeregt, den geplanten Garten-Pool nicht besser durch das von selbst entstehende Keller-Hallenbad ersetzen sollte. Bis zu meiner endgültigen Entscheidung lebten wir in einem verlässlichen Rhythmus aus Wassereinbruch, Abpumpen und Bautrockner aufstellen. Die riesigen Trockner sollten Schimmelbefall und andere Feuchtigkeitsschäden verhindern und mussten vierundzwanzig Stunden am Tag in Betrieb gehalten werden. Abgesehen davon, dass sie eine horrende Miete kosteten, erwartete mich am Jahresende eine Stromrechnung in der Größenordnung des europäischen Rettungsschirms.

Abends hatte ich ebenfalls keine Ruhe. Seitdem mein Wohnparasit wusste, dass sich unsere WG-Zeit ihrem Ende näherte, war er ungeheuer anhänglich geworden. »Herr Topas« hier, »Herr Topas« da, das Schleimen nahm kein Ende. Auch in Britz arbeitete er plötzlich wie ein Tier und war immer vorneweg. Baba wurde schon langsam eifersüchtig, weil Kosewitz ihm die ganze schöne Arbeit wegnahm. Ich ließ mich davon nicht beeinflussen und blieb so unfreundlich wie irgend möglich. Vor allem machte ich ihm ständig Druck und erkundigte mich bei jeder Gelegenheit, wann er denn endlich ausziehen würde. Seine Antworten waren so unbestimmt, wie sein gesamtes Dasein undurchsichtig blieb. Aus Notwehr beschloss ich, in seinem Namen eine Wohnungsanzeige zu schalten, fand jedoch einfach nicht die Zeit dafür. Gleichzeitig kam ich durch das pausenlose Krisenmanagement nie dazu, den anstehenden Umzug vorzubereiten. Eine Woche vor dem unvermeidlichen Rauswurf funkte ich SOS.

Pfleiderer rief sofort zurück. »Was soll ich für Sie tun?«

»Keine Ahnung. Sagen Sie den Briten, ich springe aus dem Fenster und mache sie in einem Abschiedsbrief an die Medien dafür verantwortlich.«

»Glauben Sie ernsthaft, dass die das juckt? Das ist ein internationaler Konzern. Auf eine Leiche mehr oder weniger im Keller kommt es denen nicht an.«

»Vermeiden Sie bitte das Wort ›Keller‹. Warum fragen Sie überhaupt mich, was Sie tun sollen? *Sie* sind mein Berater. Also: Was soll ich tun?«

»Bieten Sie Geld.«

»Perfekt. Ich biete Geld.«

»Woher wollen Sie das nehmen?«

»Keine Ahnung. Woher soll ich es nehmen?«

»Von Schmuh & Sohn.«

»Genau. Von wem sonst?«

Das Treffen mit Old Schmuh und seinem Bodengutachter fand an einem Mittwochvormittag um zehn Uhr statt. Am Tag zuvor hatten wir eine weitere Trocknerphase beendet. Direkt danach – wie hätte es anders sein können? – hatte es sofort wieder angefangen, aus Kübeln zu gießen. Ich hatte komplett vergessen, wie schwabblig Herrn Marvins Händedruck war und wie schwammig sein Profil. Hatte ich ernsthaft geglaubt, dass ein puddinghaftes Nichts wie er auch nur eine Spur von Sachverstand mitbringen würde? Nach meinem Empfinden hätte der Showdown zwischen den Guten, also uns, und den Bösen, natürlich Schmuhs, zwei Stunden später auf einer staubigen Landstraße in der Prärie stattfinden müssen. Aber mit seinen kleinen Tippelschritten hätte es mein Anwalt wahrscheinlich nicht rechtzeitig in den Wilden Westen geschafft.

Stattdessen saßen wir uns also wortlos an Pfleideres Besprechungstisch gegenüber und beäugten uns misstrauisch. Es war Schmuh, der das angespannte Schweigen brach.

»Eines gleich vorweg. Mein Erscheinen ist kein Schuldeingeständnis. Wasserschäden können viele Ursachen haben. Ich höre mir lediglich unvoreingenommen Ihre Meinung an und werde danach bei Bedarf meine Rechtsbeistände gegen Sie in Stellung bringen.«

»Um Sie geht es gar nicht. Ich habe Fragen an Ihren Bodengutachter.«

Ich bewunderte, wie mein Advokat gleich mit seinem ersten Satz einen Pflock zwischen meine beiden Gegner trieb. Die das offenbar gar nicht bemerkten.

»Herr Marvin. Sie haben Herrn Topal die Nutzung einer sogenannten weißen Wanne empfohlen?«

»Richtig.« Der Mann klang schwer selbstmordgefährdet. »Und ich würde es jederzeit wieder tun. Es endet sowieso alles in Tränen.«

Da sagte er allerdings etwas, das ich sofort unterschrieben hätte. Pfleiderer dagegen ließ sich auch von melancholischen philosophischen Einsichten nicht vom Weg abbringen. »Gehe ich recht in der Annahme, dass weiße Wannen den sogenannten schwarzen meist deswegen vorgezogen werden, weil der Einbau leichter und der Kostenaufwand geringer ist?«

»Quatsch.« Der Gleisbauchef war deutlich aufgeweckter als sein Angestellter und merkte sofort, dass die Weichen in eine für ihn falsche Richtung gestellt wurden. »Beide Varianten haben ihre Vor- und Nachteile und sind gleichermaßen sinnvoll.«

»Sie waren zwar nicht angesprochen, aber bitte. Ich stelle meine Frage anders. Herr Marvin, ist nicht ein gravierender Nachteil der weißen Wanne, dass sie nicht dampfdicht ist und deswegen die Bodenfeuchtigkeit nach innen abgegeben wird?«

»Das ist so nicht richtig. Schließlich kann man zum Beispiel Dampfsperren einbauen. Das Gutachterdasein ist komplex und verwehrt sich einfachen Lösungen.«

»Sehr tiefsinnig, aber warum hat dann der von mir beauftragte Gegengutachter, nebenbei gesagt eine anerkannte Koryphäe seines Fachs, dringend empfohlen, wegen der starken Lehmhaltigkeit des Bodens die weiße durch eine schwarze Wanne zu ersetzen?«

»Weil auch Curry-Feen Menschen sind und daher fehlbar«, gab der Brückenkönig zu Protokoll, dem man an seinen zittrigen Händen ansah, wie gern er sich in dieser Situation eine Zigarre angesteckt hätte.

»Lieber Herr Schmuh, es ehrt Sie, dass Sie zu jedem Thema eine Meinung haben. Aber noch spreche ich mit Ihrem Mitarbeiter. Was also meinen *Sie* zu der Einschätzung Ihres Kollegen, Herr Marvin?«

»Die Beurteilung eines Kollegen steht mir nicht zu, denn der Beruf des Gutachters ist schwierig und voller Fallstricke. Aber jeder Experte wird Ihnen auf Nachfrage bestätigen, dass eine fachgerecht verlegte und gut verfugte weiße Wanne den Besonderheiten der hier vorliegenden Bodenverhältnisse unbedingt genügt.«

Das war Wasser auf Pfleiderers Mühlen. Marvins Statement war offenbar die Aussage, auf die er hingearbeitet hatte. »Genau *das* hat mir Ihr Kollege bereits bestätigt. Er ergänzte aber, dass in solchen Fällen besondere Anforderungen an die Präzision und handwerkliche Fähigkeit der ausführenden Firma gestellt werden. Was mich direkt zu Ihnen bringt, Herr Schmuh. Sie haben mit dieser komplizierten Aufgabe die Firma Aldisan beauftragt. Wussten Sie, dass dieses Unternehmen einen sagenhaft schlechten Ruf hat und bereits in zahlreiche Schadensersatzprozesse verstrickt ist?«

»Ich weiß nicht, worauf Sie hinauswollen. Aldisan ist ein qualifizierter, bei der Handwerkskammer registrierter und zertifizierter Fachbetrieb mit Meisterbrief.«

»Ich sage Ihnen, worauf ich hinauswill. Das einzig Qualifizierte an Aldisan sind meiner Erkenntnis nach die jeder seriösen Kalkulation spottenden Dumpingpreise. Wenn ich eine solch dubiose Firma mit einer, wie Herr Marvin bestätigte, hochkomplexen Arbeit betraue, nehme ich Folgeschäden billigend in Kauf. Verstehen Sie, was ich meine, Herr Schmuh? Ich gebe Ihnen hier und heute die Gelegenheit, sich mit Herrn Topal auf einen finanziellen Ausgleich für die durch Ihre unsachgemäße Beauftragung entstandenen Schäden zu einigen. Sollten Sie davon nichts halten, können wir die Sache auch vor Gericht ausfechten. Ich schwöre Ihnen: Das wird für Sie um ein Vielfaches teurer.«

Mir war nicht klar, ob mein Anwalt schamlos bluffte oder ob er wirklich ein so gutes Blatt in der Hand hatte, wie er vorgab. Schmuh ging es wohl ähnlich. Ratlos kratzte er sich am Kopf. Dann sagte er: »Sie können mir viel erzählen. Wir gehen jetzt draußen eine Zigarre rauchen und rufen bei der Gelegenheit unsere Anwälte an. In einer halben Stunde setzen wir das Gespräch fort. Kommen Sie, Herr Marvin.«

Als unsere beiden Widersacher nach der Raucherpause in neuer Frische den Raum betraten, wirkten sie überraschend entspannt.

»Also gut, wenn Sie keine überzogenen Forderungen stellen, einigen wir uns außergerichtlich. Bitte verhandeln Sie die Details mit unserer Anwaltskanzlei Parah, Graf & Partner. Der Schadensersatz muss eh von Aldisan übernommen werden, höch, höch, höch.« Sympathisch wurde mir der alte Betonkopf in diesem Leben nicht mehr.

Nachdem wir also die »Baustelle Schadensersatz« geschlossen und die Briten mir gegen eine saftige Ausgleichszahlung eine letzte Schonfrist eingeräumt hatten, näherte sich mein Hausabenteuer einem halben Happy End, denn: Nach fast vernachlässigenswerten fünf Monaten Wartezeit bequemte sich die Firma Himmelszelt endlich, das lang vermisste Dach zu decken. Es passte, sah gut aus und – es hielt dicht.

»Ist Dach vom Fach«, meinte Baba zufrieden.

Zwar waren trotzdem noch Unmengen an Kleinigkeiten zu erledigen, mussten die besagte schwarze Wanne nachgerüstet und die Wasserschäden beseitigt werden, aber ich sah das legendäre Licht am Ende des Tunnels. Nun wurde es allerhöchste Zeit, endlich mein Privatleben wieder in Ordnung zu bringen. Oder sollte dieses etwa, wie von Herrn Marvin so unheilvoll prophezeit, in Tränen enden?

19. Kapitel

Nachspiel

Schon Mitte November, und das Wetter ist nahezu frühlingshaft. Die Regenzeit hat sich in Richtung Amazonas verzogen, die Sonne scheint und bringt die Vögel zum Zwitschern. Erschöpft sinke ich auf einen der nagelneuen Teakterrassenstühle und parke meine dreckigen Arbeitsschuhe auf dem Teaktisch. Ich greife mir eine der in der Kühltasche stehenden eiskalten Limodosen und schütte den Inhalt gierig in mich hinein. Gleich kommen die Gäste, denn heute ist Einweihungsparty.

An meinen Händen trocknen noch Reste vom Estrich; die letzten Steine für die Garageneinfahrt sitzen erst seit einer Viertelstunde an Ort und Stelle. Ich habe außerdem den Sandkasten aus alten Bahnbohlen aufgebaut und die Schaukel, die ich bestellt hatte, zusammengeschraubt und einbetoniert. Nur den Rasen zu mähen habe ich beim besten Willen nicht mehr geschafft. Aber darauf kommt es wirklich nicht an.

Vorgestern habe ich mich endlich getraut, Ann-Marie anzurufen. Um die Wahrheit zu sagen, lief das Gespräch nicht wie geplant. Sagte ich geplant? Da mich die Muse trotz aller Bemühungen nicht küssen wollte, legte ich mir lediglich ein paar Eingangssätze zurecht und verließ mich ansonsten auf meine bühnengestählte Improvisationsgabe.

Kaum hörte ich zum ersten Mal seit Wochen Ann-Maries Stimme, waren nicht nur die sorgsam gedrechselten Eingangssätze weg, sondern vor allem jegliche Intuition. Von meinen Gefühlen überwältigt, blieb ich stumm wie eine Makrele im Tiefkühlfach.

»Murat? Ist was passiert?«

»Äh«, ich bemühte mich krampfhaft, meine am Gaumen klebende Zunge frei zu bekommen. »Ääääähhhh.«

»Murat? Bist du krank?«

»Anmaie, ilibedisch.« Dieser verdammte Sprechlappen. Jahrzehntelang funktioniert er wie geschmiert, und im entscheidenden Moment pappt er hoffnungslos fest.

»Murat! Hast du getrunken?«

Das war ja nun die absurdeste Unterstellung von allen. Ich, der ich dem Alkohol nie auch nur den kleinsten Finger gereicht hatte, ein lallender Säufer? Mit roher Gewalt versuchte ich ein letztes Mal, meine Zunge zu lösen.

»Ann-Marie, ich liebe dich!!!«

Zu spät! Das Freizeichen war nicht die von mir erhoffte Antwort. Ich startete einen zweiten, dritten, vierten Versuch, landete aber jedes Mal auf ihrer Mobilbox. Also gut, wenn sie es denn so wollte. Ich hinterließ drei gleichlautende Nachrichten: »Ohne dich und die Kleinen kann ich nicht leben. Bitte komm zurück, sonst muss ich Kosewitz heiraten.«

»Herr Topas, Sie müssen noch dit Essen abschmecken.«

Ich zucke zusammen.

»Kosewitz! Wieso sind Sie nicht im Keller?«

»Na, Sie sind ja n Spaßvojel. Wie soll ick n dort kochen?«

Stimmt, ganz vergessen. Mein ehemaliger Bauleiter hat sich für das Fest als Küchenchef verdingt. Wahrscheinlich aus Dankbarkeit, weil er bis auf weiteres in meinem Keller wohnen darf. Ich kann nicht anders, ich bin einfach zu gutmütig.

»Wat isn nu mit Abschmecken?«

Ich folge ihm in die frisch installierte Einbauküche, die in Ann-Maries Lieblingsfarbe – Dottergelb – erstrahlt, und stelle nach dem Probieren seiner diversen Tapas fest, dass er ein erheblich besserer Küchen- als Bauchef ist.

»Freut mir, Herr Topas. Ick war ma blinder Passagier uffm spanischen Frachter, und da hab ick mir n bisschen wat abjeguckt.«

Es ist so absurd. Ich blicke aus der Küche in den Garten. Der Park meiner erträumten Jugendstilvilla war zwar erheblich größer, doch die Grünfläche hier ist auch nicht zu verachten. Nur: Was soll ich allein in Beverly Britz? Ich bin Familienmensch. Als Single bin ich ein klägliches Auslaufmodell.

Ann-Marie hasst nackte Wände, deshalb war ich gestern für den Fall des Falles noch Bilder einkaufen. Trotz meiner Zeichenleidenschaft habe ich keinen Sinn für Malerei und steuerte also den nächsten Postershop an, um mich beraten zu lassen. Da die einzige Ladenkraft in ein Verkaufsgespräch verstrickt war, stöberte ich auf eigene Faust ein wenig herum und vertiefte mich in einen Kalender zum Thema Bauhaus-Architektur. Plötzlich zwickten sie mich wieder: die Hummerscheren, die mich einst am Hebbel-Stand aufgeschreckt hatten. Dieses Bauhaus-Modell da, war das nicht mein Grundriss? Oder war es »Domus«? Oder waren mein Grundriss und »Domus« einfach nur Variationen dieses Bauhaus-Entwurfes? Und wollte ich das überhaupt noch so genau wissen?

Die wechseljahrgefährdete Inhaberin, klarer Fall von »Ich bin geschieden und verwirkliche mich jetzt selbst«, die sich in diesem Moment nach meinen Wünschen erkundigte, machte weiteren Überlegungen ein Ende. Sie war nicht ganz mein Typ, aber als Ratgeberin tadellos.

Ich: »Was empfehlen Sie in Richtung abstrakte Malerei?«
Sie: »Welche Maße?«
Ich: »Je nach Raumgröße.«
Sie: »Nehmen Sie Kandinsky. Den können Sie ohne Qualitätsverlust beliebig zurechtschneiden.«

Der Tipp war unschlagbar. Blöd ist nur, dass mich die Bilder depressiv machen, weil sie mich an die Unordnung in meinem Leben erinnern.

Aber heute ist nicht der Tag für Trübsinn, heute wird gefeiert. Ich setze mir die rosarote Brille auf und gehe nach draußen. Da ist die Fete schon in vollem Gange. Dirk schwingt Gerds Lila-Pause-Twingo in relaxtem Reggaerhythmus auf der Schaufel seines Kramer 350 und bewundert Baggergott Wladimir, der im Vampirskostüm mit dem Bankster Feuchtleben einen gekonnten Pas de deux auf den Rasen legt. Deutschlands Superanwalt Pfleiderer diskutiert dort, wo in unserem Garten einst das Musterstück einer Eiche stand, angeregt mit seinem Alter Ego, dem internationalen Toparchitekten Pfleiderer. Selbst die Schmuh-Bande hat eine perfekte Village-People-Choreographie entwickelt und dreht sich manisch um sich selbst, während Muscle-Shirt-Schneider dazu passende Beschimpfungen rappt. Der Einzige, der sich nicht amüsiert, bin ich. Es ist unverzeihlich, aber ich bin heute eine widerliche Spaßbremse. Ich bin einsam, bin verlassen, bin verloren und sehne mich zurück nach den glücklichen Tagen mit Ann-Marie in unserer Neuköllner Liliputkemenate.

»Oğlum, Gülückwünsch«, reißt mich Baba aus meinen schwermütigen Gedanken. »Haben wir kleines Geschenk für großes Baumeister.« Er drückt mir ein Päckchen in die Hand, das mit einer Kopie des von uns beiden im Krankenhaus rauschhaft angefertigten Grundrisses eingewickelt ist.

»Mach es ruhig auf«, ermuntert mich Anne und umarmt mich.

Wohlerzogen reiße ich das Papier auf und finde – ein türkisches Kochbuch.

»Damit man als Gast bei euch vielleicht mal was Genießbares serviert bekommt«, zwinkert sie.

Auch wenn ich es schon lange weiß: Ich habe die besten Eltern von allen. Und die besten Schwestern. Denn auf ihren Schultern balancieren meine beiden Augensterne, Anlass und Trost meiner schlaflosen Nächte.

»Baba«, brabbelt meine kleine Tochter. Kaum elf Monate alt und schon hochbegabt.

Ihr terroristisch veranlagter Bruder bewirft mich währenddessen mit Brotkügelchen und krakeelt: »Babu, erzähl neue Witze!«

Ich kann mich nicht erinnern, wann ich das letzte Mal so glücklich war.

»Muratle, i find besonders schee, dass du di inzwische mit dem Pfleiderer so gut verstehscht«, präsentiert Gisela ihre ganz eigene Sicht der Dinge.

»Moment mal!«, kommt es mir in den Sinn. »Ein Schwabe kommt doch selten allein?«

»Richtig, Murat«, bestätigt mein harmoniebedachter Schwiegerpapa. »Und a Schwäbin erscht recht net.«

Und da steht sie. Strahlend schön wie immer. Meine Seelen-, Herz- und Traumfrau. Sie macht drei Schritte auf mich zu, wir fassen uns an den Händen und sehen uns tief in die Augen. Ich kann sie riechen. Sie riecht verdammt gut, nach Liebe, Meer, Glück und ... Ann-Marie eben. Sie lächelt verlegen.

»Murat, ich bin schwanger.«

Selig schließe ich sie in die Arme und flüstere: »Für vier wäre unser Haus auch wirklich zu groß.«

»Wieso vier, Herr Topas? Zähl ick etwa jar nich? So wat hab ick ja noch nie erlebt!«